BASTEI
LÜBBE

Taschenbücher von MAX ALLAN COLLINS
im BASTEI-LÜBBE-Programm:

13 015 Chicago 1933
13 036 Gangsterbräute 1934
13 104 Gangsterkrieg 1942

19 103 Ein Veteran kehrt heim
19 105 Der Einäugige
19 106 Mordkongreß
19 115 Auch Blumenkinder sterben

Aus der »Schwarzen Serie« sind folgende Bände erhältlich:

19 100 Leonard Schrader
Yakuza
19 101 Fredric Brown
Hunters erste Jagd
19 102 Loren D. Estleman
Das Sterben in Detroit
19 104 Fredric Brown
In den Straßen von Chicago
19 107 Stephen Greenleaf
John Tanner, Privatdetektiv
19 108 Ted Lewis
Jack Carters Heimkehr
19 109 David Goodis
Der Mond in der Gosse
19 110 Fredric Brown
Die Detektive von Chicago
19 111 Ted Lewis
Jack Carters Gesetz
19 112 Stephen Greenleaf
Peggys Geheimnis
19 113 David Goodis
Nightfall
(Die Nacht bricht an)
19 114 Howard Browne
Der Geschmack von Asche
19 116 Mickey Spilane
Morgen werde ich tot sein
19 117 Ted Lewis
Jack Carters Wut
19 118 Howard Browne
Grüße in Blut
19 119 J. W. Rider
Der Teufel hat
viele Masken
19 120 James Grady
Washington-Blues
19 121 Bill Pronzini
Knochen
19 122 Fredric Brown
Der Tod in Chicago

Max Allan

COLLINS

WOCHENEND MORDE

Mit einem Nachwort von
SKY NONHOFF

Schwarze
SERIE

BASTEI
LÜBBE

BASTEI-LÜBBE-TASCHENBUCH
Schwarze Serie
Band 19 123

Erste Auflage: Oktober 1988

Deutsche Lizenzausgabe 1988
Bastei-Verlag Gustav H. Lübbe GmbH & Co., Bergisch Gladbach
Originaltitel: Nice Weekend for a Murder
Ins Deutsche übertragen von W. M. Riegel
Lektorat: Martin Compart
Umschlaggestaltung: Quadro Grafik, Bensberg
Druck und Verarbeitung:
Clausen & Bosse, Leck
Printed in Germany
ISBN 3-404-19 123-4

Der Preis dieses Bandes versteht sich einschließlich
der gesetzlichen Mehrwertsteuer.

Für Ed Gorman
den besten Freund, den Mallory je hatte

Vorbemerkung des Autors

Mohonk Mountain House ist natürlich ein tatsächlich existierender Ort, und das *»Mohonk Mystery Weekend«* ist auch ein wirklich stattfindendes Ereignis. Dennoch ist das *Mystery Weekend* dieses Buches fiktiv, ebenso wie die darin vorkommenden Personen – alle die Mitspieler, die berühmten Verdächtigen, das Hotelpersonal und wer sonst noch auftritt. Meine Absicht war, bestimmte *Typen* zu summieren, im Gegensatz zu *Schlüsselroman*-Porträts wirklich existierender Leute.

Ebenso ist auch *The Mystery Chronicler* eine rein fiktive Publikation und nicht nach dem Modell oder Vorbild irgendeines wirklich existierenden Kriminal-Magazins zu sehen.

Ich möchte mich bei Faire Hart in Mohonk für ihre Hilfe, Geduld und ausdauernde Freundlichkeit bedanken; ebenso bei Peter Lewis und Kathe Mull für die Bereitschaft, ihre Sky-Top-Erinnerungen verwenden zu dürfen; desgleichen bei Don Westlake und Abby Adams, die mich zu einem ihrer ersten *Mystery Weekends* in Mohonk eingeladen haben, wo ich die Ehre hatte, der Killer zu sein.

Erster Teil

Donnerstag

1

New York ist eine großartige Stadt. Zum Besuchen. Aber leben möchte ich dort nicht. Und zu dieser Zeit war es nicht einmal eine großartige Stadt zum Besuchen.

Wenn man Schriftsteller ist, jedenfalls einer, der Bücher schreibt, gleich ob Romane oder Sachbücher, oder beides, dann muß man mit der Tatsache leben, daß es ein notwendiges Übel ist, hin und wieder nach New York zu fahren. In New York ist nun einmal das Zentrum des Verlagswesens, und wenn man sich dort nicht ab und an blicken läßt, damit man seinen Agenten daran erinnert, daß man mehr ist als eine gesichtslose Stimme am anderen Ende einer schlechten Telefonverbindung, und lange Essen mit seinem Verlagslektor absolviert, um auch diesen an das gleiche zu erinnern, dann könnte man auch genauso gut von vornherein in Iowa bleiben.

Ich hätte tatsächlich genauso gut in Iowa bleiben können. Meine zwei Lektoren, mit denen ich zu Mittag aß – jeder von einem anderen Verlag –, waren ganz entzückt, mich zu sehen, und wußten ganz wundervolle Dinge darüber zu sagen, wie erfolgreich einige ihrer anderen Autoren waren. Unglücklicherweise waren meine Bücher, sagten sie, überhaupt nicht erfolgreich. Selbstverständlich würde eine Menge los sein, sobald erst einmal eines ans Fensehen verkauft wäre, oder auch schon, wenn wir es schafften, daß eines von einem Buchklub übernommen würde. Aber der Verkauf einer Taschenbuchlizenz ist immer eine mühsame Sache, und niemand war sehr optimistisch. Mich eingeschlossen.

Und dann machte mein Agent »meinen Tag«, um mit Clint Eastwood zu sprechen. Er hatte gerade das neue, »ganz andere« 400-Seiten-Manuskript gelesen, das ich ihm vor ein paar Wochen geschickt hatte – das Buch, das meine ganze Karriere ändern und mein »Durchbruch« werden sollte.

»Mallory, in aller Freundschaft und ganz offen«, sagte er, »ich kann nicht einmal empfehlen, es zu überarbeiten. Es wäre die reine Papierverschwendung. Legen Sie es ganz hinten in die Schublade, und versuchen Sie's mit was ganz anderem.«

Mein Agent und ich – das war eine lange Geschichte über fast zehn Jahre. Einer meiner Lehrer im Sommerkurs für werdende Schriftsteller hatte meinen ersten Krimi gut genug befunden, um mir ein Empfehlungsschreiben an seinen, wenn auch überaus kritischen, so ihm doch freundschaftlich verbundenen Agenten zu geben, der sich einen Stall von Top-Krimischreibern hielt. Jake Kreiger, eine harte runde Kugel von Mann, war besonders für seinen Mangel an Takt berühmt. Wie Curt Clark einmal sagte: »Jake Kreiger ist der Ansicht, Takt sei eines von den Dingen, die man seinem Lehrer auf den Stuhl legt.«

Also, was mich angeht, so bin ich dieser Seite Jake Kreigers eigentlich nie begegnet. Jedenfalls nicht mit voller Wucht. Er behandelte mich stets sehr freundlich, wenn nicht sogar väterlich. Er hatte mich damals aufgrund dieses Manuskripts genommen, das ich ihm gebracht hatte, in dem Glauben, ich sei ein vielversprechender junger Mann. Das Problem war nur, daß ich nach zehn Jahren, mittlerweile fünfunddreißig, für ihn immer noch der vielversprechende junge Mann war. Wenn das stimmte, warum zum Donnerwetter fingen dann meine Schläfen an, grau zu werden?

Also feuerte ich ihn. Ich ihn. Er war ziemlich verblüfft. Er war schließlich der Bursche, der die Millionenverträge für seine Leute aushandelte – wenn auch nicht gerade für mich. Er saß an seinem großen Schreibtisch in seinem kleinen Besucherbüro an der West End Avenue und sah einen Moment lang aus, als habe er eben einen mächtigen Schwinger in den Magen bekommen.

Aber er steckte es rasch weg. Mit einer Hand reichte er mir mein Manuskript, mit der anderen eben diese zu einem Nichtsfürungut-Händedruck, ohne aufzustehen. Obwohl es eigentlich ganz ernsthaft klang, als er mir alles Gute wünschte.

So. Und jetzt saß ich im Bus und fühlte mich wie damals auf

dem Weg zur Musterung zum Militär. Immerhin war ich seit damals nie mehr so derart deprimiert Bus gefahren wie jetzt. Natürlich war ich damals auch nicht neben so einem schönen Mädchen gesessen. Zumindest das war eine Verbesserung gegenüber dem naiven Bauernjungen aus Iowa, der damals auf dem Nebensitz saß. Ein rothaariger Stoffel, der ganz aufgeregt darüber war, daß er nun bald »ein paar Gooks«* abknallen könnte. Er hatte das Wort übrigens »Gacks« ausgesprochen, aber es war mir zu blöd, ihn zu korrigieren. Das würde zweifellos schon irgendwer besorgen. Vielleicht sogar ein Gook.

Aber das alles lag ja Jahre zurück. Wir waren zusammen in Vietnam gewesen, der naive Bauernjunge und ich. Und ich war schließlich auch nur ein – kaum sehr viel weniger naiver – Bauernjunge aus Iowa gewesen, ehrlich gesagt. Aber ich war wenigstens auch zurückgekommen. Und nach mehreren Jahren des Herumhängens, mal da ein Job, mal dort, und dem unvermeidlichen Scheiß mit Drogen, Stil Haight Ashbury, war ich am Ende wieder zu Hause gelandet, in Iowa, allen Ratschlägen von Thomas Wolfe zum Trotz. Und ich besuchte ein paar Kurse aus dem Programm für entlassene GIs und verfolgte mein Traumziel, Schriftsteller zu werden. Ein Krimi-Autor, genau gesagt.

Und der Traum war wirklich wahr geworden. Da saß ich nun, ein halbes Dutzend Bücher später, ein gedruckter, veröffentlichender Autor, der aus einem Wohnwagen in einer zweitklassigen Gegend in ein Haus in einer zweitklassigen Gegend aufgestiegen war und sogar ab und zu nach N.Y., »Big Apple«, reiste, um die Karriere etwas aufzumöbeln.

Eine Sache, die für den Augenblick auch zu Ende schien.

»Das sind momentane Rückschläge«, sagte das hübsche Mädchen auf dem Nebensitz. Sie hieß Jill Forrest, und sie war, wie ich es im Augenblick überblicken konnte, so ungefähr der einzige Aktivposten meines Lebens. Gut, auch meine Gesundheit war ziemlich in Ordnung. Jill Forrest und meine Gesundheit. Den Rest schenk' ich euch.

»Das hat General Custer auch gesagt«, antwortete ich. »Nur ein momentaner Rückschlag.«

---

* amerikanischer Soldatenslang für Vietcong

Jill kräuselte ihre Lippen zu einem schiefen kleinen Lächeln. Sie war dunkelhaarig, etwa mein Alter, mit kurzem, schwarzem Stachelhaar und kornblumenblauen Augen. Garderobe von Kamali. Sie war in Port City, Iowa, aufgewachsen, wie ich, aber schon früh »in die große Stadt« gegangen – wie beispielsweise N.Y. – und dort ein »Erfolg« geworden. Dann war sie kürzlich wieder in Port City gelandet. Wegen einer Pflichttour beim lokalen Kabelsender. Das war ihr Job geworden: sie baute neue Kabelfernsehstationen auf, in größeren und kleineren Städten auf der Prärie, sah zu, daß die Geschichte zum Laufen kam, und brach dann zum nächsten Gefecht eine Stadt weiter auf. Wie John Wayne. Ihr Job in Port City ging bereits zu Ende. Ein kritischer Punkt zwischen uns. Diese gemeinsame Reise nach New York war eigentlich nur das Ergebnis einer Art Waffenstillstands.

Sie drückte ihre Hand an meinen Ärmel. »Denke einfach nicht mehr an die letzten schlimmen zwei Tage«, sagte sie. »Wir haben ein hübsches Wochenende vor uns. Wir vergessen einfach sämtliche Agenten und Lektoren und Krimis.«

»Jill«, sagte ich. »Wir sind auf dem Weg nach Mohonk, erinnerst du dich nicht? Zu einem *Mystery Weekend* fahren und Agenten und Lektoren und Krimis vergessen, ist ungefähr so, als würdest du nach Disneyland fahren und Mickymäuse vergessen wollen!«

»Ach Mal, verdammt noch mal, wir werden uns ein hübsches Wochenende machen. Du hast es versprochen.«

»Ja, weiß ja.«

»Außerdem ist es möglicherweise sehr anregend für dich, wenn du mit anderen Autoren zusammenkommst.«

»Du meinst, weil ich dann herausfinden werde, daß ich nicht der einzige bin, der Sorgen hat? Weil das ein verdammt knochenhartes Geschäft ist?«

»Ja, sicher. Aber noch mehr als dieses ›Geteiltes Leid ist halbes Leid‹ kannst du vielleicht Ratschläge kriegen, wie du zu einem neuen Agenten kommst.«

Zugegeben, der Punkt machte mir Sorgen. Wenn man in Iowa sitzt, kommt man ohne Agenten in New York einfach nicht aus. Du mußt da einfach einen sitzen haben, der sich um deine Sachen kümmert. Andernfalls kannst du's gleich bleiben lassen und deine Flinte ins Korn von Iowa werfen. Und ich war doch schließlich von Anfang an bei Kreiger gewesen. Ich kannte überhaupt keinen anderen Agenten und hatte auch keine Ahnung, wie ich zu einem anderen kommen sollte.

»Da hast du vielleicht recht«, sagte ich. »Ich kann ja mal mit Curt reden, wenigstens. Vielleicht hat er eine Idee. Oder Tom.«

»Na klar. Das ist wirklich einfach nur ein momentaner Rückschlag. Im Gegenteil, ich sage dir sogar, es ist das Beste so.«

»Das Beste, was?«

»Ja. Was hat denn der Kreiger in letzter Zeit schon groß für dich getan? Was?«

»Na ja, das stimmt schon. Er hatte alle Hände voll zu tun, sich um seine *erfolgreichen* Klienten zu kümmern.«

»Ich habe doch erlebt, wie der dich behandelt hat. Wie ein kleines Kind. Du brauchst einen, der deine Arbeit wirklich respektiert. Für dein neues Buch brauchst du einen Agenten, der begeistert davon ist, und schon deshalb etwas dafür tut.«

»Statt einen, meinst du, der vorschlägt, ich soll es schnell wieder in die Schublade zurücklegen?«

»Genau. Und was deine Lektoren angeht, die schienen dich und deine Arbeit doch zu mögen. Schön, deine letzten paar Bücher haben niemanden umgehauen. Na und? Ich bin ganz sicher, sie werden trotzdem für etwas Neues von dir wohlwollend aufgeschlossen sein. Und wenn du nicht gleich einen neuen Agenten findest – mein Gott, was hindert dich, das neue Buch den Lektoren direkt vorzulegen?«

»Ja, wirklich, was?«

Sie lächelte wieder. »Wirklich, was hindert dich?«

Gut, das möbelte mich wieder etwas auf. Alles, was ich brauchte, war so ein aufmunterndes kleines Gespräch mit ihr. So ungefähr alle zehn Minuten. Dann würde es mir prima gehen.

Mittlerweile fuhr der Bus erst einmal auf dem New York State Thruway in mäßigem Tempo dahin. Es schneite leicht, das machte den ganzen Verkehr langsam und die Autobahn rutschig. Und ich persönlich hatte Heimweh. Jetzt und hier wäre es mir lieber gewesen, ich hätte niemals zugesagt, als mich mein Freund und, nun ja, auch Mentor Curt Clark zu diesem *Mystery Weekend* eingeladen hatte. Mit dem Spiele spielen habe ich es eigentlich gar nicht so besonders. Aber diese Leute in Mohonk hatten mir immerhin mein Flugticket bezahlt, nach New York und zurück, was bedeutete, daß ich damit sogar ein paar Tage früher kommen und auf ihre Kosten auch noch meine Geschäftsreise in diesen Ausflug hineinpacken konnte, jedenfalls, was den Flug betraf. Eben dies hatte mir diese Mohonk-Sache seinerzeit so schmackhaft gemacht.

Ich hatte einfach nicht damit gerechnet, in New York derart abserviert zu werden (»einmal ein Hippie, immer ein Hippie«). Meine Visionen davon, wie mein Agent über mein »Durchbruch-Buch« ganz aus dem Häuschen geriet, alle die Träume, wie meine Verlage ganz wild darauf waren, ganze Mengen neue Bücher von mir zu bekommen (für ganze Gebirge von Geld), machten nun der grauen, glitschigen Sülze der Realität Platz, die sich an der Stelle festgesetzt hatte, wo bisher mein Gehirn gewesen war.

Soviel zu der Wirkung von Jills munteren Reden, um mich wieder hochzupäppeln.

Ich dachte daran, wie schön es jetzt wäre, daheim in meinem kleinen Haus in Port City, Iowa, zu sein; mit dem Blick auf den Fluß, Jill und ich säßen am Kamin, splitternackt, aber in eine warme Decke eingepackt, und draußen pfiffe der harte Winterwind von Iowa ums Gemäuer, käme aber nicht herein, außer höchstens einmal durch eine kleine Ritze oder ein Loch, was uns aber höchst egal wäre, weil wir doch das Kaminfeuer hätten und die Decke und einander.

Aber statt dessen war ich noch immer hier in New York, wenn es auch nicht New York City war, sondern New York State. Jill und ich – und wenn ich schon nicht das Kaminfeuer und die Decke hatte, so hatte ich doch immerhin sie – waren auf dem Weg zum *Mohonk Mountain House,* einem Ferienhotel in der Nähe von New Paltz, ganz oben im Staat New York. Viel wußte ich nicht von Mohonk, außer allenfalls, daß es als ziemlich groß galt und von alter Tradition und sehr bekannt. In den schöneren Monaten war es ständig ausgebucht. Außerhalb der Saison gab es immer einige dieser sehr erfolgreichen – und oft nachgeahmten – *Mystery Weekends.*

Ein *Mystery Weekend* ist ein Treffen von Leuten, die gerne

Krimi spielen und Rätsel lösen; je kniffliger, desto besser. Sie versuchen erdachte Fälle aufzuklären, wozu sie Teams bilden. Das Spezielle in Mohonk war, daß stets ein renommierter Krimi-Autor den Fall erdachte, den dann speziell dazu eingeladene Gäste zu spielen hatten, die ihrerseits selbst einen landesweiten Ruf als Krimi-Autoren besaßen. Letztere stellten eine Kategorie dar, in die ich natürlich kaum gehörte (zumindest, wenn es nach den Urteilen und der Abstimmung meines Ex-Agenten und meiner augenblicklichen Verlagslektoren ging). In eben unserem Bus hier fuhr auch eine ganze Reihe *Mystery*-Fans mit; Schlachtenbummler. Sie schnatterten lebhaft miteinander und taten in Erwartung des spannenden Wochenendes auch sonst ganz aufgeregt. Die meisten machten einen ganz normalen Eindruck – abgesehen davon, daß es auf ihren Köpfen doch eine Anzahl von Sherlock-Holmes-Mützen gab, die wohl erheblich über dem statistischen Durchschnitt normaler Buspassagiere lag.

Von meinen Kollegen Krimi-Autoren jedoch schien keiner in dem Bus zu sein, der am späten Nachmittag dieses Tages – einem Donnerstag – in New York losgefahren war. Einige reisten wohl mit dem eigenen Wagen an, und andere hatten einen früheren Bus genommen. Beide Busse aber waren vom *Casablanca* abgefahren, einem italienischen Restaurant in der 22. Straße in Manhattan, das à la Bogart und »Casablanca« ausgestattet war. Die Besitzer, Carl und Millie Arnold, waren zwei der größten Fans und unentwegtesten Mitspieler in Mohonk, wie ich gehört hatte. Auch sie waren mit im Bus und wälzten bereits Schlachtenpläne. Sie waren offenbar in den letzten drei Jahren ununterbrochen im Siegerteam gewesen.

Die Stimmung im Bus war einfach toll. Es ging locker und fröhlich und laut zu wie auf einer Party. Uns beide ausgenommen. Wir waren die Partymuffel vom Dienst. Ich hockte an meinem zugefrorenen Fenster, und draußen flog das flache Land von New York State vorbei. Ein großer Unterschied zu meinem heimischen Mittelwesten schien es mir nicht. Vielleicht eher Illinois als Iowa, aber sonst genauso, wie eben der Winter auf dem flachen Land überall ist. Und was New Paltz selbst anging, so schien es mir, als wir durch seine Hauptstraße mit seinen Geschäften und Restaurants fuhren, auch keinen

Funken anders zu sein als irgendeine beliebige kleine Stadt mit einem College. New York schien seltsamerweise doch ein Teil Amerikas zu sein. Jedenfalls, sobald man aus N.Y. City heraus kam und sich in N.Y. State befand.

Es war inzwischen schon dunkel. Wir fuhren über eine Brücke, folgten einem Wegweiserschild nach Mohonk, das nach rechts wies, und kletterten dann steil die schmale asphaltierte Straße den Berg hinauf. Hier gab es keine Ähnlichkeit mehr mit dem Mittelwesten. Das hier war kein Hügel, wie wir sie in Iowa haben. Es war ein richtiger Berg. Ganz echt und alles, mit Felsen, und hoch, und steil hinauf. Wir hielten an einem kleinen rustikalen Haus, wo der Fahrer ausstieg und sich bei einem Wächter in einem grünen Blazer anmeldete. Der schaute erst auf seiner Liste nach und hakte uns ab, ehe er uns weiterfahren ließ. Und dann fuhren wir mitten hinein in ein dichtes Schneetreiben unter schneebedeckten Bäumen. Es ging noch steiler bergauf, der Bus kam nur noch langsam voran. Dies und die absolute Dunkelheit um uns herum ergab eine ganz unwirkliche Stimmung. Es war fast schon surrealistisch.

»Hallo, Agatha Christie«, sagte Jill, »wir kommen.«

»Eher hallo, Stephen King«, korrigierte ich.

Denn mit einem Schlag stand plötzlich das Hotel vor uns, wie direkt aus einem Horrorfilmdekor. Ein bizarres Ding im viktorianischen Stil, mit Türmchen und Mäuerchen und Zinnenchen und Fenstern und Fenstern und nochmals Fenstern und Balkonen und Balkonen und nochmals Balkonen – abwechselnd aus Holz und Stein; kurz, eine Felsenklippe von Menschenhand, die sich da in den Nachthimmel erhob.

Viele der Schlachtenbummler im Bus schienen nur ganz wenig beeindruckt. Sie kannten das schon, weil sie ja nicht zum ersten Mal hierher kamen. Und auch keine naiven Iowa-Boys waren. Sondern abgebrühte Ostküstler. Die sich zum Eingang drängelten, während die Gepäckträger in dicken Wintermänteln herausgeschwärmt kamen, um sich der Koffer im Gepäckraum des Busses unten anzunehmen und sie auf ihre Rollkarren zu laden.

Während ich meinerseits mit offenem Mund herumstolperte,

allerdings auch mit offenen Augen, und mir das alles besah. Ich stand da und gaffte, und meine Gedanken jagten sich.

»Wie zum Teufel heißt dieser Fremde Stern hier?« fragte ich niemanden im besonderen.

»Der fremde Planet Mohonk«, antwortete niemand im besonderen in Gestalt von Jill.

Noch immer herrschte leichtes Schneetreiben. Die Luft war bitter kalt. Aus allen Mündern stiegen sichtbar die Atemwolken auf, bis wir uns alle hineinbegeben hatten in Wärme und eine andere Welt. Eine viktorianische, genau gesagt. Mit dunkler, polierter Holztäfelung, geräumigen und teppichbelegten Räumen der Halle, von der mehrere kleinere Salons abgingen, Aufenthaltsräume mit Sitzgruppen, deren Möbel antik und »schwellend« gepolstert waren. Und die Beleuchtung war sanft und weich und gelb. Und ein Wunder jagte das andere. Da gab es dichtblättrige Pflanzen in jeder Ecke und Vasen mit frischen Schnittblumen überall. Und jede Menge großzügiger, breiter Holztreppen führten nach oben, wie um die Tatsache Lügen zu strafen, daß schließlich auch ganz neue, schicke Aufzüge vorhanden waren. Da ein Marmorkamin mit handgeschnitzter Holzverkleidung, dort eine chinesische Vase, groß wie ein achtjähriges Kind . . .

Was gar kein schlechter Vergleich war. Denn man kam sich ja wirklich vor wie ein Kind im Haus der Großeltern, in dem alles aus fern vergangener Zeit zu stammen scheint, und wo es endlose Zimmerfluchten gibt, und wo die Luft gleichzeitig muffig und frisch ist.

Jill sah die Sache anders. Sie kuschelte sich an mich und sagte: »Das ist wie ein riesiges Spukhaus hier, findest du nicht? Und wir selbst sind die Gespenster darin.«

»Mhm«, sagte ich und grinste blöd.

Denn mit einemmal war ich überhaupt nicht mehr deprimiert.

Warum? Na, schließlich bin ich doch ein Krimi- und *Mystery*-Autor, oder?

Und das war doch ein geradezu wunderbarer Schauplatz für eine Mordgeschichte.

2

Die Schlangen an der Anmeldung waren lang, aber dort lief uns Tom Sardini über den Weg. Ein alter Schriftstellerkollege. Er hatte seine Anmeldung bereits hinter sich. Wir blieben beieinander stehen, während wir warteten, und so konnten wir uns wenigstens etwas unterhalten (oder vielmehr »Schmus reden«, wie sie das im New Yorker Snob-Slang nennen).

Der gute alte Tom war in Wirklichkeit so alt auch wieder nicht. Ein früher Dreißiger, mehr nicht. Aber immerhin gingen unsere Erinnerungen und Gespräche sieben oder acht Jahre zurück. Tom war derjenige gewesen, von dem ich meine erste Fanpost bekommen hatte. Und ich hatte ihm meinerseits bei einigen seiner ersten Manuskripte geholfen. Und dann war aus ihm selbst ein ziemlich erfolgreicher Autor geworden. Ein erfolgreicherer als ich, genau gesagt. Wenn das kein ausgezeichnetes Argument ist, vielversprechenden jungen Autoren den Beistand zu verweigern . . .!

Abgesehen einmal davon, daß ich sowohl Tom als auch das Zeug, das er schrieb, gern mochte, ganz egal, ob ich damit Schritt halten konnte oder nicht. Er war weithin bekannt als »der schnellste Schreiber des ganzen Ostens«. Er spie Bücher aus seinem Schreibcomputer im Kopf in seinem Haus in Brooklyn aus, daß einem schwindlig wurde, und die Honorarschecks kamen fast im gleichen atemraubenden Tempo zu ihm. Das kleine (oder vielleicht gar nicht einmal so kleine) Vermögen, das sich so ansammelte, erwarb er sich mit seiner Spezialität: aufregende »Western für Erwachsene«. Seine »Shootist«-Serie von Paperbacks gehörte zu den drei erfolgreichsten Serien-Trios dieses Genres. Seine wirkliche Liebe allerdings gehörte den Krimis um Privatdetektive. Er war der Gründer der »Vereinigung Privatdetektivromanautoren – der Private-Eye writer of America«, und was noch mehr zählte, sein letzter Roman über den einstigen Boxer Jacob Miles, der Privatdetektiv geworden war, war so gut, daß mich schier der Neid darüber verzehrte.

Und genau dies sagte ich ihm jetzt und drückte ihn an mich.

»Darf ich dich mit Jill Forrest bekanntmachen«, sagte ich. Jill lächelte ihn an, und sie gaben sich die Hand. Und was, frage ich Sie, ist das also für eine Welt, wenn sich zwei Männer umarmen, und ein Mann und eine Frau geben sich statt dessen einfach nur die Hand?

Tom war übrigens einsachtundsiebzig groß, trug einen Bart und eine Brille und hatte gerade soviel Babyspeck, wie es einem erfolgreichen Autor gut ansteht. Ich war schlanker und größer. Und sah besser aus. Na, also jedenfalls schlanker und größer. Er trug ein nicht ganz sauberes weißes Hemd, langärmelig, und Slacks. Ich hatte Jeans und ein dunkelgrünes Sweatshirt mit dem Aufdruck »Der Butler war der Mörder« an, falls Ihnen dies was sagt. Und einen Wintermantel hatte ich außerdem über dem Arm hängen.

»Ich habe schon alles über Sie gehört«, sagte Tom zu Jill und weidete seine Augen demonstrativ an ihrer schlanken Figur. Besagte Figur war in eine senkrecht weißgrau gestreifte Bluse und in eine schwarze lederne Hose gehüllt, drumherum ein mächtiger Winterpelzmantel. Sie war zugegeben einen Hauch schnieker angezogen als ich, wie Sie aus der Beschreibung ja schon entnehmen konnten.

»Das kann ich mir vorstellen, daß Sie von mir schon gehört haben«, sagte sie. Ich habe schließlich Mals Telefonrechnungen gesehen.«

Tom und ich pflegten in der Tat lange Telefongespräche zu nächtlicher Stunde miteinander zu führen. Freundschaften in diesem Schreibergewerbe erfordern ja oft Ferngesprächsverbindungen.

»Und«, fuhr Jill fort und zeigte Tom dieses berühmte ironische Lächeln, das ganz obenan auf der Liste der Dinge steht, warum ich mich in sie verliebt habe, »ich habe meinerseits auch schon viel von Ihnen gehört. Ist das wirklich wahr, sagen Sie mal, daß Sie in Ihrem jungen Leben schon mehr Bücher geschrieben haben als Mal in seinem schon etwas längeren nur lesen konnte?«

»Das könnte sein«, sagte Tom.

Jill wandte sich zu mir und kniff mich in den Arm. »Also gut, ich stelle mich jetzt besser hier an, Mal, damit wir heute noch ein Zimmer kriegen. Ihr beide geht am besten dort hinüber und setzt euch und beleidigt einander solange.«

Wir befolgten ihren Rat und ließen uns in einer samtgepolsterten Sitzecke nieder. Allerlei Mitspieler strichen erwartungsvoll umher, aber da und dort gab es auch Leute, die wirklich nur dasaßen und sich ganz ruhig unterhielten. Tom und ich, zum Beispiel, die wir es uns unter dem weichen, gemütlichen gelben Licht und in der warmen, einladenden Atmosphäre des alten Hotels bequem machten.

»Wo ist denn Anna?« fragte ich.

»Sie hatte keine Zeit, diesmal mitzukommen«, sagte er achselzuckend.

»Ich hab' sie seit dem Bouchercon nicht mehr gesehen«, sagte ich. Anna war Toms ansehnliche, *zoftige*, orientalische Gemahlin, die ihn letztes Jahr zum alljährlichen *Mystery*-Kongreß nach San Francisco begleitet hatte. *Zoftig*, falls es Sie interessiert, ist eine Dame mit weithin sichtbaren körperlichen und erotischen Vorzügen, und das leitet sich irgendwie von dem ausländischen Wort *saftig* ab. Doch das nebenbei. »Oh«, fiel mir dann ein, »war sie da nicht schwanger gewesen?«

»Na, du bist ja wohl wirklich der King der Amateurdetektive, was? Sie war doch erst im sechsten Monat damals. Aber du hast es gleich gesehen.«

»Tja, meine beobachtenden Fähigkeiten sind nun mal legendär«, sagte ich. »Nämlich stark übertrieben. Na und? Aber was macht sie jetzt? Sitzt sie zu Hause und hütet euer zwei Monate altes Baby?«

»Exakt und genau«, sagte Tom und nickte. »Üblicherweise würde ich natürlich niemals so etwas wie hier ohne sie unternehmen. Aber schließlich ist es eine Ehre, wenn man zum *Mystery Weekend* in Mohonk eingeladen wird.«

Das war es in der Tat. Wäre ich kein Freund von Curt Clark gewesen, hätte mich auch niemand eingeladen. Ich war ja an sich in der Krimi-Branche ein viel zu kleiner Fisch, als daß ich mich von selbst hätte dafür qualifizieren können. Curt, der derzeit letzte in einer langen Reihe erstklassiger Krimi-Autoren, die das *Mystery Weekend* von Mohonk leiteten, war »ein anerkannter Meister der heiter-witzigen Kriminalstories«, wie es der *Mystery Chronicler* ausgedrückt hatte.

»Ich habe gesehen, daß du morgen nachmittag ein Referat hältst«, sagte er und deutete auf ein Programm in seiner Hand. »Über ›Das Transferieren echten Verbrechens in Kriminalliteratur‹.«

»Hab' ich noch gar nicht gesehen«, sagte ich, und meinte das Programm. »Ich weiß es nur aus dem Brief, den mir Curt schrieb und in dem er mir dieses Thema vorschlug, und mir die Rollenbesetzung und die Beschreibung meiner Rolle für das Spiel schickte, Ich nehme an, jeder von uns, der eine Rolle spielt, hat so etwas bekommen. Da können wir uns gleich über die passende Garderobe absprechen.«

»Genau«, sagte Tom. »Also ich spiele einen harten Burschen von Privatdetektiv.«

»Besetzung nach Typ, was?«

»Sieht so aus. Ich mußte also nur einen Trenchcoat einpacken und einen Filzhut und eine 38er. Nu' ja, die 38er ist eine Attrappe. Aber immerhin Maßstab 1:1. Wie ist es mit dir?«

»Ich spiele einen Widerling«, sagte ich. »So eine Art Pee-Wee Herman im Orient-Expreß. Und alle weiteren Kommentare über Besetzung nach Typ erübrigen sich.«

»Ich sage ja auch nur, *einige* von uns sind zweifellos nach Typ besetzt. Hast du irgendwelche Hinweise bekommen, wer der Ermordete ist?«

»Nein. Das heißt, nach dem, was mir Curt an Übersicht gegeben hat, nehme ich an, es ist ein Kritiker.«

»Na, das ist ja klar«, grinste Tom. »Selbstverständlich ein Kritiker.«

»Kann ich dann daraus schließen, daß die Rolle des Kritikers ein wirklicher Kritiker spielt?«

»Aber sicher. Willst du auch wissen, welcher?«

»Ich kann mich nicht erinnern, den Namen eines Kritikers auf der Gästeliste gelesen zu haben . . .«

»Den Namen hat Clark natürlich nicht auf die Gästeliste gesetzt. Er legt Wert darauf, weißt du, das Spiel auch richtig zu spielen, mit allem Drum und Dran. Schließlich ist er ja auch in seinen Büchern dafür bekannt – für seinen vertrackten Humor.«

»Also, wer ist es dann? Der einzige Kritiker, der mir einfällt und den irgend jemand umbringen wollen könnte, ist dieser Kirk Rath, der Parasit.«

Tom strahlte. »Der Parasit in Reinkultur.«

Kirk S. Rath war in der Tat, in seinem reifen Alter von siebenundzwanzig, bei weitem der berühmteste und umstrittenste Kritiker in Krimi-Kreisen. Ein geschniegelter, pedantischer Affe (sein großes Vorbild war eindeutig John Simon), in Personalunion Herausgeber und Redakteur des *Mystery Chronicler,* den er bei sich zu Hause in Albany als Einmanngesellschaft produzierte. Immerhin, diese Monatszeitschrift, die berühmt war für ihre tiefschürfenden Interviews mit Krimiautoren und für ihre gelehrten und dennoch unterhaltsamen Abhandlungen über die klassischen Autoren des Krimi-Genres – und zwar sowohl der klassisch englischen Schule wie der Hard-boiled-Schule – war der Sensationserfolg der Branche der letzten Jahre gewesen. Der *Mystery Chronicler* hatte als einfaches Fan-Magazin begonnen, als dieses zuerst die einschlägigen Buchhandlungen überschwemmt, um dann bis in die seriöseren und führenden großen Buchhandlungsketten vorzudringen.

Noch bedeutsamer war, daß er weithin in die Bibliotheken Eingang fand. Das blieb nicht ohne Rückwirkungen auf das Bucheinkaufsverhalten der Büchereien selbst, die natürlich ohnehin der wichtigste Markt für die gebundenen Erstausgaben von Krimis sind.

Bei all diesen Verdiensten war der *Mystery Chronicler* allerdings nach wie vor speziell für eines besonders bekannt: für die intelligenten, aber vorwiegend bösartigen und nicht selten ins Persönliche gehenden Kritiken aus der Feder des jungen, schnieken Kirk Rath selbst. Der gute Kirk Rath steckte ständig in mindestens drei Verleumdungsprozessen gleichzeitig, alle ausgelöst von seinen persönlichen Attacken auf die diversen Krimi-Autoren.

»Bruder«, sagte ich, »ich weiß nicht, ob mir Curts Sinn für Humor so sehr liegt, was die Auswahl ausgerechnet dieses Knaben angeht. Jeder eingeladene Gast hat, soweit ich sehe, Grund, den lieben Kirk Rath von Herzen zu verabscheuen.«

»Dich selbst nicht ausgenommen.«

»Richtig. Er hat auch mich ein paarmal geschlachtet. Und dich ebenso.«

»Ja, meine Sachen scheint er sogar ganz besonders zu hassen«, sagte Tom mit rollenden Augen. »›Sardini schreibt auch Western für Erwachsene. Vielleicht aber sollte dieser so ungeheuer produktive Mr. Sardini doch besser dabei bleiben. Seine Krimi-Langweiler kreisen um einen Privatdetektiv, der eine der uninteressantesten Typen der gesamten Krimiliteratur sein dürfte.‹«

»Du wirst doch die Verrisse deiner Bücher nicht auch noch auswendig lernen?«

»Sie brennen sich in mein Gehirn wie mit einem Brandeisen – wie wir Cowboy-Schreiber aus Brooklyn zu sagen belieben. Und was hat der liebe Rath denn über dich geschrieben, Mal?«

»Wann?«

»Na, das letzte Mal!«

»Weiß ich nicht mehr.«

»Na, streng dich mal an.«

»Äh – ich glaube, es war was wie ›Mallory schreibt romanhafte Bearbeitungen authentischer Fälle, und sein letzter Fall ist der am wenigsten überzeugende, am wenigsten packende Aufguß aller bisherigen. Dünne Charaktere. Schwach in den simpelsten Fähigkeiten, eine Geschichte zu erzählen.‹«

»Du hast völlig recht«, sagte Tom, »auch ich nehme Verrisse überhaupt nicht zur Kenntnis.«

Jill kam mit unserem Zimmerschlüssel an und sagte: »Alsdann, wir sind hier unten im Erdgeschoß. Ich hatte ja auf eines dieser schnieken Zimmer mit Balkon und toller Aussicht gehofft. Aber was soll's?«

»Ich bin auch gleich den Korridor runter, gar nicht weit von euch«, sagte Tom zu ihr, als wir beide aufgestanden waren. »Also, meine Aussicht ist auch nicht besser.«

»Vielleicht leiht uns Kirk Rath die seinige«, sagte ich. »Die ist ganz zweifellos toll und weit, in welchem Stock er auch ist.«

»Wir müssen da runter«, sagte Jill mit einer Geste in die entsprechende Richtung. Sie hatte ihr Quantum an forschen Reden und dem Spucken großer Töne für heute hinter sich. »Ich will mich vor dem Essen noch ein bißchen frisch machen.«

Wir sagten Tom, wir träfen ihn dann im Speisesaal, und ich latschte hinter Jill her um die Ecke, einen breiten Korridor entlang, alles voller Prägetapeten und poliertem Holz, einer dieser endlosen Hotelkorridore, wie sie in der Verfilmung von *»Shining«* vorkommen (natürlich wieder von Stephen King – der ist auch überall!), und halb erwartete ich bereits, daß der kleine Junge auf seinem großen Rad um die Ecke auf uns zugefahren käme . . . Kam aber nicht, und wir fanden am Ende sogar unser Zimmer – Nummer 64 –, und Jill steckte den Schlüssel ins Schloß und sagte: »Dieser Tom scheint ein ganz netter Kerl zu sein.«

Und ich sagte: »Na klar doch. Und wahrscheinlich hat er inzwischen, seit wir von ihm weg sind, schon wieder ein neues Buch geschrieben.«

Wir traten ein. Das Zimmer war klein – ach, schreiben wir lieber: gemütlich –, doch es hatte seinen eigenen, mit poliertem Holz getäfelten Kamin aus Ziegelsteinen, und es lag sogar Feuerholz bereit. Auch unser Gepäck erwartete uns bereits. An den Wänden waren vertikalgestreifte gelbliche Tapeten, und die Decke war ziemlich hoch, und das Fenster ging hinaus auf etwas großes Weißes draußen, und das war der gefrorene See. Über eine nahe gelegene Ecke dieses Sees spannte sich eine hölzerne, japanisch aussehende Brücke zwischen zwei Felsen, mit einem Erker in der Mitte auf dem höchsten Punkt. Doch diese hölzerne Brücke versperrte den Blick auf den See überhaupt nicht, aus dem da und dort immer wieder einzelne Felsen aufragten, ebenso wie hohe immergrüne Sträucher, sehr klar und deutlich und in dem blaugrünen Mondlicht von ganz unwirklichem Aussehen.

Aber was das Zimmer anging, so ergab sich doch ein Problem.

»Twin-Betten«, sagten wir.

»Die müssen sich geirrt haben«, sagte ich.

»Vielleicht, weil wir nicht verheiratet sind«, sagte Jill.

»Wenn es davon abhängt, dann soll der Kapitän kommen und uns trauen. Wie heißt der Käptn von diesem Schiff?«

»Dafür wäre doch wohl dein Freund Curt Clark zuständig, oder?«

Ich schritt zwischen den beiden Betten auf und ab. »Als ich

die Abmachungen mit Curt traf, sagte ich ihm, daß ich eine weibliche Gefährtin mitbringen würde. Ich dachte mir, er könne sich ja wohl denken, daß ich nicht mit Tante Mabel komme.«

»Hast du denn eine Tante Mabel?«

»Falls ich eine Tante Mabel hätte«, stellte ich klar. Und dann bemerkte ich, mitten im Schritt, daß noch etwas nicht da war.

»Wo«, sagte ich, »ist der gottverdammte Fernseher?«

Jill sah sich um, suchte in dieser Ecke, und dann in jener, dann im Bad, dann sogar noch, ich schwöre es, unter dem Bett, das ihr gerade am nächsten war.

»Es scheint kein solcher da zu sein«, sagte sie am Ende.

»Und wie, bitte, denken die sich, soll ich dann *Hill Street Blues* anschauen?«

»Irgendwie glaube ich, denken die es sich nicht.«

»Und was, zum Teufel noch mal, soll ich sonst an meinen Abenden in Iowa tun?«

»Wir sind nicht in Iowa; nicht mehr.«

»Ja, aber es gibt auch in New York Fernseher«, sagte ich gereizt. »Sogar oben im Staat.« Und ich ging zum Telefon, das auf dem Nachttischchen zwischen den beiden Betten zu stehen hatte. Nur, da war keines.

»Nicht einmal ein verdammtes Telefon haben sie«, sagte ich. »Vielleicht, wenn ich runter zum Empfang gehe, geben sie mir zwei Blechdosen mit einer langen Schnur.«

»Nur die Ruhe, Lover«, sagte Jill und deutete auf den Tisch, neben dem sie stand. »Hier am Fenster gibt es eines von diesen Telefonen.«

Tatsächlich war da eines. Es war da schon die ganze Zeit gewesen, direkt vor meiner Nase, und ich hatte es nicht gesehen. Weil ich von dem Ausblick auf den See und die Berge so in Anspruch genommen gewesen war.

»Es hat eine ganz lange Schnur«, sagte Jill. »Soll ich es dir hinüber auf das Nachttischchen tragen?«

»Nein, nein«, sagte ich und ging zu ihr hin und wählte 0. »Alles, was ich will, ist mein Fernseher und ein Doppelbett.«

»Ich mag Männer, die wissen, was sie wollen.«

»Geben Sie mir das Zimmer von Curt Clark, bitte«, sagte ich der Vermittlung und wartete. Inzwischen sah ich mich noch etwas mehr im Zimmer um und wartete, daß Curt ans Telefon käme.

»Wenn ich selbst noch was draufzahle«, sagte ich, »kriege ich auch mein Doppelbett und meinen Fernseher. Was das angeht, liebes Kind, bin ich nicht leicht zufriedenzustellen.«

Jill zeigte mir ernst den emporgereckten Daumen, um mir ihre volle Zustimmung zu signalisieren. Sie arbeitete schließlich für eine Kabelfirma. Sie glaubte also schon deswegen ans Fernsehen. Und an Doppelbetten natürlich sowieso.

Und das Telefon klingelte und klingelte in Curts Zimmer, und in meinen Ohren, und wahrscheinlich, nehme ich an, hätte es ewig geklingelt, wenn ich nicht aufgehängt hätte.

Aber ich stand da und breitete meine Arme aus und sagte: »Wie erwarten die, daß wir Freude und Spaß haben, wenn wir in einem Zimmer mit Twin-Betten und ohne Fernseher sind?«

Jill deutete mit dramatischem Achselzucken an, daß sie das auch nicht wußte, und unterstrich dies mit den Worten: »Auch mir ist dies ein Rätsel . . . Andererseits, schließlich ist dies ein *Mystery Weekend*, nicht?«

»Komm mit«, sagte ich und nahm die Sache in die Hand. Ich begab mich zur Tür. »So wie ich Curt kenne, ist der unten in der Bar. Und genau dort gehen wir jetzt hin und regeln die Angelegenheit.«

Meine Hand war schon an der Tür, aber dann trat ich erschrocken zurück. Irgendwer hatte auf meinen Türgriff geklopft. Gut, dachte ich, wenn ihr es so haben wollt. Ich würde kein Spielverderber sein. Und also öffnete ich die Tür.

Und wer stand draußen? Curt Clark persönlich. Mit einem breiten Lächeln auf dem Gesicht. Aber ich meine, wo sonst soll ein Lächeln schon sein. Oder?

Er kam zu uns herein, ein gutaussehender, schlanker Bursche mit dunkler Hornbrille und Ende Vierzig. Gut, das blonde Haar wurde schon ein bißchen dünn. Dann hatte er noch ein Sportsakko mit Lederherzen an den Ellbogen an und so cordartige Hosen.

»Ah, gut!« sagte er mit großer weiter Geste. »Da habt ihr ja eines der wirklich hübschen Zimmer bekommen!«

»Hübsche Zimmer?«

»Ja, aber sicher. Ich meine, hübsch sind sie natürlich alle.

Aber keineswegs alle haben beispielsweise einen Kamin. Das ist doch ganz entzückend, oder vielleicht nicht?«

»Ähm, ja, ja . . . das ist entzückend.«

Curt wandte sich an Jill. »Und Sie sind wohl –«

»– Mals Tante Mabel«, sagte Jill und lächelte ihn umwerfend an, während sie ihm die Hand gab.

Er verstand den Witz natürlich nicht, aber er begriff natürlich einen Insider-Witz, wenn er einen hörte, und lachte also auf jeden Fall ein bißchen. »Komisch«, sagte er, »ich hielt Sie für diese Person namens Jill Forrest, von der Mal einem pausenlos die Hucke vollredet.«

Tom Sardini war schließlich nicht der einzige Mensch, der meine Telefonrechnungen stets dicker werden ließ als mein letztes Buch.

»Das bin ich«, sagte sie. »Obwohl ich zugeben muß, daß ich bisher noch keines von Ihren Büchern gelesen habe.«

»Da sind sie in keiner schlechten Gesellschaft«, sagte Curt, und lächelte noch einmal ein bißchen.

»Aber ich habe schon demnächst diese Absicht«, sagte sie. »Ich bin nur nicht wirklich ein Krimi-Fan –«

Da wedelte Curt mit der Hand in die Luft. »Ich eigentlich auch nicht, wissen Sie.«

»– aber trotzdem habe ich jetzt schon ein paar gelesen, auf Mals Empfehlung hin. Gefallen mir sogar ganz gut.«

»Lassen Sie mich raten«, sagte Curt, der im Zimmer auf und ab schritt, alles prüfte und sogar aus dem Fenster hinaus auf den zugefrorenen See blickte. »Er führt Ihnen Roscoe Kane intravenös zu.«

Jetzt mußte ich lächeln. »Nein, nein, Kane habe ich ihr noch nicht angetan. Ich verschaffe ihr erst mal die Grundlagen. Mit Hammett und Chandler.«

»Sehr gut«, sagte Curt und blieb auf einem Fleck stehen, »in so etwa zwanzig Jahren hat er Sie dann bis zu mir vorangebracht.«

»O nein«, widersprach Jill lebhaft. »Sie sind gleich der nächste . . . gleich nach Mickey Spillane sind Sie dran.«

Curt legte sich eine Hand auf die Brust. »Es ist in der Tat ein großes Kompliment, auf Mals Lektüreliste gleich nach Mickey Spillane aufgeführt zu werden. Was mich nichtsdestoweniger natürlich nicht davon abhalten kann, entsetzt zu sein. Und weil wir schon davon reden: ist das hier vielleicht kein toller Ort? Genau hier hätten sie ›*The Shining*‹ verfilmen sollen!«

»Weil wir gerade davon reden, Curt«, nahm ich die Gelegenheit beim Schopf, »wir sprachen eben über diese Twin-Betten hier.«

»Alle Zimmer hier haben Twin-Betten«, sagte Curt mit dem Tonfall der Endgültigkeit.

»Aha. Und – und wie verhält es sich mit den Fernsehern?«

»Von denen gibt es gar keine. Wieso, siehst du dir immer noch Fernsehen an? Junge! Kein Mensch sieht mehr fern! Ich dachte, du wärst Autor, zum Donnerwetter!«

»Dieses Hotel hier, muß ich zugeben«, sagte ich, »verwirrt mich ein wenig. Hör zu, gehen wir hinunter an die Bar. Da kauf' ich dir einen Drink und –«

»Hier gibt es keine Bar«, sagte Curt.

Ich lachte deutlich auf. »Jetzt dachte ich doch grade wirklich, du hättest gesagt –«

»– hier gibt es keine Bar«, sagte er. »Genau. Das habe ich gesagt. Der Grund ist nämlich, daß es hier tatsächlich keine gibt.«

Ich sah Jill an. Jill sah mich an.

Curt erklärte es uns geduldig. »Dieses Hotel hier gehört den Quäkern.«

»Quäker?« sagte ich.

»Quäker«, sagte Jill.

»Quäker!« sagte Curt. »Du weißt schon, die mit den Haferflocken.«

»Nixon war Quäker«, sagte ich. »Und der hat gesoffen.«

»Ja, aber nicht hier«, sagte Curt. »Dieses Hotel hier – das übrigens auf der Bezeichnung ›Berghaus‹ besteht, weil die Quäker, die es einst begründeten und eröffneten, nichts so Dekadentes wie ein ›Hotel‹ besitzen wollten – hat keine Bar, keines der Zimmer hat einen Fernseher, und nicht in einem einzigen steht ein Doppelbett. Wenn ihr dies im Gedächtnis behaltet, dürft ihr euch ansonsten so frei für jede Art Spaß und Vergnügen fühlen wie nur möglich.« Er sah auf die Uhr. »Das Abendessen wird jetzt serviert.«

»Ah, dann gibt es also tatsächlich aber doch Essen hier?«

Curt lächelte beifällig. »Aber natürlich doch. Sobald ihr euer Tischgebet gesprochen habt.« Und ging.

Ich ging hinter ihm her, aber Jill zögerte an der Tür. Dann sperrte sie doch zu und folgte mir.

»Ich führe euch zum Speisesaal«, sagte Curt. Dann nickte er im Vorbeigehen der Tür zum Zimmer 62 zu und wies mit der Hand darauf. »Wir sind übrigens Zimmernachbarn. Ihr könnt jederzeit reingehen und euch Zucker holen, wenn Kim und ich nicht da sein sollten.«

Kim war Curts Frau, eine sehr hübsche Endzwanzigerin. Schauspielerin.

»Wie ging's mit deinen Geschäften in der Stadt?« fragte Curt.

»Na ja, abgesehen davon, daß ich jetzt keinen Agenten mehr habe . . .«

»Ah? Also hat dich Jake Kreiger doch endlich rausgeworfen, wie? Mach dir nichts draus, es war eh Zeit für einen Wechsel.«

Jill sagte: »Vielleicht könnten Sie mal mit Ihrem Agenten über Mal reden –«

Ich sagte: »Jill, bitte –«

Und Curt sagte grinsend: »Mein Agent ist doch Jake Kreiger. Ach, wissen Sie, das bißchen Mangel an Takt stört mich nicht. Ich bin schließlich geborener New Yorker.«

»Peng«, sagte Jill.

»Nein, Mal«, sagte Curt zu mir, »vergiß doch das ganze Karrierezeug. Das ist doch der Sinn der ganzen Sache hier.« Er machte wieder eine große Geste ringsum und ging schnell. Die ganze Verantwortung, die auf ihm lastete, schien ihn etwas zu überfordern. »Weg von der ganzen modernen Welt und an einen friedlicheren Ort.«

Und während er so sprach, stakten drei Frauen in Holmesmützen vorbei, und sie schnatterten wie die Elstern.

»Genau«, sagte ich.

»Ich meine«, sagte Curt, während wir ihm die breite Treppe zum Speisesaal hinunter folgten, »natürlich läßt sich nichts mit einem netten kleinen altmodischen Mord vergleichen, damit die ganze Sache etwas lebhafter wird . . .«

3

Der Speisesaal war eine geräumige, kieferngetäfelte Angelegenheit mit einer hohen Decke, die über einige Stockwerke nach oben reichte. Wäre da allerdings nicht das bekannte weiche, gelbe Mohonk-Licht der Lüster gewesen, hätte er freilich ziemlich kahl und ungemütlich ausgesehen. Die zahlreichen kleinen Tische mit ihren weißen Tischtüchern und harten Holzstühlen unterstanden dem Service junger Männer in Goldjacken und Mädchen in schwarzen Kleidern mit weißen Schürzen, deren Servieranrichten rund um die großen Stützpfeiler liefen; auf diesen dampften die Kaffeemaschinen und standen die Regale mit den Gewürzen, immer bereit, falls jemand ihrer bedurfte. Das Ganze hatte den anheimelnden Charme einer protestantischen Kirche mit Nahrungsmitteln darin.

Aber diese Nahrungsmittel waren köstlich, das muß man sagen; wenn auch überraschenderweise ganz unverblümt nach Mittelwesten-Art. Es erinnerte mich alles höchst angenehm an die vielen Familienrestaurants in den Amana-Siedlungen zu Hause in Iowa, in denen einem Schüssel auf Schüssel einfachen, aber ganz wunderbaren Essens gereicht wird, bis man nicht mehr kann und »genug« sagt. Und wir alle, die wir aus guten, gesunden, ländlichen Verhältnissen stammen, pflegen uns bekanntlich Zeit zu lassen, ehe wir »genug« sagen. Und das hier in Mohonk war genau diese prima Art – Brot und Brötchen selbstgebacken, Obst aus dem eigenen Garten, dampfende Petersilienkartoffeln, Gemüse aller Art und dazu die Wahl zwischen zwei Arten Fleisch, heute abend beispielsweise gebratene Hähnchen oder Roastbeef, zart und innen noch blutig.

Nach zwei Tagen in New York mit Mittagessen und Abendessen in Gesellschaft von Lektoren und Verlegern und meinem gewesenen Agenten, alles in ebenso teuren wie winzigen Manhattan-Eßläden (das Wort wollte ich immer schon mal in irgendeinem Satz unterbringen!), wo »haute cuisine« zelebriert wird und »Sushi« und all das, waren meine ganz durchschnittlichen Mittel-Westen-Geschmackszäpfchen entzückt, hier ganz normales, einfaches Essen zu bekommen.

Der wohlbeleibte Gentleman, der mir gegenüber saß – ein Mann mit einem Brustkasten wie ein Faß, kurzen, grauen Haaren, grauen Augen und einer ganz auffälligen Sonnenbräune, schnieke gekleidet wie aus dem Ei gepellt: blauer Blazer, pfirsichfarbenes Hemd mit offenem Kragen, Goldkettchen um den Hals –, schien ganz meiner Meinung zu sein. Auch er haute mächtig rein.

Wir hatten uns bereits miteinander bekannt gemacht. Er war Jack Flint (und ich war Mallory: erinnern Sie sich?), und ich hatte gesagt, ich sei sehr erfreut, seine Bekanntschaft zu machen. Und das war ich tatsächlich. Er war einer meiner Lieblingsautoren in unserem Genre, ein moderner »Hardboiled-Autor, zu denen ich mich ja auch zählte.

Flint war Mitte Vierzig und stellte die Rarität unter den Krimi-Autoren dar: er war zuvor aktiver Privatdetektiv gewesen; im lächerlicherweise so genannten »wirklichen Leben«. Seine Detektivgeschichten waren direkte Privatdetektiv-Protokolle, die auch ganz echte Privatdetektiv-Praktiken schilderten wie beispielsweise Prämienjagd auf untergetauchte Alimentenverweigerer oder gerichtliche Zustellungen, und sie waren in einem herrlichen Understatement-Stil geschrieben, der eines Joe Gores würdig war.

»Na, wie hält sich das hier im Vergleich zu Hausmannskost à la Kalifornien?« fragte ich ihn, weil ich wußte, daß Flint aus San Francisco stammte.

Sämtliche seiner sympathischen Züge des eher vollen Gesichts schienen augenblicks zu lächeln, speziell die um die grauen Augen. »Schlägt alles«, versicherte er mir.

Seine Frau Janis saß neben ihm. Sie war eine zurückhaltende, attraktive Blondine ohne alles Make-up. Sie trug ein einfaches weißes, gelb und orange bedrucktes Kleid. Sie schien nur Salat und so was zu essen.

»Das Essen hier kann einen Vegetarier schon schwach machen, nicht?« sagte ich zu ihr.

Sie lächelte verlegen und nickte.

Jill neben mir sagte: »Ich bin selbst auch so ein bißchen Vegetarierin. Höchstens Hühnchen und Fisch esse ich.«

Mal abgesehen von Hot dogs, mexikanischen Tacos und Peperoni-Pizzas, um der Wahrheit die Ehre zu geben, aber wer will schon ein harmonisches Gespräch ruinieren?

Janis Flint sagte: »Doch, Fisch esse ich auch.« Und lächelte. Sie schien geradezu krankhaft schüchtern zu sein, aber wenn irgendwer sie aus der Reserve locken konnte, dann war das sicher Jill.

Tatsächlich begann Jill ein ganz lebhaftes Gespräch mit Janis – die, wie sich herausstellte, doch wirklich und wahrhaftig Lehrerin an einer höheren Schule war und mit Schulfernsehen zu tun hatte. Und da hatte Kabelfachfrau Jill natürlich ihren Knochen, an dem sie nagen konnte. Ich konnte mich also inzwischen ohne Bedenken mit Flint unterhalten.

Zuerst erzählte ich ihm ohne alle Scham von meinen Agentenproblemen, und er empfahl mir seinen eigenen – »der ist gaanz brritisch!« – und schrieb mir seine Adresse auf die Rückseite einer seiner eigenen Visitenkarten. Und sagte, ich könne mich gerne auf ihn berufen. Er hatte sich damit einen Freund fürs Leben geschaffen.

Ich war wirklich einigermaßen verlegen über soviel offene, herzliche Freundlichkeit, und deshalb aßen wir danach eine ganze Weile schweigend; abgesehen natürlich von der lebhaften Unterhaltung unserer Damen. Janis war inzwischen merklich aufgetaut. Ich sagte es Ihnen ja, Jill schafft so was immer.

Schließlich raffte ich mich wieder auf: »Ich hab' schon eine ganze Weile kein neues Buch mehr von Ihnen gesehen.«

Flint ließ von seiner Hühnchenbrust ab, mit der er eben beschäftigt war, um achselzuckend sorgfältig antworten zu können: »Würde ja ganz gern eins schreiben. Aber was kann man gegen das ungleich besser zahlende Hollywood schon machen?«

»Ah? Sie sind dorthin gezogen?«

Er lächelte. »Nein, das nicht, aber ich arbeite jetzt für die. Drehbücher. Ein paar Serienfolgen ›Mike Hammer‹ und ›Magnum‹ letztes Jahr. An einer ›Riptide‹-Folge sitze ich gerade. Und dann natürlich das Drehbuch zu *Schwarze Maske*.«

Schwarze Maske, muß man wissen, war Flints berühmtestes Buch. Eine historische Phantasie über einen Mord, der bei einem Dinner begangen wird, an dem sämtliche berühmten Krimi-Heftchen-Autoren der dreißiger Jahre teilnahmen. Raymond Chandler und Dashiell Hammet tun sich dann zusammen, um den Fall aufzuklären, und es stellt sich raus, daß der Mörder nicht der Gärtner war, sondern niemand anderer als Carroll John Daly. Seit Jahren sollte die Story schon verfilmt werden. Spielberg persönlich hatte die Rechte gekauft. Mit einem Wort: da ging es ums große Geld.

»Und, wird das jetzt was mit dem Film?«

Er zuckte mit den Schultern. »Sie sind im Augenblick in der sogenannten Vorproduktion. Spielberg hat einen von seinen Wunderknaben aus der Filmschule drangesetzt. Das endgültige Drehbuch hat mit meinem Buch oder auch mit meinem Filmskript nicht mehr viel zu tun.«

»So was muß ärgerlich sein.«

»Ach Gott. So ist Hollywood eben.«

»Na, wie auch immer, ich hoffe jedenfalls, daß mal wieder einer von Ihren ›Case-File-Romanen‹ kommt.«

Er zog eine Augenbraue hoch. »Wie könnte ich es wagen, nach dem, wie die Kritiker mit meiner letzten umgesprungen sind?«

»Aber, ich bitte Sie. Die Kritiker sind doch tatsächlich ganz verrückt nach Ihren Büchern.«

»So? Na, das letzte ›Case-File‹ jedenfalls hat nicht mal mehr eine Besprechung in der *New York Times* bekommen! Und der kleine Mistkerl Rath hat es zur Sau gemacht. Die Verkäufe an die Leihbüchereien waren mager. Gerade noch die Paperbackausgabe hat uns ein bißchen herausgerissen.«

»Ah – da wissen Sie wahrscheinlich gar nicht, daß –«

»Sie meinen, daß Rath hier der sogenannte Ehrengast ist? Doch, doch. Curt hat mich vorgewarnt. Er weiß ja, wie ich zu Rath stehe. Ich bin trotzdem gekommen.«

»Wie stehen Sie denn zu Rath?«

»Ach Gott, sagen wir mal so: ich wäre am liebsten der Mörder hier.«

Ich erinnerte mich an einige von Raths Kritiken der Bücher Flints. Er hatte Flint menschenverachtend genannt und psychopathisch. Weil sich dessen letztes Buch um einen psychopathischen Vergewaltiger drehte (gibt es vielleicht andere auch?), erzählt in der Ich-Form. Es war freilich ein recht mutiges und gewagtes Buch, distanziert und eiskalt geschildert. Vermutlich das beste Buch seiner Art seit *Der Killer in mir* von Jim Thompson. Letzteres ist allerdings meine persönliche Privatmeinung, nicht etwa die von Rath. Der verriß es vielmehr nach Strich und Faden und unterstellte, die Empfindungen des Ich-Erzählers seien identisch mit denen des Autors – etwas, das ja wohl zu den unverzeihlichsten Unterstellungen in der literarischen Kritik gehört.

»Sein *Mystery Chronicler* ist wahrscheinlich das einzige, aber dafür bedeutendste Hindernis, das mich aus dem Buchgeschäft heraushält«, sagte Flint sachlich.

»Sie meinen, er ist wirklich so einflußreich?« fragte Jill dazwischen, deren Unterhaltung mit Mrs. Flint etwas versiegt war, seit Flint und ich mit der unseren Fahrt bekommen hatten.

»Aber sicher«, sagte ich an Flints Stelle und nickte. »Mich hat er ja auch schon am Wickel gehabt. Mein Verleger bei *Crime Club* hat sich bereits dahingehend geäußert, daß Raths negative Kritiken es nicht zuließen, meine Serien auch als Paperbacks herauszubringen.«

»Ein einziger Kritiker?« sagte Jill. »Das kann doch nicht möglich sein.«

Flint wischte sich das Kinn mit der Serviette ab und gestikulierte mit seiner dicken Hand, deren Finger aber sehr zierlich waren. »Das ist sehr wohl möglich, Miß Forrest.«

»Jill, bitte.«

»Doch, Jill, es ist sehr wohl möglich. Krimis bekommen von Hause aus nicht sehr viel Kritikbeachtung . . . Höchstens mal die größeren, die ›in andere Bereiche übergreifen‹, wie man so schön sagt, die ›den Rahmen sprengen‹. Und da können ausreichende negative Kritiken in diesem *Mystery Chronicler* durchaus eine Karriere ruinieren.«

»Das ist aber doch absurd«, beharrte Jill.

»Nicht wahr?« bekräftigte Flint.

Ein Ober beugte sich herunter und füllte mein Eistee-Glas neu auf. »Aber man muß fairerweise sagen«, sagte ich, »daß die meisten Kritiken im *Mystery Chronicler* durchaus ausgewogen sind. Es wird keine bestimmte Schule favorisiert, sondern einfach ausgewählt, was den Leuten als die beste augenblickliche Produktion im Krimi-Bereich erscheint.«

»Genau das aber ist ein Teil des Problems«, meinte Flint. »Der *Chronicler* ist nicht durchgehend so unerbittlich wie etwa *Kirkus*. Das Schlimme ist, daß, wenn sie dann mal eine negative Kritik bringen – und fast immer sind die dann von Rath selbst –, diese dann auch so verheerend sind, daß dort kein Gras mehr wächst.«

Bei diesen Worten sah Tom Sardini, der neben Janis Flint saß, von seinem Dessert auf – einer Portion Erdbeerkuchen, so hoch wie ein ganzes Stockwerk – und gab seinen Senf dazu: »Ach herrje, Jack – und ich dachte, du seist einer von Raths Lieblingen?«

»Eine Zeitlang war ich es ja«, sagte Flint mit bedauerndem Lächeln. »Da hat er mich wirklich direkt aufs Podest gehoben. Hat mich den Hammett meiner Generation genannt; und das ist ja immerhin ein Lob, nach dem sich jeder Autor in unserer Branche die Finger lecken würde.«

Ich lachte, allerdings war darin wenig Humor. »Das ist doch seine klassische Masche. Er sucht sich einen heraus, den er mit Lob überschüttet und eine Zeitlang groß aufbaut, und dann, wenn er glaubt, daß der nun zu groß geworden sei, demontiert er ihn nach Strich und Faden. Der Herr Rath hat's gegeben, der Herr Rath hat's genommen, gelobet sei der Name des Herrn Rath. Der Mann ist ein zweiter Frankenstein, der am Ende alle Monster haßt, die er selbst geschaffen hat.«

»Ihr Vergleich hinkt ein wenig, Mallory«, sagte Flint mit freundlicher Nachsicht. »Rath selbst ist das Monster.«

An unserem Nebentisch saß Curt Clark mit seiner Frau Kim, einer wie schon gesagt übertrieben hübschen und ziemlich knackigen Blondine, und ein weiterer Gast-Autor, mein alter Freund Pete Christian, der Autor so vieler prächtiger Bücher über Kriminalfilme. Curt stand jetzt auf und kam zu uns herüber, um ein bißchen mitzuhören, vermutlich, weil er den Namen Rath in unserer Unterhaltung gehört hatte.

»Vergebt ihr mir trotzdem die Einladung eures Rathsen?« fragte er augenzwinkernd, während er sich zwischen Mr. und Mrs. Flint zu uns herunterbeugte. »Dies war soeben ein Wortspiel, wie ich zu bemerken bitte, *Ladies and Gentlemen!*«

»Soviel ich weiß, gelten Wortspiele in New York als Kapitalverbrechen!« stöhnte Flint.

»Wenn Kirk S. Ratz, sprich Ratte, nur ein schlechtes Wortspiel wäre und sonst nichts weiter, wäre mir bedeutend wohler«, sagte ich. »Für dich ist es leicht, Curt, das so leicht zu nehmen. Dir hat er ja nie einen Verriß um die Ohren gehauen.«

Curt sagte achselzuckend: »Wäre mir auch ziemlich schnuppe. Ich lese grundsätzlich keine Kritiken.«

»Tatsächlich?« fragte ich.

»Höchstens drei- oder viermal bisher«, räumte er ein. »Wie ist das Essen? Alles zur Zufriedenheit? Nichts Ausgefallenes. Aber reichlich.«

Jack Flint lächelte zu Curt empor und sagte: »Beantworten Sie immer Ihre eigenen Fragen?«

»Tu' ich das? Nein, glaub' ich nicht.«

Tom Sardini riß sich neuerlich von seinem Erdbeerkuchen los, jedenfalls so lange, um einzuwerfen: »Und wo ist denn nun der so berühmte Mr. Rath?«

»Er hat bereits gespeist«, erläuterte Curt. »Im Speisesaal hier wird schon seit sechs Uhr serviert, und jetzt ist es fast acht.«

»In unserem Bus war er auch nicht«, sagte Jack.

»Auch nicht in unserem«, sagte ich.

»Er ist mit seinem eigenen Wagen gekommen«, sagte Curt. »Kennt ihr ihn überhaupt persönlich?«

Die Frage schien eher an mich gerichtet zu sein, also beantwortete ich sie auch zuerst: »Ja, ja, ich habe ihn ein paarmal getroffen. Er war bei den letzten paar Bouchercons, und auch bei einem Edgar-Preis-Dinner vor ein paar Jahren bin ich ihm mal begegnet. Er war eklig, aber im persönlichen Gespräch formuliert er nicht annähernd so geschliffen wie schriftlich. Macht eher den Eindruck von Unreife und . . . na, Naivität, als irgend etwas anderes.«

»Ich bin ihm nie begegnet«, bemerkte Jill. »Aber ich bin ganz wild darauf.«

Curt sah auf seine Uhr. »Die Gelegenheit dazu haben Sie in nunmehr zwanzig Minuten. Wenn nämlich unser Spiel beginnt, unten in der großen Halle. Ich weiß schon, daß Salonkrimis nicht der Stil von euch harten Burschen mit den

Privatdetektivgeschichten sind. Aber gebt euch halt Mühe, so gut ihr könnt, richtig mitzuspielen.«

Er lächelte und kehrte an seinen Tisch zurück, während eines der bedienenden Mädchen mir meine Portion Erdbeerkuchen hinstellte. Die Beeren waren blutrot und saftig. Jill war über die ihren bereits hergefallen. Nicht einmal das Thema Kirk Rath konnte uns den Appetit rauben.

4

Draußen vor dem Speisesaal gesellte sich Pete Christian zu uns. Pete war ein warmherziger, enthusiastischer Mann, ein ewig frühreifes Kind in Gestalt eines leicht untersetzten und leicht unordentlichen Typs mittleren Alters. In seinem etwas zerknitterten *Rumpole-of-the-Bailey*-Anzug machte er immer ein wenig den Eindruck des einzigen Überlebenden einer Stadt, über die eben ein Tornado hinweggebraust ist – und zwar eines Überlebenden, dessen einziger Kommentar ist: »Wind? Was für ein Wind?«

»Hallo, Mal«, sagte er zu mir mit seinen flinken Augen hinter der dicken Brille, während sein Lippenbart das Lächeln seines Mundes mit vollzog, »schön, dich mal wieder zu sehen. Ich wollte dich die ganze Zeit schon mal anrufen.«

Wir schüttelten uns die Hand und klopften einander auf die Schulter und grinsten uns an.

»Jill, das ist Peter Christian. Er hat dieses Buch über die Charlie-Chan-Filme geschrieben, das ich dir mal geliehen habe, erinnerst du dich?«

»Das war ein tolles Buch«, sagte Jill und kugelte ihm fast den Arm aus beim Händeschütteln.

»Sind Sie denn ein Krimi-Fan?« fragte Peter und schüttelte mit seiner Hand mächtig dagegen.

»Nein, eigentlich nicht. Aber die Charlie-Chan-Filme im Fernsehen spät nachts mochte ich immer besonders, als ich noch ein Mädchen war.«

»Liebe Dame, Sie sind immer noch ein Mädchen, aber eines mit einem sehr guten Geschmack. Also, ich finde ja, Sidney Toler wird unterschätzt, Sie nicht?«

»Ganz entschieden«, sagte sie. »Aber ich mag sogar die mit Roland Winter. Ich mag überhaupt die alten Filme.«

»Wenn das so ist, haben Sie besonders Glück. Ich bin hier nämlich zuständig für das gesamte Filmprogramm. Und wir zeigen drei der besten. Auch *Charlie Chan auf der Schatzinsel!«*

Da erhellte sich ihr Gesicht. »Das ist ja toll! Der über diesen Zauberer, mit Cesar Romero.«

»Richtig! Und für die Warner-Oland-Puristen haben wir als Anfang *Charlie Chan in der Oper!«*

»In dem ist Boris Karloff ganz toll!« sagte Jill.

Pete sah mich vorwurfsvoll an. »Und da sagst du, sie interessiert sich nicht für Krimis? Sie weiß mehr über Krimis als du!«

»Hiermit erkläre ich euch für Mann und Filmfreak!« sagte ich. »Gehet hin und verbringt meinetwegen euer ganzes Wochenende mit Trivialfilmen. Was mich betrifft, bin ich der Meinung, daß die Nostalgie auch nicht mehr das ist, was sie mal war.«

Wir waren inzwischen weitergegangen – Pete war der ruhelose Typ; wenn man mit ihm sprach, ging er automatisch; außerdem war er Kettenraucher – und mittlerweile am Eingang zu der großen Halle angekommen, die eigentlich ein großer Vortragssaal war und jetzt als Aufführungsort dienen sollte. Genau wie der Speisesaal befand sie sich im sogenannten ersten Stock (während der wirkliche erste Stock auf die europäische Art Erdgeschoß hieß).

»Als was sind Sie vorgesehen?« fragte Pete Jill. »Verdächtige oder Mitspieler?«

»Gar nichts«, sagte sie.

»Da kann ich nur hoffen, daß Sie hier nicht zur Erholung sind«, warnte er sie mit drohend erhobenem Zeigefinger. »Für die nächsten achtundvierzig Stunden wird sich dieses Hotel hier nämlich buchstäblich in ein Irrenhaus verwandeln. Die *Mohonk Mystery Weekends* nehmen sich sehr ernst.«

»Ich dachte, alle kommen wegen des Spasses hierher«, sagte sie.

»Sie werden hier alle Arten brillanter professioneller Leute erleben«, sagte Pete. »Ganz ungeheuer auf Konkurrenzkampf eingefuchste Typen in ihrer Arbeit – und folglich auch im Spiel. Die lechzen nach Blut, meine Liebe.«

»Um Gottes willen, da kann man ja nur hoffen, daß es nicht ernst wird.«

»Falls Sie das Studium der menschlichen Natur interessieren sollte, werden Sie hier auf Ihre Kosten kommen. Trotzdem, ich persönlich nehme es nicht so ernst. Aber immerhin habe ich bisher siebenmal von neunmal den Mörder richtig erkannt.«

»Wie oft waren Sie denn schon dabei?«

»Immer, bis auf einmal. Diesmal gehöre ich zum ersten Mal zu den Verdächtigen.«

»Ich bin sehr beeindruckt«, sagte Jill.

»Mal«, sagte Pete, »wir müssen uns während dieses Wochenendes mal zusammensetzen. Wir haben was zu bereden.«

»Was denn?«

»Ich habe antichambriert, daß Mickey Spillane einen Grandmaster-Preis bekommt.«

»Von der MWA – der Vereinigung der Kriminalschriftsteller Amerikas? Besteht Hoffnung, daß das klappt?«

Pete zuckte vielsagend die Schultern hoch und spielte seine Szene mit Zigarette suchen, eine andere finden und umständlich anzünden voll aus. »Weiß nicht«, räumte er dann ein. »Spillane ist nur Mitglied der Vereinigung gewesen, und einige der Mitglieder dort tragen ihm bis heute nach, daß er sie ignoriert hat.«

»Je nun, es gab auch eine Menge Leute, die ihn ignoriert haben. Aber selbst wenn man seine Bücher nicht mag – man kann nicht bestreiten, daß er das Genre stark beeinflußt hat. Und deshalb würde er diese Anerkennung auf jeden Fall verdienen.«

»Da stimme ich dir mit vollem Herzen zu. Weißt du, ich dachte mir, du könntest mir helfen, einen Brief zu dem Thema an den zuständigen Ausschußvorsitzenden zu schreiben.«

»Aber gerne. Jederzeit.«

»Ja, aber da gibt es tatsächlich ein Problem«, sagte jemand. Nicht ich. Und nicht Pete.

Wir wandten uns nach dem Jemand um. Er saß uns gegenüber auf einer Bank. Ein kleiner, dürrer Mann, Ende

Zwanzig, in einem grauen Anzug mit Weste und dunkelblauer Krawatte, die eng um den Kragen eines hellblauen durchgeknöpften Hemdes gebunden war. Er hatte ein Bein übergeschlagen, so hoch, daß der Knöchel des einen auf dem Knie des anderen lag, und die Arme verschränkt, und grinste blöd. Auf eine eckige Art sah er durchaus gut aus. Er war blauäugig mit milchweißem Teint und trug das ziemlich lange blonde Haar sorgfältig gepflegt und frisiert. Es war nicht zu übersehen, daß er mehr für seinen letzten Friseurbesuch bezahlt hatte als ich bei meinem letzten dreien zusammen.

»Und um welches Problem handelt es sich dabei?« fragte ich.

»Darum, daß Mickey Spillane ein Kretin ist«, sagte Mr. Kirk S. Rath, denn um ihn handelte es sich. »Er ist – ich bitte um Entschuldigung für die vulgäre Ausdrucksweise – ein ganz beschissener Autor.«

Jill schluckte und sah mich an, weil sie genau wußte, daß ich dies gar nicht lustig finden würde.

»Wenn Sie meine vulgäre Ausdrucksweise entschuldigen wollen«, sagte ich, »dann sind Sie es, der ganz beschissen ist.«

Und damit wandte ich mich wieder Pete zu, mit dem ich schließlich und endlich diese ganz private Unterhaltung hatte, und sagte: »Wann wollen wir den Brief entwerfen? Nicht heute abend, wenn es geht. Die zwei Tage in NYC haben mich doch ziemlich angestrengt, und dann noch diese Busfahrt hier rauf . . .«

Aber nun stand Rath bereits neben mir. Ich hatte ihn gar nicht kommen gesehen. Es war wie ein abrupter Schnitt in einem Film.

»Mallory, ich sehe keinen Grund, persönlich zu werden«, sagte er.

Ich seufzte. »Sie haben einen Autor, den ich sehr respektiere – den ich auch persönlich kennengelernt habe und schätze –, einen Kretin genannt. Damit sind erst mal Sie persönlich geworden, finde ich. So wie diese Art, in der Sie immer Ihre Meinungen in persönliche Gespräche verpacken.«

Er grinste wieder provokant. »Oh, ich stehe also unter der Anklage intellektueller Notzucht.«

»Kaum«, sagte ich. »So hoch würde ich Sie nicht einschätzen.«

Das Grinsen erstarrte zu bösem Augenfunkeln.

»Sie haben eine ziemlich ausgeprägte Selbstmordneigung, Mallory, nicht wahr?«

»Wieso? Weil Sie mein nächstes Buch in die Pfanne hauen werden? Als Kontrast zu dem blumigen Dingen, die Sie früher mal über mich schrieben? Ach, hauen Sie doch ab, Mann!«

»Sie sind ungehobelt, und Sie sind gemein.«

»Und ich rede, wie mir der Schnabel gewachsen ist und nicht um den Brei herum. Wissen Sie was, Kirk? Wir quatschen hier miteinander und brauchen Sie nicht dazu! Klar?«

Rath musterte Pete scharf und sagte mit strafendem Blick: »Die Gesellschaft, die Sie sich da ausgewählt haben, Mr. Christian, gefällt mir gar nicht.«

Aber Pete reckte sich auf und brachte tatsächlich einige Schärfe zuwege: »Und mir gefällt gar nicht, wenn sich jemand in eine private Unterhaltung einmischt.«

Jill sah mich an, ich sah Jill an.

Rath reckte Pete seinen Finger wie eine manikürte Pistole entgegen. »Sie sind auch nicht so unverwundbar, lieber Freund!«

»Ich bin nicht Ihr Freund«, sagte Pete. »Ich habe noch nicht vergessen, wie Sie mit C. J. Beaufort umgesprungen sind!«

»Ich? Umgesprungen? Beaufort hat miserable Bücher geschrieben und sich umgebracht. Weder mit dem einen noch mit dem anderen hatte ich etwas zu tun. Das hat er alles ganz alleine gemacht!«

»Sie haben ihn mit Druckerschwärze umgebracht, so ist das!« rief Pete erregt und schüttelte seine Faust zornig. »Das hat ihn zerstört!«

Rath ignorierte Petes Faust und lachte. »Muß ich Ihnen sagen, daß Schriftsteller öffentliche Figuren sind? Sie schreiben für die Öffentlichkeit. Wenn sie die damit verbundenen Risiken und Unbilden nicht ertragen können, dann sollen sie es gefälligst bleiben lassen!«

Pete zitterte vor Erregung und Wut. Er war wirklich ganz außer sich. »C. J. Beaufort war ein freundlicher, ruhiger, höflicher Mensch . . . und mein Freund!«

Ich trat zwischen die beiden. »Tut mir leid, dieses kleine

Familiengespräch zu unterbrechen, aber wir sollten alle schon seit fünf Minuten unten sein!«

Rath schüttelte den Kopf, sagte: »Mein Gott, seid ihr alle pathetisch!« und stieg die Treppe hinunter.

»Also das war der vielgenannte Kirk S. Rath«, sagte Jill.

»Persönlich«, sagte ich, und fühlte mich selbst etwas deprimiert.

»Am liebsten hätte ich ihn die Treppe runtergeworfen«, sagte Pete, während wir uns ebenfalls auf den Weg nach unten machten. Er rang noch immer wütend nach Atem.

»Ich hätte ihn aber auch nicht reizen sollen«, sagte ich, und es tat mir tatsächlich leid, daß ich diese Szene zwischen den beiden verursacht hatte. »Ich war tatsächlich ungehobelt und gemein.«

»Ach Quatsch! Immerhin hat er sich in unsere Unterhaltung einfach eingemischt! Wie kommt der dazu? Dieser arrogante Schnösel, der! Du hast ihm mit vollem Recht die gebührende Antwort gegeben.«

»Ja, sicher! Und nun ist er mit seinem Ego sogar bis in die Stratosphäre runtergefallen, was?«

Jill sagte: »Ein erstaunlicher Bursche! Hast du seine Augen gesehen?«

»Was ist mit seinen Augen?« fragte ich.

»Der ist geistesgestört! Der ist ein echter Soziopath!« sagte sie.

»Er bringt nicht den kleinsten Funken Gefühl über Beauforts Selbstmord auf«, sagte Pete, selbst etwas verwundert.

»Der liebe Kirk Rath ist kein Soziopath«, sagte ich. »Er ist schlicht und einfach noch nicht erwachsen, das ist alles! Er ist in der Pubertät sitzen geblieben. Oder soll man lieber sagen, er ist ein Pubertärer, der sitzen sollte?«

»Du bist viel zu nachsichtig mit ihm«, sagte Pete und schüttelte den Kopf, während er sich gleichzeitig eine neue Zigarette anzündete.

»Nein, ich glaube wirklich, er versteht gar nicht, warum seine Kritik immer so persönlich empfunden wird«, sagte ich. »Er ist nie aus seinem Studentenstandard herausgewachsen, wo alles noch nur schwarz oder weiß ist, und berauscht sich an seinem eigenen Vokabular und geschraubten Stil à la William F. Buckley.«

»Aber er weiß jedenfalls, wie mächtig das geschriebene Wort sein kann«, sagte Pete nickend, »nur begreift er nicht, welche Verantwortung damit verbunden ist.«

»Vielleicht hat er deshalb«, überlegte Jill, »pausenlos Prozesse mit Gott und der Welt.«

»C. J. Beaufort kann ihn nicht mehr verklagen«, sagte Pete.

Und marschierte hinein in den großen Saal unten, wo sich die Mitspieler bereits versammelten.

Jill schob ihren Arm unter meinen. »Was ist das für eine Geschichte mit diesem Beaufort?«

»Die Einzelheiten kenne ich auch nicht alle«, sagte ich. »Beaufort war ein Romanheft-Schreiber. Das geht bis zurück in die Tage von *Black Mask*. Er war Alkoholiker. In den vierziger Jahren hatte er einigen Erfolg, dann war es damit vorbei. Später schrieb er jahrelang Paperbacks unter vielen Namen. Er hatte einige ausgesprochene Fans. Pete war einer von ihnen. Aber im allgemeinen galt er eben nur als solider Profi, ein Tagesscheiber, nichts Besonderes. Bis dann Rath kam.«

»Wie kam?«

»Von Anfang an, seit er den *Chronicler* machte, hat er Beaufort immer wieder als das klassische Beispiel eines talentlosen Schreiberlings bezeichnet . . . er ist richtig darauf herumgeritten . . . und hat es so lange fortgesetzt, bis ›Beaufort‹ ein Synonym für ›mieser Schreiberling‹ war.«

Inzwischen flüsterte ich, weil wir nun ebenfalls in die große Halle mit der niedrigen Decke eingetreten waren, die ganz Kastanienpaneele und Glas war, bekannt unter dem Namen »See-Lounge«. Hier saßen bereits einige hundert *Mystery*-Fans wie die Indianer auf dem Boden. Einige lehnten rundherum an den Wänden und an den Stützpfeilern oder quetschten sich sonst irgendwie dazwischen. Curt Clarke und seine Frau sowie die anderen Gast-Autoren (inklusive Ehegattinnen oder Gefährtinnen) waren an einer Seite aufgereiht, und die vorwiegend sitzenden direkten Spieler blickten erwartungsvoll auf Curt und Genossen.

Rath lehnte an einem der Stützpfeiler mit gelangweiltem Gesichtsausdruck. Cynthia Crystal, deren urbane Salon-Krimis einen Kritiker angeregt hatte, sie »Die amerikanische Agatha« zu nennen, versuchte, mit Rath in ein Gespräch zu kommen. Sie lächelte und gab sich überaus freundlich, dann lachte sie auf etwas spröde Art laut auf, aber nichts schien Rath sonderlich zu beeindrucken. Sie war eine hagere Blondine um die Vierzig. Sie trug ein sehr schick aussehendes schwarzes Kostüm (»Halston«, flüsterte Jill sofort mit Kennerblick) und rauchte nervös. Ich kannte sie ganz gut und mochte sie. Weniger gut kannte ich ihren Dauerliebhaber Tim Culver, dessen Anwesenheit hier mich überraschte.

Dieser Culver, ein bärtiger Mann mit dünner Drahtbrille und von sehr ruhiger Art, hätte etwa der ältere – und besser aussehende – Bruder von Woody Allen sein können. Tatsächlich war er ein älterer – wenn auch nicht unbedingt besser aussehender – Bruder. Nämlich von Curt Clark. Ungefähr eine Minute älter, genau gesagt. Mit anderen Worten, sie waren Zwillinge. Keine eineiigen, obwohl die äußerliche Ähnlichkeit dennoch sehr groß war. Ansonsten allerdings hatten sie wenig gemein. Oh, natürlich waren sie beide Krimi-Autoren, klar. Aber Curt schrieb Komödie, während Culver ein Exponent der beinharten Schule war. War Curt der witzige, jede Party anheizende Typ, so war Tim der klassische Muffel. Er lehnte ebenfalls an einem Stützpfeiler mit einem Drink in der Hand (den er sich selbst mitgebracht hatte – sie wissen schon: Quäker!). Er trug ein braunes Cordjackett und Jeans, dazu ein offenes grobes Baumwollhemd, Holzfällerstil.

»Das haut mich um«, flüsterte ich Jill zu.

Wir standen direkt neben Jack Flint und seiner Frau. Tom Sardini plauderte mit Pete, beide so weit weg von Rath wie es nur ging, ohne sich ganz zu isolieren. Es war ziemlich laut im Saal und alles wartete, daß Curt anfing.

»Was?« fragte Jill.

»Daß Cynthia als Gast da sein würde, wußte ich, aber nicht, daß auch Tim Culver käme.«

»Wer ist das?«

Ich zeigte ihn ihr mit diskretem Kopfnicken. »Der da. Der ist lediglich der beste lebende Autor in der Hammet-Tradition. Im Vergleich zu ihm klingt Elmore Leonard wie ein bloßer Schwätzer.«

»Und was haut dich also um daran?«

»Er und Curt sind Brüder. Curts tatsächlicher Familienname ist ebenfalls Culver. Clark war der Mädchenname seiner Mutter oder irgendsowas.«

»Aha. Und was ist so überraschend daran, wenn einer seinen Bruder einlädt?«

»Na, die hassen sich doch wie die Pest«, sagte ich.

Jill klapperte mit den Augenlidern.

»Oh!« sagte sie.

»Ach, hauen Sie doch ab!« sagte jemand.

Der Lärmpegel im Saal war laut genug, daß diese heftige Unmutsäußerung nicht allgemein gehört wurde. Aber wir Schreiberlinge und vielleicht die erste Reihe der Spieler bekamen sie mit. Und wir waren ziemlich verblüfft.

Es war Kirk Rath, und er sagte es zu Cynthia Crystal.

Cynthia Crystal, der Autorin, deren Biographie Dashiell Hammetts von Kirk Rath selbst »endgültig und meisterhaft« genannt worden war!

»Schmeißen Sie sich doch nicht an *mich* ran, Lady!« sagte er.

Cynthia war völlig perplex. Sie schluckte nur und sagte zuerst gar nichts. Nun hatte Cynthia aber eine bekannt scharfe Zunge, und jeder wußte, daß sie eine ziemliche Show als kaltes und zynisches Luder abziehen konnte, wenn sie wollte. Jetzt jedoch hatte es ihr angesichts dieses groben und so mächtigen jungen Mr. Rath erst einmal die Sprache verschlagen.

Schließlich fand sie ihre Worte wieder. »Was ist denn? Ich habe nur wenig Konversation zu machen versucht.« Sie war noch immer völlig verblüfft. »Ich wollte einfach nur freundlich und höflich sein . . .«

»Warum?« fragte er hochnäsig. »Was für ein Motiv haben Sie dafür? Schließlich leben wir in einer Krimi-Welt. In der gibt es für alles ein Motiv!«

Culver trennte sich von seinem Stützpfeiler und kam interessiert näher, um sich diese kleine Edward-Albee-Szene näher anzusehen.

»Sie halten gefälligst das Maul«, sagte er zu Rath.

Rath blickte ihn in kaltem Zorn an.

»Ihre . . . Lady hier hat sich ein wenig an mich ranzuschmeißen versucht«, sagte er. »Das paßt mir nicht. Nur, weil ihr letztes Buch eine nicht so ganz positive Kritik von uns bekommen hat, braucht sie doch nicht gleich zu unterstellen, ihr nächstes würde anders als streng sachlich beurteilt.«

»Wer hat so etwas unterstellt?« sagte Cynthia echt verwirrt. »Ich habe nichts als allgemeine Konversation gemacht. Wir sind beide hier Gäste . . .«

»Sie brauchen nur Distanz zu halten«, sagte Rath. »Alle beide.«

Culver faßte den schmächtigen Kritiker an beiden Jackenaufschlägen und hob ihn hoch. Er sagte kein einziges Wort, blickte ihm nur einen Moment in die aufgerissenen Augen und stellte ihn dann wieder auf den Boden. Rath schluckte, und es schien, als sei ihm der Mund plötzlich ziemlich trocken geworden. offensichtlich fiel ihm im Moment auch nichts Spitzes oder Witziges oder Bissiges ein, was er Culver hätte sagen können, der den Arm um Cynthias Schulter legte und sie einige Schritte wegführte, nicht weit von Jill und mir.

»*Hi,* Cynthia«, sagte ich.

Sie hatte mich noch nicht bemerkt gehabt. Jetzt standen ihr Tränen in den Augen, etwas, was für diese üblicherweise eiskalte Nummer höchst ungewöhnlich war, aber jetzt kam sie direkt zu mir und umarmte mich.

»Hallo, Mal«, sagte sie. »Das ist nett, dich zu sehen. Wie lange ist das jetzt her?«

»Zwei Jahre, glaube ich. Das Bouchercon in Chicago. Sieht so aus, als würde deine nächste Besprechung im *Chronicler* obersuper!«

Jetzt mußte sie schon wieder lachen. »Dieser Rath ist eine Nummer, was? Zum Glück bringen wir ihn dieses Wochenende hier um!«

Und Culver ergänzte: »Der Junge ist das geborene Mordopfer, verstehste!«

Und ich setzte noch einen drauf: »In keiner ›Perry-Mason‹-Folge würde der die erste Werbeeinblendung erleben. Schade, daß dies hier nur die Wirklichkeit ist.«

Die ersten Reihen der Leute wußten nicht recht, was sie von alledem halten sollten. Einige hatten Raths Ausbruch direkt miterlebt, andere hatte die Neuigkeit via Lauffeuer erreicht.

»Das gehört alles schon zur Show, Leute!« versuchte nun

bereits Curt Clark abzuwiegeln, indem er eilig, mit einem Klemmbrett samt Notizen vor die Menge trat. Er rückte sich seine Brille zurecht und sah auf sein erstes Blatt. »Viele von Ihnen«, begann er, »waren schon viele Male hier, aber für die, die es noch nicht kennen und neu sind, darf ich noch mal kurz erläutern. Sie gehören alle zu verschiedenen Mannschaften. Die entsprechenden Anstecker sind bereits verteilt, manche von Ihnen tragen sie auch schon, wie ich sehe – in der Regel gehören um die fünfzehn Leute zu einem Team. Wir haben Paare zusammengelassen, sonst aber sind die Mannschaften ganz willkürlich und ohne System zusammengestellt worden. Wir wollen dieses Wochenende hier zusammen viel Spaß haben, und durchaus nicht alles dreht sich um den Kriminalfall, den Sie zu lösen versuchen werden . . .«

Dem Wort »versuchen« folgten Lächeln und Murmeln, die wie eine Welle durch die versammelte Menge liefen.

»Unsere verehrten Gäste werden alle bestimmte Rollen in dem kleinen Melodrama spielen, das ich für diesen Zweck ersonnen habe«, fuhr Curt fort, »und Sie haben lediglich zweimal Gelegenheit, sie sich vorzunehmen. Sowohl am Freitag – also morgen – wie am Samstag – also übermorgen – stehen sie Ihnen jeweils für eine Stunde zur Befragung zur Verfügung. Alle Mitglieder jedes Teams haben dann das Recht, die verschiedenen Verdächtigen in die Zange zu nehmen. Sie erkennen sie ebenfalls an ihren Abzeichen, auf denen ganz klar und deutlich ›Verdächtiger‹ steht. Entscheidend ist, daß sie alle die reine Wahrheit sagen müssen, und zwar ständig . . . alle. Mit einer Ausnahme: der Mörder darf lügen!«

Gelächter kam auf.

»Und am Sonntagmorgen werden dann alle Mannschaften ihre jeweiligen Versionen zur Aufklärung unseres Falles, *Der Fall des Seltsamen Kritikers,* vorgetragen. Zwei Preise werden vergeben. Einer für das Team, das der Lösung, wie ich sie konstruiert habe, am nächsten kommt. Und der andere für die phantastievollste Präsentation. Und, ja, es ist möglich, daß ein und dieselbe Mannschaft auch beide Preise gewinnen kann. Obwohl das bisher hier noch nie vorgekommen ist. Die Mitglieder der Gewinnermannschaften bekommen eine Einladung für das nächste *Mohonk Mystery Weekend*!«

Das hatte natürlich den ersten aufrauschenden Beifall zur Folge, obgleich allgemein bekannt war, daß diese Einladung keineswegs die völlig kostenfreie Teilnahme bedeutete. Genau gesagt, war sie mit überhaupt keiner Kostenfreiheit irgendwelcher Art verbunden. Das konnte man sich leisten, denn die *Mohonk Mystery Weekends* waren jedes Jahr in kaum einer Stunde ausgebucht und Hunderte, um es ganz zurückhaltend zu sagen, mußten jedesmal zurückgewiesen werden.

Anschließend erläuterte Curt noch, daß das Wochenende auch Filmvorführungen einschließe, Vorträge und sogar einen Ball, und begann danach mit der freundlichen Vorstellung jedes einzelnen der Spezialgäste.

Ganz zum Schluß kam er zu Mr. Kirk S. Rath.

»Und nun«, sagte er, »erlauben Sie mir, Ihnen den Kritiker vorzustellen, den wir alle mit Liebe hassen. Er ist ein Mann, den man nicht eigens vorstellen muß. Meine Damen und Herren: Unser Mordopfer, vom *Mystery Chronicler*, Mr. Kirk S. Rath!«

Es gab beachtenswerten Applaus und sogar vereinzelte Pfiffe für Rath, der immerhin ja sein Publikum hatte. Das zumindest konnte man ihm nicht absprechen. Viele Krimi-Fans sahen in ihm den wagemutigen und unerschrockenen Mann, der auch vor berühmten Namen nicht kuschte. Was mich betrifft, ich fand ihn einen schlechten und prätentiösen Schreiber, aber auch ich mußte einräumen, daß er in seiner Borniertheit auch unterhaltend sein konnte.

Als der Applaus sich beruhigt hatte, trat Rath vor. Keiner von uns hatte nach seiner jeweiligen Einführung das Wort ergriffen. Aber der liebe Rath, schien es, hatte unbedingt etwas mitzuteilen.

»Ich halte Sie alle für bemitleidenswerte Leute«, sagte er. Er sprach nicht nur zu den anderen Profis und Gästen, sondern mehr zu den Fans und Mitspielern vor ihm. Das Meer freudigen Lächelns der Menge erstarb.

»Wenn Sie jemals ein Heft des *Chronicler* gelesen haben«, sagte er, »wissen Sie, daß ich angetreten bin, um aus Krimis etwas zu machen, mit dem man ganz seriös umgehen kann, das man auch als Literatur ansehen und bewerten kann und nicht nur als Trivialunterhaltung. Nun bin ich keineswegs ganz ohne Sinn für Überraschungen und keineswegs ganz ohne Sinn für Spaß . . . und ich glaube, daß mir dieses Wochenende Vergnügen bereiten könnte. Was ich nun allerdings hier sehe – diese Versammlung von abwechselnd rüden und sich einzuschmeicheln versuchenden Autoren, dieser angstmachende Haufen glotzäugiger sogenannter Fans und sabbernder sogenannter Mitspieler, die sich mit Taschenrechnern und Jägermützen bewaffnet haben –, ist der vermutlich anwiderndste Anblick, den ich je das Pech hatte, ertragen zu müssen. Sie alle degradieren eine ernsthafte amerikanische Kunstform und machen sie klein, eine Kunstform, die in ihrem Wert und ihrer Wirkung allenfalls noch mit dem Jazz vergleichbar ist – in ihrer besten Form, wohlgemerkt, die den genauen Gegenpol bildet zu dem, was von kleinem Kroppzeug repräsentiert wird wie, sagen wir, Mr. Sardini. Oder diesem kleinen Möchtegern, der seine Sachen nur mit ›Mallory‹ zu signieren beliebt.«

Und da war im ganzen Saal nun keine Kinnlade mehr, die oben geblieben war.

Mit Ausnahme selbstverständlich der von Rath selbst, der noch immer weiter wütete: »Ich hege einen gewissen Respekt für das Werk von Curt Clark. Als er also an mich herantrat, stimmte ich zu, an seiner Charade hier teilzunehmen – freilich nur, um bei meiner Ankunft hier feststellen zu müssen, daß mir zugemutet werden soll, in einer bösen Parodie mich selbst zu spielen, um dann ermordet zu werden. Um eine Leiche zu spielen. Um das zu sein, als was mich so viele von Ihnen so gerne sehen würden: tot.

Aber daraus wird nichts. Finden Sie sich eine andere Leiche. Ich habe genug von diesem Unsinn. Ich spiele nicht mit!«

Und wie Moses durchs Rote Meer, schritt Mr. Rath durch die wie von selbst zurückweichende und sich teilende Menge, und war verschwunden.

5

Curt beruhigte die Menge, indem er die Luft mit den Händen vor sich herschob und auf Teufel komm raus lächelte.

»Wir wissen alle, daß Kirk leicht zu Temperamentsausbrüchen neigt, aber ich werde mein Bestes tun, ihn zurückzuhalten und ihn davon zu überzeugen, daß er doch hierbleibt und sich unseren Spaß nicht entgehen läßt. Inzwischen wird Pete Christian einen Film vorführen, oben im anderen Saal, der nach Programm in einer halben Stunde beginnt. Ich nehme an, damit sind Sie alle einverstanden.«

Pete trat vor und sagte: »Der Flm ist *Laura* – jener klassische Otto-Preminger-Krimi, in dem Clifton Webb einen verhaßten Kritiker spielt.«

Das brachte ihm natürlich einige Lacher ein, aber sie waren vorwiegend eher von der gezwungenen Art. Raths Tirade hatte doch einen Schatten über die zuvor heitere und gelöste Atmosphäre geworfen. Die informell gekleideten Gäste – sie reichten altersmäßig von späten Teens bis zu frühen Senioren samt allen denkbaren Zwischenstufen, wobei die Yuppie-Anmacher-Typen vielleicht doch in der Mehrheit waren – erhoben sich langsam vom Boden, in einer Art, als hätten sie auf einmal kollektive Kreuzschmerzen. Bald war der ganze Raum wieder voller Geschnatter, aber der Fröhlichkeitsquotient blieb doch niedrig.

»Also, wie findest du denn jetzt das?« fragte Jill und hakte sich wieder bei mir ein, während wir hinaus in die Hotelhalle gingen.

»Na, daß Kirk Rath ein selbsternannter wichtiger Idiot ist«, sagte ich achselzuckend, »ist ja nun wirklich kein Thema für eine eilige Blitzmeldung.«

Wir machten uns auf den Weg durch eine der Nebenhallen zu unserem Zimmer und kamen an Curt vorbei, der eben mit einer attraktiven Brünetten so um die Dreißig plauderte. Sie hatte ihre recht ansprechenden Formen in einen blauen Blazer und einen grauen Rock verpackt, was mehr auf Hotelmanagement schließen ließ als auf Gast.

Sie führten eine überaus angeregte Unterhaltung, die sich hinzuziehen schien. Curt hampelte um sie herum, achselzuckend, lächelnd und pausenlos mit irgendeinem Körperteil in Bewegung, offensichtlich in dem Bemühen, sowohl charmant zu sein wie sich zu entschuldigen. Die Frau aber hatte tadelnde Stirnfalten und schüttelte den Kopf und kaufte ihm, kurz, seine ganzen Bemühungen sichtlich nicht so recht ab. Allerdings schien sie doch mehr besorgt als verärgert zu sein.

»Es ist einfach nicht gut«, sagte sie, »wenn das *Mystery Weekend* schon gleich damit beginnt, daß das vorgesehene Mordopfer sich weigert, mitzuspielen.«

»Aber nein«, versuchte Curt zu retten, was zu retten war, »er war doch sehr kooperativ. Ein jeder hier in diesem Hotel hat jetzt den Wunsch, ihn umzubringen.«

»Ich finde das nicht sehr komisch, Mr. Clark.«

»Curt. Bitte. Curt!«

»Curt, unsere Gäste bezahlen einen Sonderpreis, mit Aufschlag, für ein Wochenende voller Spaß. Ihre Leiche hätte sich wirklich besser benehmen dürfen!«

Jill und ich hatten uns zu den beiden gesellt.

»Kirk Rath«, sagte Curt, während er uns bemerkte und zur Kenntnis nahm, »ist keiner, der im Liegen stirbt . . . O Mal, Jill!« Er gestikulierte vor der Brünetten herum. Sie war wirklich sehr hübsch. Sie hatte ein eher volles Gesicht und dunkelbraune Augen. Im Gegensatz zu manchen Karrierefrauen war sie mit Make-up ziemlich zurückhaltend. Vielleicht war sie eine Quäkerin?

»Darf ich euch mit Mary Wright bekanntmachen«, sagte er. »Sie ist hier in Mohonk für alles Gesellschaftliche zuständig . . . mein Boß sozusagen . . . jedenfalls für dieses Wochenende. Jill Forrest, Mary. Und –«

»Mallory«, sagte sie. Sie lächelte uns beiden zu, gab aber nur mir die Hand. »Eine Vorstellung erübrigt sich. Sie sehen genau so aus wie auf dem Schutzumschlagfoto.«

Jill sagte: »Ich finde, er sieht eher aus wie auf seinem Führerscheinfoto.«

Mary Wright ignorierte das einfach. Sie hielt immer noch meine Hand und sagte: »Ich versuche, von allen unseren Gästen irgend etwas zu lesen. Das Buch, das ich von Ihnen las, gefiel mir sehr gut.« Und sie hielt meine Hand immer noch. Sie war warm, meine nur schwitzig.

Jill schien recht wenig davon angetan zu sein, daß Mary und ich uns offenbar auf Anhieb sympathisch waren, und sagte als Themawechsel zu Curt: »Ist der blöde Kerl wirklich abgereist?«

»Rath? Ja, ich fürchte fast. Ich hoffte, ihn noch abzufangen, ehe er das Hotel verließ, um ihn umzustimmen, aber leider . . . Er muß das von Anfang an vorgehabt haben. Er hatte noch nicht einmal sein Zimmer bezogen. Er ging von der See-Lounge direkt hinaus zu seinem Wagen und fuhr davon, den Berg hinunter.«

Mary ließ endlich meine Hand doch noch los und machte ein frustriertes Gesicht. »Curt hat leider recht. Unser Ober-Türsteher hat ihn wegfahren gesehen.«

»Und was jetzt?« fragte ich. »Funktioniert dein Spiel auch ohne Leiche?«

»Aber sicher«, sagte Curt wegwerfend. »Kleinigkeit. Raths vorgesehene Rolle an diesem Wochenende war sowieso nur klein . . . eigentlich nur als Gag gedacht, mehr nicht.«

Ich nickte nachdenklich. »Du meinst, ein Kritiker als Ermordeter, den jeder Krimiautor mit Vergnügen umbringen möchte.«

»Genau. Alles, was Rath tun sollte, war, morgen früh kurz als blutige Leiche zu posieren. Abgesehen von einem zusätzlichen Vortrag und einem Verhör morgen nachmittag, nach euch. Dafür müssen wir uns jetzt natürlich um einen Ersatz kümmern, aber da wird uns schon was einfallen. Rath muß eben für das Spiel in Abwesenheit sterben.«

»Wir kommen in der Tat auch ganz gut ohne ihn aus«, räumte Mary Wright ein. Trotzdem hatte sie nach wie vor Sorgenfalten: »Was ich ihm übelnehme, ist dieses unmögliche Benehmen da drin. Diese eiskalte Dusche, die er allen meinen Gästen verabreicht hat.«

»Sie werden's überleben«, sagte ich. »Sie sind hergekommen, um sich zu amüsieren, und ein wenn auch noch so pompöser Fußtritt von jemand wie Rath wird ihnen nicht übermäßig lange den Wind aus den Segeln nehmen, wenn ich mich mal so ausdrücken darf.«

»Ich würde es gern glauben«, sagte Mary zweifelnd. Sie

lächelte wieder, und das war sehr hübsch, und streckte mir noch einmal die Hand hin. »Auf jeden Fall bin ich Ihnen dankbar für Ihr Interesse. Und es war mir ein Vergnügen, Sie endlich mal kennenzulernen.«

Und sie drückte meine Hand wieder und verpaßte mir einen Blick, der nicht minder warm war als ihr Händedruck.

»Ganz meinerseits. Vielleicht lesen Sie bei Gelegenheit noch eins meiner Bücher.«

»Werde ich«, sagte sie und ließ mich zögernd los, wobei ihre Finger ziemlich verführerisch, über meine Handfläche glitten. »Kommen Sie, Curt, gehen wir in mein Büro. Wir müssen uns klar werden, wie wir diese Panne wieder ausbügeln . . .«

Und plaudernd und mit den Händen herumfuhrwerkend entfernten sie sich.

»Die ist nett«, sagte ich.

»Es war mir ein Vergnügen, Sie *endlich* mal kennenzulernen«, mokierte sich Jill aber.

»Was?«

»Komm mit mir, Romeo.« Sie nahm mich bei der schweißigen Hand, und wir gingen den Korridor hinunter. Es war nur ein längerer Dauerlauf nötig, und schon waren wir an unserer Zimmertür. Sie hatte den Schlüssel und arbeitete mit ihm an der Tür herum.

»Du bist doch nicht etwa sauer auf mich?« fragte ich.

»Ich? Weshalb denn?« sagte sie.

»Weil ich höflich zu dem Mädchen war.«

»Die ist kein Mädchen. Die hat gut ihre fünfunddreißig auf dem Buckel.«

»Na, du vielleicht nicht?«

»Du sagst wirklich immer so süße Sachen!« Sie öffnete die Tür und lächelte gezwungen und deutete mir, einzutreten. Ich tat es glatt.

Jill begann sich auszuziehen und ich setzte mich währenddessen auf eines dieser Twin-Betten und sah ihr dabei zu. Als sie bei ihren bloßen Andeutungen von BH und Slip angekommen war, sagte sie: »Wäre ich nicht hierher mitgekommen, würdest du jetzt schon an ihrer Schürze hängen, stimmt's?«

»Ach, Quatsch.«

»Hattest du da eine Pistole in deiner Hosentasche, oder hast du dich nur gefreut, ihr zu begegnen?«

»Na, hör mal, in meiner Tasche war überhaupt nichts!«

Ich pellte mich auch aus, löschte das Licht und setzte mich wieder auf das Bett.

»Du hast doch überhaupt keinen Grund, eifersüchtig zu sein«, sagte ich. »Schließlich bist du es, die mich verläßt.«

»Ich muß doch. Mein Job in Port City ist zu Ende.«

»Ein Mädchen muß wissen, was es tun muß.«

»Mal! Ich muß arbeiten!«

»Als wenn es keine anderen Jobs gäbe! Als wenn du nicht etwas in Port City finden könntest! Oder jedenfalls in der Umgebung.«

»Und du? Du könntest doch jederzeit mit mir kommen! Du als Schriftsteller kannst doch überall arbeiten! Nichts hält dich in Port City.«

Diese Diskussion hatten wir mittlerweile schon ein Dutzendmal geführt. Demzufolge mußte meine nächste Bemerkung sein, daß ich schließlich Besitz in Port City hatte. Nicht nur mein Haus. Sondern auch das Farmland, das mir meine Eltern hinterlassen hatten, und um das ich mich schließlich kümmern mußte, und . . . na, jedenfalls, das hatte ich nun als nächstes zu sagen. Und darauf hatte sie wieder etwas Bestimmtes zu entgegnen. Aber zum Teufel damit. Eine Sackgasse ist eine Sackgasse.

»Wir wollten über dieses Thema auf dieser Reise nicht reden«, sagte ich.

»Richtig.«

»Und wieso sind wir nun doch wieder mittendrin?«

Ihre Stimme klang etwas traurig, als sie antwortete: »Ich glaube einfach, ich kann den Gedanken nicht ertragen, daß du dir die nächstbeste Muschi anlachst, kaum, daß ich dir den Rücken gedreht habe und aus der Stadt bin.«

»Muschi?« sagte ich und ließ das Wort auf meiner Zunge zergehen. »Muschi? Also, ich dachte ja mehr an eine Tschuschi zum Aufreißen. Oder vielleicht ein Mäuschen. Oder vielleicht eine Ische. Genau, das ist es! Ich glaube, ich werde mir eine Ische aufreißen als Ersatz für dich, und zwar im nächsten Augenblick, wenn du aus der Stadt bist.«

»Sehr komisch«, sagte sie und es kam immerhin genug Mondschein durch das Fenster herein, daß ich erkennen konnte, wie sie doch etwas lächeln mußte.

»Und was soll nun eigentlich mit diesen blöden Twinbetten passieren?« fragte ich.

»Schieb sie halt zusammen«, sagte sie.

»Gute Idee.«

Ich schaffte das Nachtkästchen weg, und wir schoben die Twin-Betten zusammen, und dann schoben wir uns zusammen.

»Wir hätten Feuer im Kamin machen sollen«, sagte sie und schnuckelte sich in meinem Twinbett an mich.

»So, und wie nennst du dann das, was wir eben gemacht haben?«

»Ach, du weißt doch ganz genau, was ich meine. Es wäre doch sehr romantisch. Ein Feuer im Kamin in einem ansonsten dunklen Zimmer.«

»Ansonsten dunklen Zimmer, he? Was redest du denn da für Zeugs? Scheint, du treibst dich gelegentlich mit einem Schreiberling oder so was herum.«

Sie kuschelte sich noch enger ran. »Einem Autor«, sagte sie.

»Wir machen uns unser Kaminfeuer morgen abend. Der Wetterbericht sagt, es wird kälter, und vielleicht gibt es etwas Schnee übers Wochenende.«

»Einem Autor, der wie der Wettermensch vom Fernsehen redet«, ergänzte Jill. Sie setzte sich auf und räkelte sich. Und das sah im Mondschein recht hübsch aus. Ich will mal so sagen: Und der Mondschein badete ihren Leib in Elfenbein.

»Ich nehm' eine Dusche«, sagte sie gähnend.

»Willst du dich danach anziehen und Petes Film ansehen?«

»Eigentlich nicht. Ich habe *Laura* schon eine Million mal gesehen. Außerdem bin ich sowieso kaputt. Aber du kannst ruhig gehen, wenn du willst.«

»Du würdest mir glatt vertrauen?«

»Für die nächsten paar Stunden vielleicht. Angesichts der Erholungsphasen, die du nötig hast.«

»Da hättest du mir aber nicht so lange trauen können, als ich noch fünfundzwanzig war.«

»Tja, lieber Mal, aber du bist nun mal, wie wir alle,

fünfunddreißig. Und bis Mitternacht vertraue ich dir somit also.«

Sie schlüpfte aus dem Bett und trappte barfaß ins Bad, und dann schläferte mich bald das Geräusch der Dusche ein. Ich lag da und versuchte mir darüber schlüssig zu werden, ob ich nun aufstehen und mich anziehen und mir den Film reinziehen sollte oder nicht. Trotz des langen Tages war ich noch ziemlich aufgekratzt. Aber andererseits waren die Bettücher schön kühl und die Decke schön warm und das Bett schön weich. Und dann weckte mich das Telefon.

Es konnte höchstens eine Minute vergangen sein. Die Dusche plätscherte ihren Regentanz noch immer. Aber das Telefon läutete drüben am Fenster auf dem Tisch.

Ich setzte mich auf, gähnte und roch an meinem eigenen Mundgeruch (der sich in dieser einen Minute zu dem unangenehmen Film und sauren Atem einer ganzen Schlafnacht aufgebaut hatte) und rannte gegen alle möglichen Sachen, während ich zu diesem Tisch hinüberstolperte, weil dieses Telefon so hartnäckig klingelte.

»Ja?« sagte ich.

»Mal? Curt hier. Ich hoffe, ich habe dich nicht aufgeweckt. Es ist ja noch früh. Ich habe auch nicht erwartet, daß ihr euch so zurückzieht.«

»Ich auch nicht.«

Er klang ein wenig hektisch.

»Was ist?« fragte ich.

»Sag mal, würde es dir was ausmachen, für morgen noch eine zusätzliche Aufgabe zu übernehmen?«

»Wie das denn?«

»Du hältst ja deinen Vortrag. Aber danach müssen wir die Lücke, die Rath hinterlassen hat, ja irgendwie füllen, wie du weißt.«

»Ja . . ..«

»Und da habe ich mir überlegt, ob ihr euch da nicht zusammentun könntet, du und Tom und Jack. Für so eine Art Podiumsdiskussion über die Erneuerung des harten Privatdetektivromans.«

»Da hast du dir aber was ausgedacht, Curt . . . aber meinetwegen. Warum auch nicht?«

»Ich wußte, ich kann mich auf dich verlassen.«

»Du machst ein bißchen einen atemlosen Eindruck, Curt.«

»Na ja, Mary Wright ist sauer auf mich. Sie ist eine ziemlich tüchtige junge Frau, aber wenn etwas Unvorhergesehenes passiert, flippt sie aus. Oder Änderungen im Programm. Fliegende Wechsel, mit denen wir Krimi-Autoren vertraut sind, sind ihr fremd.«

»Also ich wechsle ja meistens im Sitzen, aber ich weiß, was du meinst.«

»Jedenfalls habe ich ihr versprochen, daß alles noch heute abend neu festgelegt wird. Sonst kann sie nicht ruhig schlafen, nehme ich an.«

»Ich bin gern zu jeder Hilfe bereit.«

»Das hört man gern, Mal. Ich muß ja auch bescheuert gewesen sein, anzunehmen, dieser Angeberarsch Rath würde sich herbeilassen, meine Leiche zu spielen.«

»Das einzige, worauf du dich bei diesem Angeberarsch verlassen kannst«, sagte ich, »ist, daß er ein Angeberarsch ist.«

»Da hast du wirklich recht«, sagte er und lachte ein bißchen. Dann seufzte er. »Die ganze Geschichte macht mir allmählich Sorgen. Ich hoffe nur, es schneit uns nicht auch noch ein.«

»Wieso, sagt der Wetterbericht so was?«

»Ja. Heftige Schneefälle heute nacht oder morgen. Schneit es schon? Sieh doch mal raus!«

Ich sah aus dem Fenster. Es schneite nicht. Es war überhaupt nichts dort draußen. Abgesehen von zwei Leuten, die dort auf der japanischen Brücke standen, in dem kleinen Türmchen. Sie schienen zu streiten.

»Kein Schnee«, sagte ich.

»Noch keiner«, sagte er fatalistisch.

Wir hängten auf, und ich blieb noch einen Augenblick stehen und blickte hinaus auf den See und die Felsen und die Nadelbäume im Mondschein.

Aber die beiden da draußen im Erker zerstörten jede friedliche, nachdenkliche Stimmung.

Sie waren beide in dicke Wintersachen eingepackt. Die eine Person, die linke, war von untersetzter Gestalt und trug eine rotschwarze Skibrille – vermutlich, wenn auch nicht notwendigerweise, ein Mann. Die andere Person rechts hatte nichts auf dem Kopf und war offenbar auch ein Mann, oder allenfalls eine Frau mit sehr kurzem Haarschnitt. Nun ist natürlich allein die Tatsache, daß zwei Leute nachts in einem Erker auf einer Brücke stehen, nicht allein schon bemerkenswert. Selbst wenn sie streiten. Aber diese beiden gingen weit darüber hinaus. Sie schubsten sich gegenseitig herum. Und schließlich versetzte der oder die Barhäuptige dem oder der mit der Skibrille sogar noch einen Stoß, daß er (oder sie) fast über das Brückengeländer fiel – was immerhin ein Sturz aus vergleichsweise eineinhalb Stockwerken Höhe gewesen wäre.

Die Skibrille vermochte trotzdem gerade noch die Balance zu halten, und es war momentan Ruhe mit dem Herumgeschubse. Aber die Körpersprache der beiden Figuren war alles andere als beruhigend. Kein Zweifel, die beiden stritten. Und zwar aufs heftigste. Jedenfalls waren ihre Gesten überaus heftig.

Sicher, das ging mich alles überhaupt nichts an, aber ich konnte nicht aufhören, sie zu beobachten. Dabei fühlte ich mich seltsam fern davon. Als sei ich Publikum in einem Theater, in dem eine unheilschwangeren Pantomime aufgeführt wird. Zumal ja auch die dicken Doppelfenster zwischen mir hier drinnen und dort draußen jedes Geräusch fernhielten und ich also nicht wahrnehmen konnte, worüber der Streit denn nun ging. Ich konnte sie nicht streiten hören, sondern nur streiten sehen. Und das tat ich mit voller Hingabe, mit angespanntem Gesicht, engen Augen, und erlebte, wie sich diese Auseinandersetzung in etwas sehr Häßliches steigerte.

Etwas Gefährliches.

Der Barhäuptige schob die Skibrille aus seinem Weg und ging an ihm vorbei von der Brücke und auf den schmalen Weg, der zum See hinunterführte. Dem See, der sich hier meinem Blick weithin darbot. Unter seinen Schritten stäubte der Schnee auf.

Skibrille aber lief schnell hinter ihm her, von der Brücke herunter, und auch seine eiligen Schritte wirbelten kleine Schneewölkchen auf dem Pfad hoch, den er sich auf dem Weg zu dem Barhäuptigen bahnte. Der schien nicht zu bemerken, daß der andere ihm folgte. Und dann schnürte mir etwas die Kehle zu, als ich in Skibrilles Hand einen Gegenstand im Mondlicht aufblitzen sah.

Eine Klinge.

Mit der freien Hand faßte Skibrille die ihm zugewandte Schulter des Barhäuptigen – sie waren jetzt kaum dreißig Meter von meinem Fenster entfernt – und riß ihn herum. Ich schrie auf, aber sie hörten mich natürlich ebensowenig wie ich sie. Und außerdem war meine Rolle in diesem kleinen Minidrama, das sich da vor meinen Augen dort draußen abspielte, ebenso klein wie bedeutungslos. Der Barhäuptige wandte mir jetzt den Rücken zu, während Skibrille seinen oder ihren Arm hochhob. Noch einmal blitzte in seiner oder ihrer Hand die Klinge im Mondlicht auf. »He! Verdammt noch mal, aufhören!« schrie ich und hatte den Mund fast am Fenster, so daß es beschlug, und ich rieb es mit meiner Faust ab und putzte es sauber und sah, wie sich das Messer hob und zustieß und einhieb und einhieb und zustieß.

Der Barhäuptige taumelte auf mich zu. Er war höchstens noch fünfzehn Meter entfernt, als er zu fallen begann. Sein Gesicht war von zwei blutigen Rissen von der Klinge entstellt, die dunkle, gesteppte Winterjacke vorne aufgeschlitzt. Sie begann sich jetzt blutig zu färben. Dann stürzte er in den Schnee, mit dem Gesicht nach unten, und Skibrille fing an, ihn an den Knöcheln wegzuziehen.

Ich versuchte das Fenster aufzureißen, aber es klemmte. Ich schrie und brüllte, aber sie hatten mich überhaupt nicht wahrgenommen. Und auch Jill hörte mich nicht. Sie hatte das rauschende Wasser der Dusche in den Ohren und sonst nichts. Ich rannte ins Bad zu ihr, und zog sie, nackt und naß, wie sie war, unter der Dusche hervor.

»Was zum Teufel ist los, Mal?«

»Schau da raus!«

»Ich bin splitternackt, Mann. Ich kann mich doch nicht so ans Fenster stellen.«

Ich riß eine Decke vom Bett und warf sie ihr über.

»Und jetzt schau raus, verdammt! Was siehst du?«

»Nichts«, sagte sie.

Ich sah aus dem Fenster.

Ich sah ebenfalls nichts.

Da waren nur der See, der Erker und die Brücke, die Felsen, die Bäume und Büsche, der Schnee auf dem Boden, alles so friedlich und unwirklich wie eine Landschaft in Öl, die man sich in einem Einkaufszentrum ersteht. Das einzige, was überhaupt erkennbar war, waren die Fußspuren im Schnee. Aber das war auch schon alles.

Die Leiche war weg. Und jedenfalls von hier vom Fenster aus, waren auch keine Blutspuren im Schnee zu erkennen.

Und schon gar keine Leiche.

Obwohl ich doch ganz deutlich durch das Fenster das blutig zerstochene Gesicht des sterbenden Kirk S. Rath gesehen hatte.

6

»Ich habe keine Ahnung, was ich tun soll«, sagte ich, obwohl ich schon mitten drin war, etwas zu tun: mir etwas anzuziehen.

Jill trocknete sich mit einem Handtuch ab und beobachtete mich aufmerksam. Als wäre ich ein UFO, von dem sie nicht sicher war, ob sie es denn nun wirklich sah oder nicht.

»Du bist also sicher, daß du gesehen hast, was du erzählt hast«, sagte sie. Nicht als Frage, sondern als Feststellung.

»Nein, ich bin nicht sicher. Es kann auch Santa Claus mit seinen Rentieren gewesen sein. Oder Charos Mitternachts-Show im Sands. Jedenfalls hat es für mich ziemlich deutlich wie ein Mord ausgesehen.«

»Nun beruhige dich erst mal«, sagte sie und kam zu mir, nackt, wie sie war, und das ist ja nun gewiß kein Mittel, mich zu beruhigen. Sie klopfte mir auf die Schulter und lächelte aufmunternd. Als wäre ich ihr Kind, das einen schlechten Traum gehabt hat.

»Ich bin ruhig«, sagte ich. »Und ich leide auch nicht an schlimmen Wahnvorstellungen. Und Haight Ashbury liegt schon lange zurück.«

Sie versuchte ein scherzendes Lächeln. »Vielleicht ist es das Anfangsstadium von Fernsehsucht.«

»Das kann sein, ja. Ich habe schon den ganzen Tag keinen sinnlosen Gewaltakt gesehen, also denkt sich meine Psyche selbst einen aus. Wie du siehst, ist meine Phantasie heute abend glatt Emmy-reif. Jill, ich zittere! Entschuldige mich.«

Und ich schob mich an ihr vorbei und kniete vor dem Porzellanbuddha nieder und vollführte das Ritual, das da und dort auch als das Technicolor-Gähnen bekannt ist. Sie kam zu mir, kniete sich neben mir nieder – mittlerweile angezogen – und legte den Arm um mich und klopfte mir auf die Schulter.

»Das gibt sich wieder, mein Zuckerschatz«, sagte sie.

Ich stand auf, aber meine Beine waren aus Gummi. Ich sagte: »Bitte, Jill, versuche Kosenamen zu vermeiden, die in irgendeiner Weise mit Grundnahrungsmitteln zu tun haben! Jedenfalls mindestens die nächste Stunde! Okay?«

»Aber sicher, was du willst, mein Knödelchen!« sagte sie mit ihrem ironischen Lächeln. Und ich sagte ihr, daß sie eine öffentliche Gefahr sei.

Dann begab ich mich nach draußen in die Halle. Und sie folgte mir.

»Wo gehst du hin?« fragte sie.

»Curt ist irgendwo da vorne in der Halle . . . ich muß mit ihm reden.«

»Vielleicht solltest du besser mit der Hotelverwaltung reden. Oder die Bullen anrufen.«

Ich aber schüttelte den Kopf. »Ich rede jetzt zuerst mit Curt. Er weiß, was zu tun ist.«

Ich klopfte. Fast unmittelbar darauf ging die Tür einen Spalt auf und Curt spähte heraus. Das bißchen, was von ihm sichtbar war, machte mir klar, daß er in Unterwäsche war.

»Also, jetzt hast du mich aus dem Bett geholt«, sagte er mit einem dünnen einseitigen Lächeln. »Jetzt sind wir also quitt. Was gibt's?«

»Weiß ich nicht genau.«

Sein Gesicht wurde ernst. »Stimmt was nicht, Mal? Was Ernstes?«

»Ich bin der Ansicht, ich habe eben einen Mord mit angesehen.«

Er wich etwas mit dem Kopf zurück und preßt die Lippen zusammen, und seine Augen wurden ganz eng. Er sagte: »Willst du mich verkohlen?«

»Nein, ich will dich nicht verkohlen. Ich habe eben etwas

gesehen, und das sah verteufelt so aus, als wenn ein Mann umgebracht würde.«

»Du meinst das ja offenbar wirklich ernst . . .?«

»Worauf du dich verlassen kannst.«

Sein Gesichtsausdruck war jetzt sehr ernst. Er sagte: »Moment. Ich komme gleich. Kim ist schon im Bett. Ich wecke sie und sage ihr, daß ich kurz weggehe.«

Die Tür ging zu. Ich hörte ihn drinnen mit Kim sprechen und nach einer Weile kam er voll angezogen heraus. Er hatte wie vorhin seine Sportjacke mit Lederflecken an den Ellbogen an und dazu seine Cordhose.

»Gehen wir in dein Zimmer«, sagte er.

»Gut. Von dort habe ich es auch gesehen.«

Jill und ich gingen voraus, und ich führte ihn zum Fenster und deutete hinaus in die jetzt völlig stille und friedliche Landschaft, in der es noch kurz zuvor, wie es schien, so gewalttätig und blutrot zugegangen war. Ich erzählte ihm, was ich gesehen hatte.

Je weiter ich mit meiner Erzählung kam, desto stärker entspannte sich Curts Gesicht, und ein Lächeln begann es zu überziehen. Am Schluß hatte er die Arme auf die Brust verschränkt, schaukelte auf den Absätzen vor und zurück und sah mich buchstäblich und im bildlichen Sinne offen amüsiert an.

»Ich vermag nicht zu sehen, was an dieser Geschichte so furchtbar komisch ist«, sagte ich verdrossen. Curt war einer meiner – literarischen – Taufpaten, und ihm gegenüber wollte ich nicht gern als Narr dastehen.

»Sie haben dich tatsächlich drangekriegt, Mal«, sagte er kichernd. Wenn ich eines hasse, dann sind es Leute, die kichern.

»Was soll das denn heißen?«

Jetzt gluckste er. Und wenn ich eines noch mehr hasse, dann sind es Leute, die glucksen. »Diese *Mystery-Weekend*-Spieler haben dir offensichtlich ein Schauermärchen vorgespielt. Und du bist prompt drauf reingefallen.«

»Aber du spinnst doch!«

»Überhaupt nicht. Ganz und gar nicht. Du warst noch nie hier im berühmten Mohonk-Berghaus zu einem *Mystery*

Weekend. Da weißt du auch nicht, auf was für Mumpitz der Leute man stets gefaßt sein muß.«

»Mumpitz? Seit wann nennt man es Mumpitz, wenn einer wie ein Stück Vieh abgeschlachtet wird?«

»Man nennt es so, wenn es von einigen übereifrigen Krimi-Spieler nur zum Spaß inszeniert wird.«

Jill hatte sich bisher im Hintergrund gehalten, aber jetzt trat sie zwischen uns, wie ein Ringrichter.

»Sie sagen also, es war ein inszeniertes Spiel von einigen der *Mystery-Weekend*-Mitspieler?«

»Genau«, sagte Curt. »Kirk Rath ist hier mit Aplomb abgegangen, nachdem er die Leute wegen ihrer angeblich mangelnden Intelligenz beschimpft hatte und sich weigerte, mitzuspielen. Ehe der Spaß überhaupt begonnen hatte.«

»Richtig«, sagte ich.

»Da ist es doch gar nicht so überraschend, daß sich einige Spieler etwas ausgedacht haben, als Ersatz für das, was er ihnen verweigerte, oder? Nämlich, seine ›Ermordung‹.«

Ich ließ einen Seufzer der Verzweiflung los. »Und wie, bitte, haben sie es fertiggebracht, eben diesen Rath so lange zurückzuhalten, bis er in ihrer Farce mitspielen konnte?«

»Haben Sie doch gar nicht.«

»Aber ich habe gesehen, daß es Rath war, der umgebracht wurde!«

»Ach ja? Wie nahe vom Fenster hat sich das abgespielt?«

Ich dachte nach. »Nun ja, nicht ganz nahe. Aber auch nicht weit weg.«

»Und es kann niemand anderer gewesen sein?«

»Glaube ich nicht, nein.«

»Vielleicht jemand, der Rath sehr ähnlich sieht – Frisur, Figur.«

»Mag sein«, räumte ich ein.

»Und dir ging Rath ja im Kopf herum – genau gesagt, die ›Ermordung‹ von Rath ging dir im Kopf herum. Wenn also da draußen vor deinem Fenster eine Mordszene stattfindet, echt oder gespielt, ist es da nicht logisch, daß dir als erster Rath in den Sinn kommt?«

»Curt, alles schön und gut, ich glaube aber trotzdem nicht –«

Er schüttelte den Kopf bedächtig, deutete zum Fenster

hinaus auf die jetzt verlassene Bühne, auf der ich Zeuge einer Szene gewesen war, die er jetzt als Vorstellung bezeichnete.

»Du warst eben zuvor noch nie hier«, sagte Curt noch einmal. »Du weißt tatsächlich noch nicht, wie weit diese liebenswerten Verrückten hier oft gehen. Du wirst es erleben: wenn es am Sonntagvormittag um die Präsentation der Lösungen meines Falls durch die Spielerteams geht, wird es Einfälle geben, die den ausgeklügeltsten Stücken des Off-Broadways Ehre machen würden.« Jill musterte Curt nachdenklich und sagte: »Sie vergeben doch, wenn ich recht verstanden habe, einen Preis für die phantasievollste Präsentation der Lösung, nicht wahr? Gleichgültig, ob der Fall korrekt gelöst ist oder nicht?«

»Stimmt genau«, sagte Curt.

»Nun hilf ihm du nicht noch«, sagte ich streng. Sie sah mich mit entschuldigendem Blick an und zuckte die Schultern hoch, aber ich konnte deutlich sehen, daß diese Bemerkung sie überhaupt erst auf eine Idee gebracht hatte. »Du hast es nicht mit angesehen«, ermahnte ich sie.

»Ach, sie hat es gar nicht gesehen?« sagte Curt.

»Nein. Sie war unter der Dusche.«

»Sauberkeit kommt gleich nach Göttlichkeit«, sagte Curt achselzuckend.

»Warum machst du dich über dies alles eigentlich lustig?«

Er legte väterlich eine Hand auf meine Schulter. »Das ist nicht meine Absicht. Ich weiß einfach nur aus Erfahrung, was sich hier alles an Verrücktheiten abspielt. Jill hat ganz recht mit dem Preis für die phantsievollste Präsentation. Im Hinblick auf diesen Preis bringen viele Mitspieler alle möglichen Theaterutensilien mit – Make-up, Masken, falsches Blut, all so was. Eine ganze Anzahl von ihnen sind ja auch Theaterprofis. Wenn die hier jemanden bemerkt haben, der eine gewisse Ähnlichkeit mit Rath hat und ihn herumgekriegt haben, mitzuspielen, dann wäre es mit etwas Schminke und Maske kein allzu großes Problem, jemand aus einiger Entfernung eine Mordszene als echt vorzuspielen . . . jemand wie dir beispielsweise. Mir nicht. Weil ich schließlich ein Veteran dieses heiteren Unsinns bin.«

Heiteren Unsinns, hä.

»Mit anderen Worten«, sagte ich, »ich bin also, meinst du, das Opfer einer Art Einführungs- und Aufnahmespaßes?«

Er winkte ab. »Nein, nicht du direkt. Es hätte genausogut auch sein können, daß ich der zufällige Zeuge dieses ›Mordes‹ geworden wäre. Die Gäste wissen, daß alle eingeladenen Autoren hier in diesem Flügel des Hotels wohnen. Meinst du wirklich, es war Zufall, daß sich diese Szene ausgerechnet hier vor unseren Fenstern abspielte? Du bist einfach nur ganz zufällig derjenige gewesen, der sie beobachtet hat.«

»Und der Köder«, sagte ich.

»Und der Köder«, bestätigte er nickend. Er legte mir den Arm um die Schulter und führte mich vom Fenster weg. Jill kam nach. »Mal, ich bin überzeugt davon, daß, was du gesehen hast, ein Possenspiel war, nichts weiter – ein etwas makabres Stegreifspiel einiger unbekannter *Mystery-Weekend*-Gäste.«

»Davon bin ich noch nicht überzeugt«, sagte ich.

Er ging hinaus auf den Korridor. Ich ging mit. Jill ebenfalls.

»Also gut«, sagte er, »wir können ja zum Empfang gehen und es melden. Jetzt auf der Stelle. New Paltz ist nicht weit weg. Dann kann die Polizei schnell da sein.«

»Dafür bin ich.«

»Mir wäre aber lieber, wir ließen es sein. Ich sage dir auch, warum.«

»Ja?«

Er hob die Handfläche nach oben, wie um eine ernsthafte Argumentation anzukündigen. »Schau, wenn die Polizei hier auftaucht, dann bringt das einige der Hotelgäste in Schwierigkeiten, und die Folge wäre eine sehr negative Publicity. Das ganze Wochenende könnte ruiniert werden. Kirk Raths kleine Zornvorstellung wäre nichts im Vergleich damit. Ich glaube nicht, daß das alles sehr hilfreich wäre, meinst du nicht auch?«

»Nun ja . . . gewiß . . .«

»Und außerdem haben buchstäblich alle hier Rath im Zorn weggehen und abreisen sehen. Eiligst und im Zorn. Wie kann er da derjenige sein, den du vor deinem Fenster gesehen hast? Er ist weggefahren.« Curt zuckte die Schultern hoch und spielte in theatralischem Ernst, mit beiden Händen gestikulierend, sehr melodramatisch, eine Szene: »Oder kam er denn zurück? Wenn ja, warum? Und was tat er in diesem Falle dann hier?«

»Weiß ich nicht«, räumte ich ein und ignorierte seine scherzhafte Attitüde. »Aber das sind tatsächlich legitime Fragen.«

»Weißt du, Mal, du hast einfach, das glaube ich, einen langen Tag hinter dir und könntest gut ein paar Stunden Schlaf brauchen.«

»Ich bin müde, zugegeben. Aber ich leide nicht an Halluzinationen.«

»Weiß ich, weiß ich«, sagte er, aber es klang wenig überzeugend. »Aber – he – warum gehst du nicht einfach hinaus und siehst dich draußen einmal um? Wenn du irgend etwas findest oder siehst, klopfst du bei mir noch mal. Ich bin mindestens noch eine Stunde auf. Ich muß noch letzte Hand an die Spiele und die Unterhaltung von morgen legen. Du weißt ja, wir müssen Rath dafür morgen noch einmal umbringen – in Abwesenheit. Und wenn du dann die Sache immer noch offiziell machen willst, begleite ich dabei gerne.«

»Also gut«, sagte ich.

Er lächelte und klopfte mir wieder auf die Schulter. »Wenn du aber nichts findest, dann geh einfach schlafen, okay? Diese Spieler, weißt du, sind sehr originell und stecken voller Ideen und Einfälle, und sie sind verspielt. Man darf sich nicht von ihnen nasführen lassen. Und du mußt morgen früh fit und ausgeschlafen sein. Schließlich mußt du einen der Verdächtigen spielen, nicht?«

Und er schloß sich wieder in seinem Zimmer ein.

Ich sah Jill an.

»Was meinst du, könnte er recht haben?« sagte sie.

»Ja«, sagte ich.

»Aber glaubst du, daß er tatsächlich recht hat?«

»Nein. Aber *er* glaubt, daß er recht hat. Und ich sehe sehr genau, wie das alles für ihn aussieht.«

»Ja.«

»Nur, daß er nicht gesehen hat, was ich da draußen vor dem Fenster sah. Nicht wahr?«

»Ja.«

»Also los, holen wir unsere Mäntel.«

»Gut«, sagte sie.

Ich ging vorne in der Halle noch zum Empfang und fragte, ob

ich nicht eine Taschenlampe ausborgen könnte. Der Mann am Schalter war zuvorkommend und freundlich. Er fragte nicht einmal, wozu ich sie denn brauchte. Er gab sie mir einfach. Ich fragte mich, wie zuvorkommend (und freundlich) er wohl noch sein würde, wenn ich zurückkäme und einen Mord meldete. Von einer verschwundenen Leiche gar nicht zu reden.

Und sie war in der Tat verschwunden. Es gab zwar eindeutig Fußspuren im Schnee vor meinem Fenster, und es war sogar zu erkennen, daß hier jemand fortgeschleift worden war. Allerdings nur ein paar Meter; dann wurden daraus wieder Fußspuren. Und der Wind fegte über den Schnee. Schon deshalb wäre es der reine Witz gewesen, zu erwarten, es handle sich um die Art Fußspuren, in die ein penibler echter Kriminalbeamter sorgfältig Gips gießt, um einen beweiskräftigen Abdruck zu sichern, mit dem er dann den Verdächtigen überführt. Man konnte sehen, hier war jemand im Schnee gegangen, aber das war auch alles. Es war das Äußerste, was man feststellen konnte.

Und vor allem: kein Anzeichen von Blut. Oder, falls es sich denn darum handelte, Theaterschminke und Ketchup.

Ich suchte mit der Taschenlampe hier und dort herum und leuchtete selbst in die Büsche und auf die Bäume, Jill immer neben mir, aber Fehlanzeige. Wir gingen auf die Brücke hinauf und stellten uns in den kleinen Brückenerker, und wir sahen hinaus auf den gefrorenen See und die Berge dahinter. Es war eine kalte Nacht und der Wind biß und wir klapperten dementsprechend heftig mit den Zähnen. Nichts.

Wir gingen wieder hinein.

Wir gingen schlafen.

»Ich bin vielleicht ein toller Detektiv«, sagte ich.

Sie streichelte mich tröstend auf meiner Seite der zusammengeschobenen Twin-Betten.

»Kein Mensch erwartet von dir, daß du ein Detektiv bist. Du bist Schriftsteller.«

»Ich habe aber schon mal Detektiv gespielt. Und du hast mir dabei geholfen, weißt du noch?«

»So ganz dunkel erinnere ich mich, ja.«

Das war der reine Sarkasmus. Als sie mir seinerzeit geholfen hatte, hatte sie die Folgen wirklich schlimmer Gewalttätigkeit miterlebt. Ich war damals fast umgekommen, zwei andere Männer hatte es tatsächlich das Leben gekostet. Deshalb wußte sie sehr gut, daß ich über solche Dinge ganz bestimmt nicht leichtfertig und leichtherzig sprach. Und sie wußte gut genug, daß ich mit Verbrechen einige persönliche Erfahrungen hatte, und mit Gewalttätigkeit, und daß ich nicht so leicht durch Possenspiele zu täuschen war.

»Willst du nun also zum Empfang gehen?«

»Und melden, was ich gesehen habe?«

»Ja.«

»Ich weiß inzwischen nicht mehr, was ich gesehen habe.«

»Meinst du, es war wirklich vorgetäuscht, wie Curt sagt?«

»Es schien in der Tat eine Art . . . vorgetäuscht ist nicht ganz das richtige Wort. Aber es war, als sähe ich eine Kinoszene, nicht eine aus dem wirklichen Leben.«

»Deshalb muß es nicht auch notwendigerweise der Realität entbehren. Ich habe mal einen ziemlich schimmen Unfall gehabt. Ich wurde nur leicht verletzt, aber der Wagen, in dem ich saß, wurde direkt von vorne von einem betrunkenen Fahrer gerammt.«

»Lieber Gott . . . Davon hast du mir ja nie ein Wort erzählt!«

Sie setzte sich im Bett auf. »Na, jedenfalls, der Mann und ich fuhren spät abends heim, und ein Betrunkener wurde von unseren Scheinwerfern hypnotisiert oder so etwas und fuhr kerzengerade auf uns zu. Er fuhr gar nicht so schnell, und wir konnten fast noch anhalten bis zu dem Augenblick, als er in uns hineinrummste. Wir bremsten voll, das riß uns herum und er krachte uns in die Seite. Mein Begleiter brach sich den Arm. Ich kam mit einer Schramme davon.«

»Dann ist das ja verhältnismäßig glimpflich abgelaufen. Aber worauf willst du hinaus?«

»Ich will darauf hinaus: ich hatte damals mindestens eine Minute lang Zeit, den Wagen auf uns zukommen zu sehen. Und mir zu vergegenwärtigen, daß jetzt gleich ein Unfall passieren werde. Und daß ich dabei möglicherweise sogar umkommen könnte.«

»Und? Bist du in Panik verfallen?«

»Nein, überhaupt nicht, das ist ja das Seltsame. Ich fühlte mich völlig entspannt. Die ganze Welt kam in Zeitlupe auf mich zu. Und genau wie du gesagt hast: es war das Gefühl, eine Szene im Kino zu erleben.«

»Dann glaubst du mir also, daß ich tatsächlich Augenzeuge eines Mordes war?«

»Ich halte es jedenfalls für möglich. Und was denkst du?«

»Ich sagte ja schon, Curt könnte natürlich recht haben. Es kann wirklich nur eine Theateraufführung gewesen sein.«

»Ja?«

»Es kann aber auch keine gewesen sein.«

Sie lächelte und seufzte. »Versuchen wir zu schlafen, komm. Du mußt morgen eine schwere Rolle spielen.«

Sie hatte ja recht. Immerhin war ich in Curts Spiel-Plan seines *Wer-war's*-Krimis ein Hauptverdächtiger. Ich hatte freilich keinerlei Ahnung, was in diesem Krimi alles vorgesehen war. Mit Sicherheit wußte ich lediglich eines: der Mörder war ich nicht.

Aber wir konnten alle beide nicht einschlafen, bis ich endlich aufstand und den Vorhang an diesem verdammten Fenster zuzog.

Zweiter Teil

Freitag

7

Jill duschte schon wieder. Das Geräusch der laufenden Dusche machte mich wach und holte mich aus meinem tiefen, aber höchst unruhigen Schlaf. Das Schließen des Vorhangs vor dem Fenster in der letzten Nacht hatte nicht auch die Bilder ausgesperrt, die ich durch eben dieses Fenster gesehen hatte und die mich dann wie im Delirium verfolgten; in surrealistischen Alpträumen, die direkt von Dali hätten stammen können. Und doch waren sie mit einem Schlag weg, als ich mich nun aufsetzte und mir den Schlaf aus den Augen rieb. Das Gefühl, sie gehabt zu haben, aber blieb. Sie hatten sich um das gedreht, was ich hier am Fenster von meinem Logenplatz aus mitangesehen hatte. An ein Detail meiner Träume erinnerte ich mich: ich sprang direkt durch das Fenster. Das Glas splitterte, und ich stürzte mich mitten ins Getümmel und riß dem Mörder die Skibrille vom Gesicht . . . nur, um in das Gesicht eines völlig Fremden zu blicken.

Als Jill aus dem Bad kam, nur knapp mit einem Handtuch um ihren schlanken, dunklen Leib und auf dem Kopf ein zweites Handtuch als Turban, sah sie wie eine kleine hübsche Araberin aus. Und das sagte ich ihr.

»Ach ja?« sagte sie. »Und du siehst aus wie aus dem Mülleimer.«

»Du sagst immer so süße Sachen.«

»Schlechte Nacht gehabt?«

Sie setzte sich neben mich aufs Bett. »Sieht es sich heute morgen weniger wirklich an?«

Ich war noch nicht lange auf. Aber groggy oder nicht, was diesen Punkt betraf, gab es keinen Zweifel. »Nein«, sagte ich. »Keineswegs. Was ich gesehen habe, war überzeugend.«

»Und was willst du jetzt also machen?«

»Weiß nicht. Ich werde unter der Dusche darüber nachdenken.«

Und das tat ich. Das Wasser belebte mich. Ich machte es zuerst kalt, dann heiß, und dann begannen sich in meinem Kopf unter der Schädeldecke ein paar Gedanken zu bilden, und ich begann zu lächeln. Ich war gestern abend sehr müde gewesen. Agenten und Verleger und Lektoren und Busfahrten hatten mich geschafft. Und obendrein alle diese Hotelgäste für das *Mohonk Mystery Weekend*. Beschissene Träume oder nicht, jedenfalls hatte ich etwas Schlaf bekommen, und heute war ein neuer Tag. Irgendwas würde sich schon ergeben zu dem, was ich da gesehen hatte.

Ich fing sogar an zu singen.

Als ich mit meinem Tarzanhandtuch um die Hüften wieder ins Zimmer kam, war Jill bereits anzogen – rote Jacke zu weißer Bluse und blauer Marinehose; der reine Penetranz-Patriotismus – und lächelte mich mit einer Seite ihres hübschen Gesichtes an. Sie sagte: »Du bist der einzige Mensch auf der Welt, den ich kenne, der unter der Dusche ›Splish, Splash, I was takin' a bath‹ singt.«

»Ich bin ja auch die Nummer 1 der Bobby-Darin-Fans«, erläuterte ich ohne jede Verlegenheit und sogar mit etwas Stolz. »Falls du aber lieber etwas mehr Zeitgenössisches hättest, mußt du mit jemandem ausgehen, der zehn Jahre jünger ist. Als wir beide, meine ich.«

»Das riskiere ich lieber nicht«, sagte sie. Sie saß an einem Toilettentischchen vor einem Spiegel und hängte sich Ohrringe mit abstrakten Mustern an. »Das Zeug hier ist das reine Schwermetall. Hätte ich das unter der Dusche an, würde mich wahrscheinlich ein elektrischer Schlag niederstrecken.«

Ich war inzwischen zum Telefon gegangen. Es stand bekanntlich am Fenster auf dem Tischchen. Die Vorhänge waren aber noch zu. Ich wählte. »Jetzt hast du diesen jüngeren Knaben noch nicht mal kennengelernt«, sagte ich, »und schon bist du mit ihm unter der Dusche. Schämst du dich eigentlich überhaupt nicht?«

»Wen rufst du denn da an?«

»Die Rezeption. Ich will was fragen.«

»Rezeption«, sagte eine Frauenstimme. Ein hübscher sinnlicher Alt.

»Hier ist Mr. Mallory, Zimmer vierundsechzig. Ich bin einer der Gastautoren dieses Wochenendes.«

»Gewiß, Mr. Mallory.« Bißchen keck.

»Könnten Sie mir einige Informationen über das Hotel geben?«

»Wir sind jederzeit gerne bereit, alle gewünschten Auskünfte über das Berg-*Haus* zu erteilen, Mr. Mallory.«

Gott, waren die empfindlich, wenn man Mohonk ein »Hotel« nannte!

»Als gestern abend mein Bus ankam«, sagte ich, »tat unten am Fuß des Berges ein Mann Dienst. In einer Art kleinem Häuschen.«

»Gewiß. Das ist das Wachhaus am Einfahrtstor.«

»Ich habe kein Tor gesehen.«

»Vor Jahren war da mal eines. Deshalb nennt man es bis heute das Wachhaus am Einfahrtstor. Wir legen hier in Mohonk großen Wert auf Traditionen, Mr. Mallory.«

»Aha. Ich verstehe. Also, jedenfalls, der Busfahrer meldete sich bei diesem Mann, ehe wir den Berg herauffuhren.«

»Ja.«

»Ist das so üblich?«

»Ganz ausdrücklich, Mr. Mallory. Niemand wird durchgelassen, ehe nicht nachgeprüft ist, daß er auf der Anmeldeliste steht.«

»Aha. Da haben sie also wenig unangemeldete Hotelgäste?«

»Überhaupt keine, Sir. Und es ist ein Haus.«

»Ach ja, richtig. Wie lange macht dieser Wächter Dienst?«

»Nun, der Dienst ist in mehrere Schichten eingeteilt. Irgendwer ist aber immer da.«

»Sie meinen, das Wachhaus ist rund um die Uhr besetzt?«

»Richtig.«

»Und gibt es irgendeinen anderen Weg zum Hotel als diese Straße?«

»Zu dem *Haus,* Sir. Nein.«

»Ich meine, kann man auf diese Straße irgendwie gelangen, ohne am Wachhaus vorbei zu müssen?«

»Nein.«

»Hm. Sagen Sie, meinen Sie, ich könnte den Mann mal sprechen, der gestern abend im Wachhaus Dienst hatte?«

»Ja, wissen Sie, Sir, ich glaube, der schläft jetzt noch. Und außerdem bin ich auch nicht befugt, seine Privatnummer mitzuteilen. Am besten wenden Sie sich vielleicht an jemanden von der Direktion.«

»Na gut. Haben Sie vielen Dank. Das ist wirklich ein hübsches Hotel hier.«

»Ein *Haus*«, sagte sie mit sanfter Beharrlichkeit, aber in ihrer Stimme war dennoch ein kleines Lächeln. Sie verstand schon, daß ich sie mit Absicht etwas frozzelte.

Jill malte sich mit Lippenstift an. »Was sollte das denn?«

Ich schlüpfte in meine Kleider und berichtete ihr dabei, wie die sinnliche Altstimme in der Rezeption mir alles erzählt hatte.

»Also, wenn Rath wirklich weggefahren ist«, sagte sie und zeigte wie eine Lehrerin auf mich, »dann muß er vom Wachmann am Torhaus gesehen worden sein.«

»Richtig. Und noch bedeutsamer: wenn er nur wegfuhr, um gleich darauf wiederzukommen, muß er ihn ebenso wiederkommen gesehen haben. Und nicht nur gesehen. Er muß sich bei ihm angemeldet haben.«

»Du meinst, damit hättest du exakte Zeitangaben.«

»Genau.« Ich lächelte. Und wählte.

»Und wen willst du jetzt anrufen?«

»Na, Kirk Rath«, sagte ich.

Ihre kornblumenblauen Augen wurden sehr groß, und sie setzte sich vor Schreck auf das Ende des Bettes. Ich rief die Telefonzentrale des Hotels an – Berghauses, wollte ich sagen –, und sie verband mich wunschgemäß weiter zur Auskunft von Albany, N.Y. Und die hatte Raths Privatnummer auch wirklich. Obwohl ich dessen gar nicht so sicher gewesen war. Andererseits war es natürlich auch wieder logisch. Jemand von Charakter und Temperament Kirk S. Raths mußte es für unter seiner Würde erachten, irgendeiner Auseinandersetzung dadurch aus dem Weg zu gehen, daß er eine geheime Telefonnummer hatte und also nicht für jedermann erreichbar war.

Das Telefonklingeln schrillte in meinem Ohr. Während ich wartete, zog ich den Vorhang auf. Die Landschaft draußen vor dem Fenster erschien mir jetzt in der alten grauen Morgendämmerung noch unwirklicher. Mehrere Paare waren in dicken Wintersachen auf Morgenspaziergängen über die Brücke unterwegs. Eines blieb in der kleinen Nische stehen, um sich ein wenig zu unterhalten. Der Atem dampfte. Ich fand das alles nicht besonders anregend. Der Winter ist nicht meine Lieblingssaison, egal in welchem Staat, einschließlich New York und Iowa. Aber unheilschwanger war es nun auch nicht gleich.

Als es neunmal geklingelt hatte, wurde abgehoben: »Hier spricht Kirk Rath.«

»Kirk!« rief ich. »Hier ist –«

»Dies ist der automatische Anrufbeantworter. Nach dem Pfeifton können Sie jede gewünschte Nachricht für mich hinterlassen, gleich ob obszön oder nicht.«

Scheiße, Mensch.

Nach dem Pfeifton sagte ich: »Hallo Kirki, hier ist Mallory, oben in Mohonk. Wenn Sie am Leben sind, rufen Sie mich bitte noch heute an, und zwar schnellstmöglich.«

Ich legte auf und kratzte mich am Kopf.

»Glaubst du, er wird zurückrufen?« fragte sie.

»Zumindest teilweise, möchte ich annehmen, hängt es davon ab, ob er am Leben ist oder nicht«, sagte ich, während ich mich zu ihr setzte.

»Hältst du es für möglich, daß er zu Hause ist und trotzdem den Anrufbeantworter an läßt?«

»Bei Anrufbeantwortern ist das immer möglich. Außerdem ist es ja noch immer relativ früh. Kann durchaus sein, daß er noch schläft. Etwas später werde ich es auch noch unter seiner Büronummer versuchen.«

»Ich denke, du hast gesagt, er macht den *Chronicler* bei sich zu Hause?«

»Schon«, sagte ich. »Alles, außer dem Druck, passiert in seinem eigenen Haus. Aber dafür hat er eine eigene Geschäftsnummer, und ich bin sicher, seine Leute arbeiten, auch wenn er nicht da ist. Sie wohnen ja auch alle dort. Es soll wie eine Art großes Bruderschaftshaus sein, was man so hört.«

»Da hoffst du also von einem seiner Leute zu erfahren, ob er da ist oder nicht.«

»Denke ich mir, ja.«

Jill seufzte. »Warum konnte dieser Rath nicht selbst ans Telefon gehen, damit endlich Ruhe ist mit dieser Geschichte.«

»Ich sagte: »Nimm mal an, er hat es sich gestern abend doch noch überlegt und kam zurück, um seine Wochenendrolle zu spielen? Und ist umgebracht worden – wirklich, meine ich –, weil er sich so aufgeführt hat.«

»Ja, von wem denn?«

»Lieber Gott, Jill, es ist mir noch nicht mal gelungen, ganz sicher festzustellen, ob das arme Miststück wirklich tot ist. Also frag' mich auch nicht jetzt schon, wer der Mörder ist, okay?«

»Okay«, sagte sie und lächelte ein wenig.

»Aber eines will ich jedenfalls herausfinden«, sagte ich und stand auf, wobei ich ihr mit dem Zeigefinger auf die Nase tippte, »nämlich, welches von diesen Spielerteams Theaterrequisiten dabei hat, und welche Leute ihre Schminkkoffer mitgenommen haben.«

Auch Jill stand jetzt auf und fummelte ordnend an meinen Rollkragenpulli herum – diese Pullis, die die *Beach Boys* und ich nun schon jahrzehntelang tragen.

»Fühlst dich jetzt offenbar immer mehr wie ein Detektiv, oder?« sagte sie.

»Ich denke wie einer. Dieser lange Tag gestern hatte mich wirklich geschafft.«

Sie gab mir ein kleines Küßchen und lächelte schwach und sagte: »Also dann zieh mal deine *Miami-Vice*-Jacke an und wir gehen runter und frühstücken.«

»Also, mußtest du jetzt wirklich *Miami Vice* erwähnen?

»Heute ist Freitag, und wir haben immer noch keinen Fernseher!«

»Ich habe mich an der Rezeption erkundigt«, sagte sie und half mir in meine weiße Leinenjacke. »In einem der Salons gibt es eine Fernseh-Projektionswand.«

»Ja, aber wird die hier reinpassen?«

Ich machte ihr chevaleresk die Tür auf, und draußen auf dem Flur begegneten wir Jack Flint und seiner Frau Janis, die offenbar eben vom Frühstück zurückkamen. Jack trug einen olivgrünen Blazer mit pastellgrünem Hemd und Janis wieder ein blumenmusterbedrucktes Kleid in Gelb und Grün. Sie sahen aus wie Kalifornien persönlich. Der Gedanke kam mir, ob ich vielleicht, Gott helfe mir, wie Iowa persönlich aussah.

Wir wünschten uns beiderseits guten Morgen. Jack sagte mit einer Andeutung eines Augenzwinkerns: »Ich höre, Sie haben gestern abend eine verpaßt bekommen?«

»Wie bitte?«

»Na, Curt hat so etwas erwähnt, daß ein paar von den Spielern vor Ihrem Fenster einen kleinen Krimi aufgeführt hätten.«

»Ja, so sah es aus«, sagte ich. »Ich glaube, George Romero führte Regie.«

Janis reckte den Kopf hoch, als habe sie nicht recht verstanden, und Filmfreak Jill klärte sie auf: *»Die Nacht der lebendigen Toten.«*

»Ah«, sagte Janis. War doch nett von Jill, der Ehefrau eines Drehbuchautors Nachhilfeunterricht in Film zu geben!

Jack lachte amüsiert. »Das sind vielleicht große Kinder, diese Leute. Dabei führen doch wir ihnen eine Show vor, in einer Stunde oder so.«

Er bezog sich selbstverständlich auf Curts *Mystery,* in welchem wir unsere Rollen spielen würden.

»Ja«, sagte Janis, »und ich habe dabei Todesangst.«

Jill widerstand nur mit Mühe der Versuchung, ihr mitzuteilen, daß dies der Titel von Bela Lugosis einzigem Farbfilm war und sagte statt dessen: »Warum? Spielen Sie etwa eine der Verdächtigen?«

»Ja, ich fürchte«, sagte Janis mit einem nervösen kleinen Lächeln. »Sie nicht?«

»Nein. Mal verheimlichte ihnen bis zur letzten Minute, daß ich mitkam.«

Janis hängte sich bei Jill ein – in gespielter Panik, die freilich nur teilweise gespielt zu sein schien. »Sagen Sie, würden Sie vielleicht meine Rolle übernehmen wollen?«

Aber Jill schüttelte verneinend den Kopf. »Nein, nein. Wissen Sie, ich bin kein Krimi-Fan. Und auch kein Rätselfreak. Ich bin hier nur, um ein bißchen Ruhe und Frieden zu haben. Ich meine, in diesen endlosen Korridoren auf und ab zu wandern und mich in jede einzelne der hunderteinundachtzig Nischen in diesem Haus hier zu setzen. Sie wissen doch, wie

Elmer Fudd immer sagt: ›Endlich Wuhefwiedenfweude und Ewholung.‹« Aber Janis sah wohl Bugs Bunny nur selten.

Ich legte Jack die Hand auf den Arm und fragte fast flüsternd: »Haben Sie zufällig irgend etwas davon von Ihrem Fenster aus mitgekriegt?«

»Von Ihrem kleinen Passionsspiel, meinen Sie? Nein. Wann fand es statt?«

»Kurz vor elf.«

»Janis und ich standen auf und sahen uns Petes Krimi an. Ich hatte völlig vergessen, wie gut Premingers *Laura* tatsächlich ist.«

»Ja«, sagte ich mürrisch. »Mein Lieblings-Preminger, wissen Sie, ist *Skidoo*.«

Jack machte eine kleine verständnisvolle Geste. Offensichtlich kannte er *Skidoo.*

»Ach, er macht nur Spaß!« sagte Jill, nahm mich am Arm. Wir sagten den Flints auf Wiedersehen und gingen zum Frühstück.

Dort, im großen kieferngetäfelten Speisessal erblickten wir an unserem Tisch Tom Sardini bei einer Tasse Kaffee. Daneben, an Curts Tisch, saßen Cynthia Crystal und Tim Culver, allerdings waren weder Curt noch seine Frau Kim anwesend. Ich sagte Guten Morgen zu Cynthia und Tim, und beide grinsten freundlich zurück, selbst der üblicherweise nur finster dreinblickende Tim. Irgendwie hatte ich das Gefühl, ich sei allseits als komische Figur abgestempelt.

Jill ging weiter auf unseren Tisch zu, aber ich blieb stehen. Bei Cynthia und Tim beugte ich mich, je eine Hand auf beider Stuhllehnen, zu ihnen hinab, und sagte: »Schönen guten Morgen, ihr Lieben, was ist so lustig?«

»Hallo, Mal«, sagte Cynthia, und ihr gebleichtes blondes Haar wogte um sie herum, während sie sich mit ihren funkelnden blauen Augen nach mir umblickte. »Ich finde es einfach süß, wenn du den einfältigen Provinzler spielst!«

»Ich auch«, sagte ich. »Das erinnert mich immer an die lieben alten Zeiten, als ich mit Spike Jones und seinen City Slickers auf Tournee war.«

Culvers Lächeln war schon längst wieder erstorben. Er spürte es, daß ich die Federn aufstellte. Cynthia übrigens auch, nur ihr war es egal. Aber Culver sagte: »Curt hat uns von dieser Spaßvorstellung erzählt. War nicht bös gemeint.«

»Ach, Mal«, sagte Cynthia begütigend, »wie konntest du aber auch auf derartiges Amateurtheater hereinfallen?«

»Wieso?« sagte ich und blickte sie scharf an. »Hast du es auch gesehen?«

»Nein, nein, das nicht«, sagte Culver und wischte die Vermutung mit ihrer hübschen Hand weg. »Tim und ich waren gestern abend stundenlang plaudernd durch dieses ganze wunderschöne Hotel unterwegs.«

»Haus«, verbesserte ich.

»Meinetwegen«, sagte Cynthia. »Aber ich habe schon mehrere solche Wochenenden mitgemacht, wenn auch nicht hier in Mohonk.

Tim und ich waren mal bei so einem Spiel auf einer Kreuzfahrt dabei, letztes Jahr. Wir wissen doch inzwischen alle, was sich diese phantasievollen Spieler alles einfallen lassen, um die richtige Krimi-Atmosphäre zu schaffen, und Spannung in die Halle zu bringen, und knisternde Unheimlichkeit und was noch alles.«

Da konnte hier in Mohonk eine ganze Menge knisternde Unheimlichkeit im Gange sein, schon nach der Zahl der Hallen, die es hier gab.

Ich sagte: »Immerhin, dein Zimmer geht doch auch nach der Seeseite raus, oder?«

»Sicher«, sagte Cynthia. »Ein ganz bezaubernder Ausblick.«

»Darüber läßt sich streiten«, sagte ich.

Sie drückte meinen Arm. »Du bist ein Kindskopf. Aber gerade das mag ich an dir.«

»Ja, ja«, sagte ich. »Unreife ist wohl einer meiner hervorstechendsten Charakterzüge, nicht? Samt schwach entwickelter Urteilsfähigkeit.«

Jetzt mischte sich Culver wieder ein. »Sie meinen doch nicht etwa ernsthaft, was Sie gesehen haben, war mehr als Amateurtheater?«

»Vermutlich nicht«, sagte ich.

Cynthia ließ ihr glockenhelles Lachen bis hinauf an die hohe Decke steigen. »Wenn es doch wirklich wahr wäre!«

»Pardon?« sagte ich.

Sie widmete sich einem Frühstücksbrötchen und antwortete: »Na, daß irgendwer diesen Bastard wirklich abgestochen hätte!«

Das verschlug mir die Sprache, und ich lächelte nur und nickte und ging hinüber zu Jill.

»Also«, sagte Tom, kaum saß ich ihm gegenüber, »jemand hat dich auf den Arm genommen?«

Ein Ober schenkte mir Kaffee ein und ich trank. »Ich finde das wirklich reizend von Curt, daß er bereits allen erzählt hat, wie ich mich gestern abend zum Narren halten ließ.«

Tom lächelte. Sogar sein Bart wackelte mit. Also sie haben den guten alten Kirk Rath im Mondenschein ermordet, wie?«

»So sah es aus.«

»Ich sag' dir was«, sagte Tom, »das hier ist wie so ein Sommerlager, in dem sie alle übergeschnappt sind. Ich meine damit, sie gehen hier einfach alle richtig aus sich raus.«

»Spaß ohne, he?«

Ich notierte auf der für uns bereitliegenden Bestellkarte, was wir haben wollten – Toast für mich, Rührei für Jill –, und Tom sah mich über seine Kaffeetasse hinweg bewundernd an.

»Worum geht's, Mal?«

»Geht was?«

»Na, nu' komm. Wir kennen uns jetzt lange genug. Niemand macht lieber einen kleinen Spaß als du. Warum spreizst du dich so mit dieser Geschichte?«

»Na, was meinst du, wie meine Stimmung gestiegen ist, als ich hier reinkam und merkte, daß ich die großen Clownsschuhe anhatte?«

Jill schien sich unbehaglich zu fühlen. Ich glaube, sie hoffte, ich würde endlich damit aufhören. Hätte ich auch, aber Tom ließ es nicht genug sein. »Und ich weiß doch genau, du bist für jeden Spaß zu haben. Aber über den hier lachst du überhaupt nicht. Warum?«

Ich lächelte ihn an, und es war ein richtiges Pokerface-Lächeln. »Und was würdest du sagen, wenn ich dir sagte, ich bin keineswegs davon überzeugt, daß, was ich gesehen habe, wirklich Theater war?«

Sein Gesichtausdruck wurde ratlos. »Du glaubst wirklich,

daß jemand vor deinem Fenster Kirk Rath umgebracht hat? Wirklich umgebracht?«

Ich zuckte nur mit den Achseln und nippte an meinem Kaffee.

»Mal! Das ist doch verrückt!«

»Lieber Tom, wir müßten uns ja wohl einen anderen Beruf suchen, wenn es niemals Morde gegeben hätte, oder?«

Er fuchtelte mit beiden Händen in der Luft herum. »Aber Rath ist abgereist!« sagte er.

»Angeblich. Wo ist dein Zimmer?«

»Was?«

»Dein Zimmer! Wir sind in vierundsechzig. Welche Zimmernummer hast du?«

»Ein bißchen weiter rauf im selben Korridor. Achtundfünfzig.«

»Hast du von deinem Zimmer aus einen Ausblick auf den See? Die kleine Nische – der Erker – die japanische Brücke?«

»Sicher.«

»Und hast du gestern abend etwas gesehen? So um halb elf herum?«

»Nur Petes Film.«

»War Jack Flint auch dort?«

»Er saß ein paar Reihen hinter mir. Warum? Sag mal, was ist das hier, *Miami Vice,* oder was?«

Jill sagte: »Um Gottes willen, erwähnen Sie doch keine Fernsehserien, Tom. Er hat doch die schlimmsten TV-Entzugserscheinungen.«

Sie versuchte, die Stimmung ein bißchen zu retten, aber das war unnötig. Tom war nicht beleidigt. Er war einfach nur neugierig, interessiert.

»Also, du glaubst tatsächlich«, sagte er, »daß Rath umgebracht worden ist.«

»Die Möglichkeit besteht, das ist alles.«

»Und ich bin einer der Verdächtigen!« Er sagte es belustigt.

»Nein, er verdächtigt alle«, sagte Jill, »und keinen zugleich.«

Jetzt war ich ein wenig peinlich berührt. Aber nur ein klein wenig.

»Schau«, sagte ich, »ich will einzig und allein feststellen, ob ich tatsächlich der einzige war, der das gesehen hat, diesen Special-Live-Sketch am Samstagabend.«

»Schon wieder ein Fernsehserien-Titel!« mahnte Jill. »Aufpassen!«

»Vielleicht«, sagte Tom, »war er ganz speziell und persönlich für dich inszeniert!«

»Das jedenfalls ist Curts Meinung nicht«, sagte ich. »Alle wissen, daß die Autoren-Gäste in diesem Flügel wohnen. Curt meint, es ist der reine Zufall, daß ich derjenige bin, den man genasführt hat.«

Tom schob seine leere Kaffeetasse zur Seite. »Und was meinst du?«

»Ich meine, daß ich genau das tun werde, was alle diese Mitspieler an diesem Wochenende tun.«

»Nämlich?«

Tam tatam tam taaa.

»Detektiv spielen.«

8

Sie sind Lester Denton – siebenunddreißig Jahre alt. Sie stammen aus einer Kleinstadt, sind introvertiert, Absolvent der High-School 1967 – mit den geringsten Chancen auf beruflichen Erfolg (auch Mitglied des Schach- und des Poesie-Clubs). Von jeher ein Einzelgänger und Außenseiter, sind Sie mittlerweile auch ein asexueller Hagestolz und leben mit ihrer ziemlich wohlhabenden, verwitweten Mutter zusammen. Trotz Ihrer schüchternen Seele, die sich nur selten aus dem Haus wagt, haben Sie sich einen alten Wunschtraum erfüllt: Es gelang Ihnen, einen Kriminalroman zu veröffentlichen, DER APFELROTE AUFSTEIGER. Ihre Träume wurden allerdings herb zerstört durch den Kritiker Roark K. Sloth, in dessen *Mystery Carbuncle* ihr Debüt-Roman ziemlich gnadenlos verrissen wurde. Seitdem schreiben Sie die Tatsache des finanziellen Mißerfolges dieses Buches direkt der herzlosen Besprechung von Sloth zu. Als Sie eines Winterabends, einem Donnerstag, in das *Mohawk Mountain House* kommen, um dort an einem Kongreß von Krimi-Autoren teilzunehmen, sind Sie zunächst sehr unangenehm davon berührt, daß ausgerechnet dieser Sloth als einer der Referenten der Tagung anwesend ist. Bei näherem Zusehen kommt Ihnen die Idee, daß dies doch eine ausgezeichnete Gelegenheit wäre, eine überaus unangenehme Situation zu bereinigen. Sie begeben sich also noch am gleichen Abend auf Sloth' Zimmer und bieten dem Kritiker Geld dafür an, ihren nächsten (und, falls es wieder keine anständigen Verkaufsziffern gibt, wohl auch letzten) Lester-Denton-Roman TOD IST EINE FATALE KRANKHEIT »einfach zu ignorieren«. Sloth lacht Sie nicht nur einfach aus, sondern schwört Ihnen, Ihren »pathetischen« Versuch, ihn zu bestechen, in einem Artikel im *Carbuncle* öffentlich an den Pranger zu stellen. Und als Sie dann, wenn auch verwirrt, so doch zynisch, bemerken, schließlich gebe es ja keine Zeugen für den Bestechungsversuch, und Sloth könnte sich deshalb einer Verleumdungsklage nur schwer entziehen, lacht der Kritiker nur gehässig und bringt ein Taschen-Tonbandgerät zum Vorschein, auf dem er das ganze Gespräch aufgenommen hat. Sie ziehen also den Schwanz ein und entfernen sich wie in begossener Pudel. Auf dem Flur begegnen Sie dem Privatdetektiv Rob Darsini, der offensichtlich seinerseits gerade auf dem Weg zu Sloth' Zimmer ist. Am nächsten Morgen sind Sie nicht minder überrascht und verblüfft wie alle anderen Gäste, daß Sloth in seinem Zimmer mit einem Messer im Rücken aufgefunden worden ist, über seine Schreibmaschine gesunken, in der ein Blatt eingespannt ist. Auf diesem stehen nur die kryptischen Buchstaben: TOVL JSZD HRZSM. Und es wird kein Tonband mit Ihrem Bestechungsversuch gefunden.

SIE DÜRFEN NICHT LÜGEN, aber Sie brauchen auch nicht freiwillig irgendwelche Angaben über Ihren Besuch in Sloth' Zimmer machen, solange Sie nicht ausdrücklich von einem Fragesteller danach befragt werden. Wenn Sie direkt mit dem Vorwurf konfrontriert werden, müssen Sie zugeben, daß Sie versucht haben, Sloth zu bestechen. Sie müssen auch – auf Befragen – zugeben, daß Sie Darsini gesehen haben. Aber Sie sind nicht der Mörder. Und Sie haben das Tonband nicht gestohlen.

Diese Information, von Curt Clark geschrieben, war alles, was ich über die Person wußte, die ich in dem Mörderspiel dieses Wochenende in Mohonk spielen sollte. Jeder der Autoren-Gäste hatte einen ähnlichen und für seine Rolle zutreffenden Informationstext schon vorher mit der Post bekommen, obwohl keiner mit der Rolle des anderen vertraut gemacht worden war. Ich hatte meinen Text wieder in den Umschlag zurückgesteckt, in dem ich ihn bekommen hatte (»Mallory – Streng persönlich und vertraulich«!). Dabei war lediglich ein Zusatzblatt gewesen, in dem kurz und in einem Absatz die Namen der anderen Verdächtigen aufgeführt waren. Ich hatte das Ganze in meine Koffertasche gesteckt, um es jederzeit zur Hand zu haben. Ich besah mich im Spiegel, rückte meine rote Fliege zurecht, die farblich auf mein blaßrosa Hemd abgestimmt war, und kämmte mir mit Macht mein dickes Brylcrem-Haar zurück, das in der Mitte gescheitelt war. Ich rückte mir die Fensterglas-Brille zurecht, so daß sie ungefähr auf halber Höhe meiner Nase saß, unter der mich ein bleistiftdünnes Bärtchen zwickte, und schließlich steckte ich mir auch noch den Anstecker VERDÄCHTIGER ans Revers meines zweireihigen, schwarzrotweißen Cordanzugs.

Ich war somit, plan- und spielgemäß, Lester Denton, Verdächtiger im Mordfall Roark K. Sloth, *Der Fall des Seltsamen Kritikers*. Ich hatte mich selbst zwar niemals als einen Widerling gesehen noch hatte ich eine wohlhabende, verwitwetete Mutter. Doch dieser Denton war in mancher Hinsicht tatsächlich eine ganz lustige, wenn auch um einige Ecken herum bösartige Parodie meiner selbst und meiner eigenen Beziehung zu Kirk Rath. Im Licht des Mordes, dessen Augenzeuge ich geworden war (oder war es eben nur ein »Mord«?), fand ich die verzerrten, hämischen Anspielungen auf das wirkliche Leben in Curts Szenario eher irritierend als amüsant. Ich fragte mich, ob auch die anderen Autoren Rollen zu spielen hatten, die sie ebenfalls auf einigermaßen unbehagliche Art an sich selbst und an ihre eigene Bitterkeit Rath gegenüber erinnerten.

»Du bist ein wirklich überzeugender Widerling«, sagte Jill, als sie mich so betrachtete. Dabei grinste sie mich ganz unverschämt an, und in den Winkeln ihrer kornblumenblauen Augen bildeten sich Fältchen.

»Daß du einer bist, weiß ich«, sagte ich mit nasalem Tonfall. »Aber ich?«

»Man muß einen vor sich sehen, um ihn zu erkennen«, gab sie im selben nasalen Snobton zurück.

Ich verpaßte ihr einen feuchten Widerlingsschmatz und legte ihr den Arm um die Schulter, und wir gingen hinaus auf den Flur und nach nebenan zu Curts Zimmer, in dem sich alle Autoren, die eine Rolle spielten, vor der ersten der beiden »Verhör«-Sitzungen versammelten, die in genau einer Viertelstunde beginnen sollte. Hinter Curts Tür waren partyartige Geräusche zu hören. Wir blieben noch einmal stehen, ehe wir hineingingen.

»Du siehst wirklich putzig aus mit diesem Schnurrbärtchen«, sagte sie und zwickte mich in die Backe. »Am liebsten würde ich ein Groupie spielen und dabeisein und mir deine Vorstellung ansehen.«

Ich schüttelte ablehnend das Haupt. »Mir ist es schon lieber, die Dame zirkuliert ein wenig und hört sich eher die anderen Verdächtigen an.«

»Wozu soll das denn gut sein?«

»Weiß ich nicht«, gab ich zu. »Sieh sie dir einfach nur alle an, und achte darauf, ob sich der eine oder andere vielleicht ganz ungewöhnlich unbehaglich fühlt.«

»Na, und wenn? Dann muß das immer noch nicht sehr viel mehr heißen, als daß sie eben Lampenfieber haben.«

»Aber vielleicht auch nicht. Mach dir auf jeden Fall von jedem ein paar Notizen. Beobachte auch, ob sich irgendeiner der Mitspieler irgendwie speziell oder auffällig benimmt oder besonderen Eifer an den Tag legt. Und jeden, der die Sache einen Tick zu ernst zu nehmen scheint oder sich in den Verhörsitzungen ganz übereifrig ins Zeug legt.«

»Und woher weiß ich ihre Namen?«

Ich deutete auf meinen eigenen Anstecker. »Sie tragen ihn alle.«

»Aha.«

Wir klopften an Curts Tür, und er machte selbst auf. »Hallo, Lester Denton, wie er leibt und lebt!« rief er über das allgemeine Konversations-Rhabarber hinweg und gab sich einen ganz überwältigten Anschein. »Wo in aller Welt hast du denn diesen wahnsinnigen Aufzug aufgetrieben?«

Jill sagte: »Sie werden es nicht glauben, aber ich mußte gar nicht so tief in seiner alten Kleiderkiste herumwühlen.«

»Die frühen Siebziger«, bemerkte ich achselzuckend, »waren in dieser Hinsicht eine ganz verrückte Ära. Sieht so aus, daß ich damals auf gammelige Kordsachen stand.«

»Der Trendsetter von vorgestern«», sagte Curt und bat uns hinein, »ist der *Nebbich* von heute.« Sein Zimmer, jetzt voll von all den anderen Verdächtigen des Spiels, war leicht zweimal so groß wie das unsere, tatsächlich schon eine Suite. Der Kamin war größer, und die Twin-Betten standen, wie mir nicht entging, aneinander. Die Verdächtigen waren alle ebenfalls natürlich bereits im Kostüm. Nur Curt trug noch Zivil, ein legeres blaues Hemd und braune Slacks. Er hatte ein Glas Etwas in der Hand – Ginger Ale, wie sich herausstellte – und holte uns ebenfalls welches.

»Na«, sagte er noch mal, »du siehst wirklich toll und echt aus. Bist du auch im Geiste so bereit wie nach deinem Aussehen?«

»Selbstredend. Wie lang, sagtest du, dauert diese Sitzung?«

»Eine Stunde. Und morgen kriegen sie noch mal eine. Du hast übrigens alle hier ziemlich aufgemuntert und auf Touren gebracht.« Und er wies mit großer Geste über alle die anderen und anwesenden Verdächtigen hin.

»Wie das denn?«

»Je nun –« und er zog eine Augenbraue hoch und ließ sie wieder sinken. »Ich finde, mein Sinn für schwarzen Humor war bei diesem Spiel gar nicht schlecht. Aber einige der Gäste – besonders Jack Flint und mein Bruder – waren ein wenig pikiert über die Art, wie ich ihre Rollen beschrieben habe. Speziell im Hinblick auf ›Roark K. Sloth‹.«

»Weil es ein bißchen dicht an der Wirklichkeit war?«

Er schnitt kurz eine passende Grimasse: »So war's wohl. Jedenfalls, die Geschichte, wie sie dich gestern abend aufgezogen haben, hat allseits befreiendes Gelächter ausgelöst.«

»Es ist mir nicht entgangen.«

Er legte mir die Hand auf die Schulter und tat sachlich: »Du bist mir doch nicht böse, oder?«

»Weil du mich zum Gespött von Mohonk gemacht hast? Aber wie denn. Ich bin außer mir. Ich rede nie mehr ein Wort mit dir.«

Er schnitt achselzuckend eine Fratze. »Damit wäre der Fall auch erledigt«, sagte er und mischte sich unter die anderen Mitglieder seiner Besetzung.

Jill, die neben mir allem schweigend zugehört hatte, sagte: »Na, dem Kerl hast du's aber tüchtig gegeben.«

»Er hat mir eine Menge Gefallen getan. Erinnerst du dich daran, wie ich einmal davon sprach, daß mir einer meiner Lehrer auf einer Schriftstellerkonferenz zu meinem Agenten verhalf?«

»Natürlich.«

»Na, und dieser Schriftsteller, das war Curt. Ich hatte ihm jahrelang Fan-Briefe geschrieben, und meine frühen Kurzgeschichten waren alle ganz unverfrorene Imitations seiner Sachen. Aber er fühlte sich davon eher geschmeichelt als plagiiert, und hat mich sehr gefördert.«

»Also dein Mentor. Wie Roscoe Kane.«

Ich hob einen belehrenden Finger. »Da besteht ein Unterschied. Roscoe ist tot. Curt lebt noch.«

»Also einer deiner wenigen überlebenden Helden.«

»Genau. Also geb' ich es ihm ab und zu immer mal tüchtig.«

Nicht weit von uns plauderte Tom Sardini mit Mary Wright; sie waren beide kostümiert, Tom in Trenchcoat und weichem Filzhut, Mary in einem ziemlich gewagten roten Kleid mit einem Ausschnitt schier bis zum Nabel, das keineswegs unvorteilhaft war, um auf die Vorzüge ihrer Figur aufmerksam zu machen.

»Also, die Quäker waren damit ja nicht einverstanden«, sagte ich und nickte in ihr eindrucksvolles Dekolleté hinein.

»Zum Teufel mit den Quäkern«, sagte Mary aufgekratzt und prostete uns mit ihrem Plastikglas Ginger-ale zu, wobei sie die Betrunkene spielte und ihren Arm um meine Schulter warf, als seien wir die tollsten Busen-(hmm)Freunde.

Jill zwickte mich, aber diesmal nicht in die Gesichts-Wange. Mein Cordanzug war freilich so dick, daß ich es kaum spürte. Obwohl ich die Nachricht natürlich wohl verstand.

»Ich wußte gar nicht«, sagte sie mit Eiseskälte zu Mary, »daß Sie auch eine Autorin sind.«

»Bin ich ja auch nicht«, antwortete Mary und dachte gar nicht daran, ihren Arm von meiner Schulter zu nehmen und so Jills Benehmen die leiseste Beachtung zu schenken. »Aber ein paar der Rollen mußten eben von Mohonk-Angestellten übernommen werden.«

Ich lächelte und entwand mich Mary Ann, so dezent es mir nur möglich war, und holte Ginger-ale-Nachschub für Jill und mich. Wir standen herum und tranken es, als Cynthia Crystal herübergehuscht kam und ihrerseits den Arm um mich legte. Trotz ihres Kostüms und ihrer Maske sah sie durchaus verführerisch aus. Sie hatte sich rollengemäß in eine Art Großmutter verwandelt, mit grauem Haarknoten und einer Omabrille und einem blauen Baumwollomakleid.

»Großmutter, was hast du für große Augen?« sagte ich.

»War ich schlimm zu dir heute morgen?« sagte sie.

»Es ging.«

»Habe ich dich überrascht?«

»Gar nicht.«

Sie ließ einen ihrer schrillen Lacher los. »Du hast mir's wirklich gegeben, was, Mal?«

»Ich denke schon«, sagte ich mit lüsternem Grinsen. »Aber ich mag dich trotzdem, Cynthia.«

Und Jill zwickte mich wieder. Diesmal schaffte sie es irgendwie, unter meine Jacke und an mein rosa Hemd zu kommen, unter welchem mein rosa Fleisch war.

»Aua«, sagte ich.

»Was meinst du?« fragte Cynthia.

»Nein, gar nichts. Wo ist dein Mr. Culver?«

Sie nickte hinüber zum Kamin. »Er redet mit seinem Bruder.«

Das tat er tatsächlich. Culver war ganz in Schwarz gekleidet. Was ihn von Johnny Cash unterschied, waren seine Handschuhe, ein Barett, und eine Dominomaske. Zwischen den Brüdern hing als merkwürdiger Kontrast ein Ölgemälde in einem prächtigen Rahmen, direkt über dem Kamin, über dessen Aufsatz. Ein auffallendes abstraktes Bild, in dem sich orangefarbene, gelbe und rote Streifen spiralartig auswärts wanden, in einem Strudel von Farben.

»Was ist denn aus ihrer berühmten Bruderfeindschaft geworden?« fragte ich.

»In Rauch aufgegangen, zu guter Letzt«, sagte Cynthia mit Pathos. Sie rückte sich ihre Omaperücke zurecht. »Sie bestand zum größten Teil ja auch nur aus Eifersucht, weißt du.«

In der Tat, Curt hatte mit seinen komödiantisch angehauchten Stoffen großen Erfolg in Hollywood gehabt. Fünf davon waren tatsächlich verfilmt worden, und Gott weiß, wie viele sie ihm insgesamt abkauften. Die Kritik war allerdings immer ziemlich hart mit Curt umgesprungen – in unfairer Weise, wie ich fand –, indem sie ihn oft als »Westentaschen-Donald E. Westlake« apostrophierte. Tim Culver andererseits hatte sich Ruhm selbst von den schärfsten Kritikern für seine Serien über den Berufsdieb McClain erschrieben. Zu diesem Lob und Preis gehörten auch mehrere »Edgars« und einige europäische Preise. Aber nie in seiner ganzen zwanzigjährigen Karriere hatte er in Hollywood auch nur ein Bein auf den Boden gebracht. Nicht einen einzigen Groschen hatte er dort verdient, nicht einmal für Optionen (und ich weiß aus eigener Erfahrung, was das für ein Gefühl ist!).

»Tim war eifersüchtig auf Curts finanziellen Erfolg«, sagte Cynthia mit achselzuckendem Lächeln, »und Curt war eifersüchtig auf Tims Erfolg bei der Kritik.«

»Und was hat nun die Änderung bewirkt?« wollte Jill von Cynthia wissen. »Sie scheinen ja jetzt bestens miteinander auszukommen.«

So war es wirklich. Sie plauderten miteinander, sie lächelten sogar andeutungsweise. Nicht warm – der Wahrheit die Ehre! Sondern so kalt wie der nicht brennende Kamin. Aber auch nicht streitsüchtig. Der eine hatte den anderen eingeladen, und der hatte die Einladung angenommen.

»Tim hat McClain an den Film verkauft«, erläuterte Cynthia. »Lawrence Kasdan hat eine Option darauf erworben, auf die ganze Serie. Die erste Folge, *McClains Liste,* ist bereits in der Vorproduktion.«

»Ist nicht wahr!« sagte Jill. »Lawrence Kasdan! *Eine heiß-kalte Frau!* Dunnerlüttchen!«

»Kinofreak!« erläuterte ich Cynthia diesen Ausbruch Jills.

»Du mußt sie einfach ignorieren. Sie ist nicht bereit, mich ernst zu nehmen, solange ich noch nichts ans Kino verkauft habe.«

»Hast du aber doch!« sagte Cynthia.

»Fernsehen zählt nicht«, sagte Jill.

»Hier in Mohonk besonders«, bestätigte ich. »Aber was den Bruderzwist angeht – gehe ich recht in der Annahme, daß die gloriosen Kritiken, die Kirk Rath über Curt ausgegossen hat, die Wogen zwischen ihm und Tim glätten halfen?«

»Ganz sicher«, nickte Cynthia. »Rath mag nicht beliebt sein – streich das ›mag‹ gleich mal weg –, aber Einfluß hat er nun mal, da beißt die Maus keinen Faden ab. Andere Kritiker richten sich nach ihm und dem *Chronicler*. Und seit Kirk ihn hochgejubelt hat, haben sich eine Menge Kritiker neu und positiv mit Curt befaßt.«

»Mit anderen Worten«, sagte ich, »die beiden haben keinen Grund mehr, länger aufeinander eifersüchtig zu sein.«

»Happy End und Vorhang, Liebling«, sagte Cynthia mit ihrem besten Cocktailparty-Lächeln.

Jack Flint kam herbei, genau gesagt, wälzte sich heran wie ein Panzer. Er war so angezogen, wie ich ihn schon auf dem Weg zum Frühstück gesehen hatte, und das schien nicht eigentlich ein Kostüm zu sein. Bei näherem Hinsehen hatte er noch ein paar zusätzliche Goldketten um den Hals. Aber sonst *business as usual*.

Er beantwortete meine gar nicht gestellte Frage gleich mit einem Achselzucken: »Der Typ, den ich spiele, gleicht mir selbst so sehr, daß ich mir nicht erst die Mühe machte, mir ein eigenes Kostüm dafür zuzulegen. Meine Frau allerdings ist nicht nach Typ besetzt.«

Ich sah mich nach ihr um und sah sie schließlich ganz an der Seite auf einem Stuhl. Offen gesagt, ich fand schon, daß sie nach Typ besetzt war. Sie sah genau so verschüchtert, still und introvertiert aus wie sie wirklich war. Ihr lustig-fröhliches Kalifornienkleid hatte sie jetzt durch ein langweiliges braunes ersetzt. Das Haar war streng zurückgekämmt, und sie hatte keinerlei Make-up.

Ich ging zu ihr hinüber. »Na, nervös?«

Ihr Lächeln bestand gerade in einem winzigen Hochziehen

der Oberlippe über die kleinen Mausezähnchen. »Starr vor Angst.«

»Müssen Sie nicht. Es geht ja nur um ein Spiel, weiter nichts. Kein Mensch erwartet ›Oscar‹-verdächtige schauspielerische Leistungen von uns. Außerdem, Sie sind doch Lehrerin, da müssen Sie doch daran gewöhnt sein, vor Leuten aufzutreten und zu sprechen?«

»Ich bin schon lange nicht mehr in dem Beruf«, sagte sie. »Eben weil es mich so nervös gemacht hat.«

»Aber Sie haben nach wie vor mit Erziehung zu tun.«

»Das schon. Ich bin stellvertretende Direktorin in der Oberstufe.« Sie lächelte wieder. »Nach dem Peter-Prinzip jedenfalls. Ich war keine so besonders gute Lehrerin, und da haben sie mich die Treppe hochgeschubst.«

»Ach, ich bin überzeugt, Sie sind große Klasse in Ihrem Job. Und ganz sicher machen Sie es auch heute tadellos.«

»Sie sind ein sehr netter Mann, Mr. Mallory.«

»Nennen Sie mich einfach Mal, wie alle. Und außerdem bin ich heute kein Mann. Falls Sie das nicht bemerkt haben sollten.«

»Sie scheinen mehr eine Maus zu sein.«

»So ist es. Das spiele ich.«

Jetzt lächelte sie bereits etwas herzhafter. »Da sind sie schon ganz böse mit Ihnen umgesprungen. Mit dieser Geschichte von gestern abend.«

»Das sind sie wohl, ja.«

»Ich wünschte, es wäre wahr.«

»Was denn?«

»Was sie da gestern abend gesehen haben. Das, oder auch dieses Spiel, das wir da aufführen sollen.«

»In welcher Hinsicht?«

Und da sprach sie mit einmal ganz durch ihre Mausezähnchen. »In der Hinsicht, daß dieser fürchterliche Scheißkerl Kirk Rath wirklich tot wäre.«

»Oh. *Die* Hinsicht meinen Sie.«

Stille Wasser gründen tief.

Ich wünschte ihr viel Erfolg für ihre Rolle und wanderte zurück zu Jill, die sich mit Cynthia unterhielt. Prächtig obendrein, wie es den Anschein hatte.

»Ich sehe Curts Frau nirgends«, sagte ich.

»Sie ist mal für kleine Mädchen«, sagte Cynthia. Cynthia war der einzige Mensch, den ich kannte, der diesen Ausdruck verwendete. »Sie legt letzte Hand in ihr Make-up und ihr Kostüm. Oh, das ist sie ja . . .«

Ja, da war sie. Mann!

Hingegossen in ein raffiniertes schwarzes Kleid. Was die Figur anging, stand sie Mary Wright in keiner Weise nach. Kim war leicht kopflastig und zeigte eine Menge cremeglatter Haut.

»Ich gucke nur«, sagte ich zu Jill. »Also bitte, kein Gezwicke.«

»Gut, also wir halten einfach beide unsere jeweiligen Hände bei uns«, sagte Jill versöhnungswillig.

Kims Blick begegnete meinem, und sie grinste und kam herüber, nachdem sie ihr enges Kleid irgendwie so zurechtgerückt hatte, daß sie wirklich gehen konnte. Ich hatte sie seit meinem letzten Besuch in New York vor einem Jahr nicht mehr gesehen.

»Diese verdammten engen Kleider«, sagte sie, und gar nicht einmal kokett. Als bemerke sie wirklich nicht, daß sie mit ihrer üppigen Figur gar nicht besser aussehen konnte als in einem engen Kleid. Sie hatte eine hohe, leicht angerauhte Stimme, so in der Art von Judy Holliday, und ihr Gesicht war eine leicht überzeichnete Madeleine Kahn. Und das hatte ihr eine Menge zweite Hauptrollen in Neil-Simon-Komödien im Wanderzirkus eingetragen. Auf den Broadway hatte sie es nur ein einziges Mal geschafft, und da nur in einer auslaufenden Produktion. Aber die eine oder andere Off-Broadways-Produktion hatte sie immerhin auf ihrem Konto.

Ich machte sie mit Jill bekannt, und was tat Jill anders als sie sofort zu fragen, in welchen Filmen sie mitgespielt hatte . . . Da hatte Kim nun wirklich einige ganz eindrucksvolle Titel aufzuweisen – alles mögliche von *Der Komödienkönig* bis *Die Muppets erobern Manhattan.* Aber sie hatte doch nur Chargenrollen darin verkörpert. Jill war trotzdem ganz weg. Und dann holte sie Pete Christian, der in einem geliehenen Smoking mordsmäßig aufgetakelt war, fort, um mit ihr Filmfachsimpeleien zu treiben, Fan mit Freak.

Kim lächelte wie ein bösartiges Kind und sagte: »Ich höre, man hat gestern abend schon mit dir geprobt.«

»Vor meinem Fenster, meinst du?«

Sie nickte und klimperte mich aus ihren großen braunen Augen an. »Ich habe ja schon gehört, daß es auch Off-Off-Broadway gibt. Aber das finde ich albern.«

»Albern ist das richtige Wort.«

»Du siehst fa-bel-haft aus als Widerling, Mal.«

»Oh, heißen Dank. Hast du in letzter Zeit gespielt, Kim?«

»Ach, mal hier, mal da. Ich will mich für eine Weile um die Tourneestücke nicht so reißen.«

»Wie das?«

Sie lächelte etwas, ohne dabei ihre Zähne zu zeigen. »Curt und ich wollen ein kleines Haus in Connecticut kaufen. Nach fünf Jahren Ehe zieht es uns ein wenig zum häuslichen Herd und so.«

»Und ich dachte, ihr würdet ewig in Greenwich Village bleiben. Aber du gibst das Theater doch nicht ganz auf, oder?«

»Nein, nein. Nur das ewige Herumreisen. Und das Village wird für Curts Geschmack auch ein wenig halbseiden in letzter Zeit. Von dort oben aus komme ich jederzeit bequem nach Manhattan, wenn sich dort irgend etwas auf der Bühne oder fürs Fernsehen tut.«

»Wie ist das mit dem häuslichen Herd? Heißt das etwa auch, daß ihr Familienzuwachs erwartet?«

»Noch nicht«, sagte sie. Und lächelte. Aber nur eine Spur. Und dann flüsterte sie mir konspirativ zu. »Aber wir üben mächtig!«

»Wunderbar, Kim, ganz wunderbar!«

Dann wurde sie jedoch unvermittelt völlig ernst. »Nein, es bedeutet Curt eine Menge. Er . . . er hat vor einem halben Jahr Gary verloren, weißt du.«

Gary war sein Sohn aus erster Ehe, sein einziges Kind. Vor sieben Jahren war seine erste Frau Joan bei einem Autounfall ums Leben gekommen. Der Roman, den er danach schrieb – *Aufhören ist ein gutes Gefühl* –, trug ihm erstmals ein wenig Anerkennung der Kritik ein. Er behandelte, auf tragikomische Art, seinen Verlust Joans.

Gary habe ich nie gesehen. Ich wußte überhaupt nichts von ihm, außer, daß er Künstler und Curt sehr stolz auf ihn war.

»Du sagst ›verloren‹ . . .«

»Und ich meinte: tot«, sagte sie achselzuckend. »Lungenentzündung.«

»O verdammte Scheiße.«

»Es hat Curt sehr getroffen. Aber er kommt allmählich darüber weg. Er arbeitet jetzt wieder an einem neuen Buch, nachdem er ein paar Monate lang keine Zeile zu Papier bringen konnte. Und auch nur auf Mary Wrights Drängen hin hat er dieses Mohonk-Wochenende organisiert.«

»Ich hatte ja keine Ahnung«, sagte ich. »Ich fühle mich ganz mies, daß ich ihm nicht irgendwie geholfen habe . . .«

»Du kennst doch Curt. In manchen Dingen ist er sehr offen, aber es gibt auch andere, die er ganz allein für sich behält.«

»Ach, Mist. Ich bin so weit weg, in meinem Iowa da draußen. Da passiert einem Freund so etwas, und es dauert sechs Monate, bis ich überhaupt etwas davon erfahre.«

Sie berührte meinen Arm. »Du mußt dir darüber keine Gedanken oder Vorwürfe machen.«

»Meinst du, es ist zu spät, ihm mein Beileid auszudrücken?«

»Nein, sicher nicht. Vorausgesetzt, du tust es zur rechten Zeit. Curt ist immer noch nicht ganz fertig damit. Hast du das Bild über dem Kamin gesehen?«

»Ja. Ist es etwa eines von Gary?«

Sie sah zu dem Bild hinüber und lächelte bittersüß. Sie nickte. »Überall, wohin er verreist, nimmt er eines von Garys Bildern mit.«

»Das ist ja wirklich traurig.«

»Ach nein«, sagte sie und wurde wieder etwas heiterer. »Weißt du, es ist nicht so, daß er immerzu nur grüblerisch darauf starrt.« Und sie nickte dem spiraligen, wilden Bild über dem kalten Kamin noch einmal zu. »Es tröstet ihn, wenn er etwas von seinem Sohn bei sich hat.«

»Ich hätte Gary gern mal kennengelernt.«

»Du hättest ihn gemocht, Mal. Er war voller Humor. Ganze sechsundzwanzig, als er starb. Und wenn das nicht eine verdammte Sauerei ist, weiß ich nicht, was eine ist.«

»Da hast du recht.«

Curt kam zu uns herüber und sagte: »Ich sehe, du machst dich an meine junge Braut ran.«

Ich lächelte ihn schief an. »Wie soll ich es dir sonst heimzahlen, daß du Geschichten über mich verbreitest?«

»Überlege es dir noch mal, meine Liebe, ehe du mit dem zu schäkern anfängst. Oder möchtest du vielleicht, daß unser Erstgeborenes aussieht wie er?« Und er deutete mit großer Geste auf meine Widerlings-Aufmachung.

Mir fiel nichts Schlagfertiges als Antwort ein. Und selbst wenn, hätte es wenig genützt. Denn Curt war schon wieder fort, ging in die Mitte des Zimmers und begann, ganz auf Impresario-Art, seine Schäfchen zusammenzuwinken.

»Vorhang, Leute!« rief er, und es wurde still im Raum. »Falls Sie nicht wissen, wo Ihr Platz während des Frage-Verhörs ist, fragen Sie mich. Sonst noch Fragen? Nein? Wollen wir die Innung nicht blamieren? Dann laßt uns eine große Show abziehen! Und wie wir alten Show-Business-Profis zu sagen pflegen – gar nicht zu reden vom Krimi-Business –: *Macht sie fertig, Jungs!*«

9

Ich verschmähte die plüschigen, tiefen Liebessessel und die samtbezogenen Polsterstühle mit Armlehnen und Samtkissen und steuerte geradewegs auf einen ganz einfachen normalen Stuhl in einer Ecke der kleinen offenen Halle zu – einer von mehreren hier im ersten Stock, die sich rundherum direkt an die weite, offene Haupthalle anschlossen. Durch die Stores der Fenster fiel das Morgenlicht herein und wurde träge vom Spiegel über dem Kamin reflektiert. Ich saß mit geschlossenen Beinen züchtig da, die Brille halb auf der Nase, die Fliege schön gerade gerichtet, die Haare geschniegelt. Ich machte eine Andeutung von Buckel und strengte mich an, unverdächtig auszusehen. Aber der Anstecker an meinem Revers mit der unübersehbaren Aufschrift VERDÄCHTIGER verriet mich natürlich.

»Sie sind Lester?« fragte eine junge Frau mit kurzem Haar, einer Brille und einem roten Sweater. Neben ihr saß eine kleine, dickliche Frau in einem blauen Sweater.

»Ja«, sagte ich schüchtern.

»Lester«, sagte die junge Frau und lächelte mich warm, aber doch mit eifrigen Augen an, »dürfte ich Ihnen einige Fragen stellen?«

»Bitte«, sagte ich bekümmert.

Und dann kamen noch eine Menge anderer Fragesteller herein, setzten sich auf Stühle oder blieben stehen oder ließen sich auf die Sofas nieder – aber nicht einer lehnte sich gemütlich zurück –, alle nach vorne orientiert, gerade aufgerichtet, als hätten sie alle Besen verschluckt, Notizbücher schreibbereit, und ausnahmslos mit angespannten, sprungbereiten Gesichtern wie Jagdhunde. Wie eine Meute Reporter in einer Pressekonferenz überschütteten sie mich mit Fragen und traten einander dabei zuweilen auch auf die Zehen, auch ganz wörtlich. Schießlich waren sie alle Mitglieder konkurrierender Teams.

»Wann zuletzt haben Sie Roark K. Sloth lebend gesehen?« fragte ein angespannt aussehender Mann mit einer Brille und einem grauen Pullover.

»Gestern abend«, sagte ich.

»Unter welchen Umständen?«

Ich schluckte. »Sehr unangenehmen.«

Einige lachten darüber, andere schienen ungeduldig mit mir zu werden. Schließlich war Zeit kostbar. Aber ich ließ sie trotzdem weiter nach jeder Trüffel gründlich wühlen, und so mußten sie mir meine Geschichte aus Curts Drehbuch buchstäblich satzweise aus der Nase ziehen. Ich blieb nur beim Thema Bestechung zurückhaltend, die ich am liebsten erst im zweiten Verhör morgen früh preisgeben wollte.

»Haben Sie irgend jemanden gesehen, der in Sloth' Zimmer ging oder aus ihm herauskam?« fragte einer, der fast so widerlich aussah wie ich.

»Nein«, sagte ich. »Aber . . . nun ja, ich bin hier nicht, um zu quasseln.«

Eine Frau in einem rotweißen Skipullover zeigte sich darüber amüsiert, blieb aber dran. »Nein, Lester. Sprechen Sie nur weiter. Wir sind an allem interessiert, was Sie gestern abend gesehen haben und was von Interesse sein könnte.«

»Nun . . .« Ich beugte mich konspirativ vor. »Ich habe tatsächlich jemand gesehen. Diesen Privatdetektiv Darsini. Er begegnete mir im Korridor, als ich ging. Kann sein, daß er zu Mr. Sloth ins Zimmer ging.«

»War Ihnen bekannt, daß Darsini für Sloth arbeitete?«

»Nein«, sagte ich.

»Wann erfuhren sie von Sloth' Tod?«

»Heute früh. Als die Polizei auf mein Zimmer kam und mich verhörte.«

Der angespannte Typ in Grau zeigte mit einem Bleistift auf mich und machte mir einen Vorhalt. »Trifft es denn nicht zu, daß Sie gestern abend sahen, wie Sloth vor Ihrem Fenster ermordet wurde?«

Das nun kippte mich ziemlich aus den Pantinen. Ich war der Meinung gewesen, meine Rolle als Widerling Lester Denton nicht schlecht gespielt zu haben. Es war mir sogar ziemlich gut gelungen, Kirk Rath und das, was ihm wirklich zugestoßen sein mochte oder nicht, für eine gewisse Zeit aus meinem Gedächtnis zu streichen. Aber nun hatte die Geschichte des sogenannten Possenspiels von gestern abend offensichtlich bereits ihren Weg aus dem inneren Zirkel von uns Autoren hinaus gemacht und sich unter der Masse der *Mystery-Weekend*-Teilnehmer verbreitet. Und die (oder jedenfalls einige von ihnen) benützten, was ich gesehen hatte, so, als sei es Teil von Curts Spiel-Stück. Ich wußte nicht so recht, wie ich mich dazu verhalten sollte.

Inzwischen spielte der angespannte Typ bereits seinerseits Hamilton Burger. »Beantworten Sie die Frage, Mr. Denton!«

»Ja, das trifft zu«, sagte ich. Oder sagen wir: Lester. »Ich habe das gesehen. Ich muß es aber tatsächlich wohl geträumt haben. Denn als ich meine Beobachtungen dem Hotelpersonal mitteilte und wir hinausgingen, lag da keine Leiche im Schnee. Ich muß es also wohl nur in meiner Phantasie erlebt haben.«

»Haben Sie die Polizei davon verständigt?« wollte ein anderer Fragesteller wissen.

Jetzt schwamm ich. Solange ich Curts Skript hatte folgen können, war ich in meiner Rolle sicher gewesen. Aber nun hatte ich mir die Freiheit genommen, zu extemporieren, und geriet alsbald ins Schleudern. Und zwar ziemlich.

»Der Hotelmanager hat sie unterrichtet«, sagte ich. »Und dann hat man mich befragt, ja. Aber, wie ich schon sagte, glauben Sie denn, ich wäre, wenn ich irgend etwas damit zu tun hätte, zur Hotelrezeption gegangen, um zu melden, was ich gesehen hatte?«

Der Graue stach wieder seinen Bleistift gegen mich. »Und doch haben Sie gesehen, daß er mit einem Messer erstochen wurde? Was exakt die Art ist, wie man ihn tatsächlich ermordet hat!«

Ich war froh, daß er so verbohrt blind war, seine Zeit in dieser Sackgasse zu verschwenden.

»Entschuldigen Sie, wenn ich mich dazu erdreiste«, sagte ich, »aber ich dachte, Mr. Sloth' Leiche wurde in seinem Zimmer gefunden, über seiner Schreibmaschine zusammengesunken?«

»Schon«, sagte der Graue. »Aber der Gerichtsmediziner hat als Todeszeit den späten Abend festgestellt – genau die Zeit, als Sie Ihre Beobachtung machten!«

Jetzt wußte ich wirklich nicht weiter. Ich hatte versucht, die Posse – oder was immer es nun war – aus dem Ablauf des Mörderspiels, das sie aufzuklären versuchten, weg-zuerklären, weil ich fand, sie würden sonst nur unfair auf eine falsche Spur gelenkt. Aber wir waren gehalten, während dieses Frage-Verhörs tunlichst nicht aus der Rolle zu fallen. Es kam also keinesfalls in Frage, hier zu unterbrechen und als tatsächlicher Mallory Erläuterungen zu geben.

Und was das Thema Fragen betrifft . . .

Da fragte eine attraktive Brünette in Schwarz: »Sind Sie Jude, Mr. Denton?«

War ich einer? Curts Skript hatte dazu kein Wort verloren. Ich nahm es einfach auf meine Kappe: »Nein, Madam. Aber einige meiner besten Freunde.«

Auf diese Antwort bekam ich – oder Lester – etwas Gelächter.

»Aber sprechen Sie vielleicht Jiddisch – oder Hebräisch –,

oder verstehen Sie es, Mr. Denton? Oder beherrschen Sie irgendeinen Dialekt, der Jiddisch oder Hebräisch ähnlich ist?«

»Nein, Madam.«

»Also wäre es Ihnen auch nicht möglich, den Ausdruck oder Satz ›Tovl jszd hrzsm‹ zu übersetzen oder zu erläutern?«

»Nein, Madam.«

Und damit schienen wir zum Glück endlich von dem Thema weg zu sein, was ich – oder Lester, oder sonstwer – gestern abend vor meinem/seinem/dessen Fenster gesehen hatte.

Während die Fragestunde noch weiterging, gingen bereits mehrere der Fragesteller, während andere, neue, noch immer dazukamen. Das kam daher, weil jedes Team ein oder zwei Mitglieder rundherum zu den einzelnen Befragungen aller Verdächtigen schickte, und wenn das jeweilige Team eben der Meinung war, von dem jeweiligen Verdächtigen alles Nötige erfahren zu haben, stand es ihnen frei, zu gehen und ihren anderen Teamkameraden bei der Befragung der anderen Verdächtigen zu helfen.

Schließlich war meine Verhörstunde zu Ende.

Ich lächelte, nahm meine Fliege ab und sagte: »So, Lester ist nicht mehr anwesend.«

Es gab einige enttäuschte Gesichter, aber das Gelächter überwog, und sogar ein wenig Applaus kam auf. Die Leute waren fröhlich. Sie hatten alle Spaß gehabt. Mit Ausnahme der Sitzfleischtypen vom Schlage des Grauen, die die ganze Scharade ein wenig zu ernst nahmen. Schließlich war das Ganze hier als Entspannung und Erholung gedacht. Aber was, zum Teufel, ist daran erholsam, den ganzen Streß und die Anspannung seiner Berufsarbeit gegen den Streß und die Anspannung eines blödsinnigen Spiels einzutauschen?

Die attraktive Brünette, die die Frage wegen des Jiddisch oder Hebräisch gestellt hatte, kam vorbei, um mir die Hand zu schütteln. Sie hatte hübsche, wenn auch etwas scharfe Gesichtszüge und jadegrüne Augen.

»Sie waren ganz toll!« sagte sie. »Im Vergleich zu Ihnen ist Ed Grimley der härteste Macho.«

Das bezog sich auf eine Person aus *Die zweite Stadt* von Martin Short, und das veranlaßte mich, ihr mein Kompliment über ihren Geschmack auszusprechen.

»Ich bin auch ein Fan von *Die zweite Stadt*« sagte ich.

»Fernsehen oder Bühne?«

»Beides. Ich habe es von mehreren Theatern in Chicago gesehen, ach, ich glaube, ein dutzendmal. Und dann von ein paar Theatertruppen in Toronto, darunter von der, die die Originalfassung von *Das Leben am Samstagabend* auf die Bühne gebracht hat.«

»Sind Sie selbst Schauspieler?«

»Nein, nein. Ich bin ausschließlich Schriftsteller.«

Sie schien etwas verlegen zu sein. »Ja, ja, das weiß ich ja, daß Sie Autor sind. Es war nur, weil mich Ihre Vorstellung als Lester auf die Idee brachte, ob Sie vielleicht auch eine Schauspielausbildung hätten.«

»Das letzte Mal stand ich auf der Bühne in *My Fair Lady.* Auf der High-School.«

Sie lächelte pflichtgemäß. »Wissen Sie, ich muß gestehen, ich habe noch nie etwas von Ihnen gelesen. Aber ich habe die Absicht, dem abzuhelfen.«

»Das freut einen zu hören. Und ich muß gestehen, daß Sie eine sehr attraktive junge Dame sind. Ich mache diese Bemerkung ungeachtet der Tatsache, daß mir nicht entgangen ist, wie dort hinter Ihnen dieser stämmige junge Mann herumschnürt. Höchstwahrscheinlich Ihr Freund, vermute ich?«

»Ehemann«, sagte sie und lächelte. Sie winkte ihn herbei, und er kam. Wie sie, war er vermutlich Ende Zwanzig, blond, auf eine rohgeschnitzte Weise gutaussehend, Typ Sweater und Cordhosen. Sie waren ein so perfektes Paar wie eines von einer Zahnpastareklame.

»Ich bin Jenny Logan«, sagte sie und streckte mir ihre Hand hin, die ich nahm. »Und das ist mein Mann Frank.«

Ich schüttelte auch Frank die Hand. Er hatte einen festen Händedruck und ein unschuldiges, wenn nicht gar schüchternes Lächeln.

»Sie beide sind nicht ganz zufällig im Showbusiness?« fragte ich.

»Frank ist Rechtsanwalt«, sagte sie und klopfte ihrem Frank liebevoll-stolz auf die Schulter. »Aber er hat nichts mit Gericht und Prozessen zu tun. Also kann man von ihm in jeder

Hinsicht sagen, nein, er ist nicht im Showbusiness. Ich allerdings schon.«

»In New York?«

»Ja. Vorwiegend Werbefilme.«

Vielleicht hatte ich sie also tatsächlich in einer Zahnpastareklame gesehen?

»Könnte ich mit Ihnen beiden mal kurz sprechen?« sagte ich, und es kam mir sofort etwas unpassend vor. Denn mehr oder minder redeten wir ja bereits miteinander. Ich deutete auf eine gemütliche und bequem aussehende Samtcouch neben einem Stutzflügel.

Wir setzten uns, Jenny in der Mitte.

»Waren Sie schon einmal bei einem solchen *Mystery Weekend* hier in Mohonk?« fragte ich.

Frank nickte lediglich, aber Jenny strahlte förmlich auf, voller Enthusiasmus und Freude.

»O ja, und es ist einfach Spitze!« sagte sie, als wäre sie Kapitän der *Cheerleaders* von Mohonk. Dann zog sie sich zu etwas mehr Kühle: »Jedenfalls finde i c h , es ist Spitze. Frank steht nicht so besonders auf solche Rätselsachen wie ich. Trotzdem hat er letztes Jahr die Lösung gefunden, der Teufel hol ihn.«

»Da waren Sie in einem Siegerteam?«

»Ja«, sagte sie. »Das Kuriose dabei war, wir hatten es alle zusammen darauf angelegt, den ›Kreativ-Preis‹ zu gewinnen – und dank Frank haben wir dann den für die exakte Lösung bekommen!«

»Respekt, Frank«, sagte ich. »Und wie sind Ihre Absichten dieses Jahr?«

»Wir nehmen, was wir kriegen können, Mr. Mallory«, lächelte Frank und bewies damit immerhin, daß er die Gabe des Sprechens besaß.

»Sagen Sie, Mal«, sagte ich. »Und ich wüßte gerne, ob Sie eigentlich irgendwelche Theaterrequisiten mitgebracht haben.«

Jenny sagte achselzuckend: »Nun ja, ein bißchen was. Etwas Schminke und das. Man sollte wirklich mehr mitbringen, alle möglichen Requisiten und Kostüme. Das brächte mit Sicherheit zusätzliche Punkte in der Kategorie ›phantasievolle Ausführung‹. Aber man weiß ja nicht recht, was man mitnehmen soll, weil man erst, wenn man da ist, erfährt, wie der Fall beschaffen ist.«

»Ich würde Sie gerne etwas fragen«, sagte ich. »Und ich verspreche Ihnen, ich werde Sie in keinerlei Schwierigkeiten bringen, wenn Sie aufrichtig zu mir sind.«

Jenny machte enge Augen und beugte sich vor. »Was meinen Sie mit Schwierigkeiten?«

»Ich wäre Ihnen überaus verbunden, wenn Sie mir meine Gemütsruhe wieder verschafften und mir sagten, was Sie gestern abend gemacht haben.«

Frank grinste. »Halten Sie das wirklich für nötig? Wir sind verheiratet, wissen Sie.«

»Nein, wirklich«, sagte ich, »ich mache jetzt keinen Spaß. Waren Sie es?«

Jenny schüttelte den Kopf. »Ich weiß aber wirklich nicht, wovon Sie reden, Mal.«

»Sie haben doch gehört, wie ich danach gefragt wurde, daß ›Sloth‹ gestern abend vor meinem Fenster ermordet wurde.«

»Ja . . .«

»Nun, es hat sich tatsächlich gestern abend vor dem Fenster meines Zimmers etwas ereignet.«

»Ja, das wissen wir«, sagte Jenny, wieder achselzuckend.

»Sie wissen es?«

»Mein Gott, alle reden davon«, sagte sie. »Es gehörte zum Programm des Wochenendes, nicht? Etwas, das Curt Clark inszeniert hat, damit die Geschichte richtig mit einem Knalleffekt losgeht.«

Ich seufzte. »Wenn Curt das inszeniert hat«, sagte ich, »läßt er mich darüber im dunkeln tappen. Er sagt, es war eine gestellte Szene von einem der Spielerteams.«

»Ach so!« sagte Jenny. »Sie dachten, wir könnten vielleicht dahinterstecken . . . Nein, waren wir aber nicht. Das kann ich schwören.«

»Bitte, spielen Sie nicht Verstecken mit mir.«

Frank sagte: »Tun wir nicht. Aber sind Sie wirklich sicher, daß es nicht doch zu Clarks Plan für das Wochenende gehört?«

»Ich war sehr außer mir gestern abend«, sagte ich, »und ich bin sehr gut befreundet mit Curt Clark. Er hat zugegeben einen oft recht makabren Sinn für Humor. Aber das hätte er mir gesagt.«

Mißtrauisch, wie nur ein wirklicher *Mystery-Weekend*-Fan sein kann, sagte Jenny: »Und wo war er, als die Sache ablief?«

»In seinem Zimmer«, sagte ich. »Ich telefonierte ein paar Augenblicke zuvor noch mit ihm. Er hätte gar keine Zeit gehabt, noch hinauszukommen, selbst, wenn er aus dem Fenster geklettert wäre. Außerdem war der ›Killer‹ eine kleine, untersetzte Person, während Curt bekanntlich sehr groß und schlank ist.«

»Wollen Sie uns damit sagen«, sagte Jenny völlig überrascht, »daß diese ganze Geschichte gar nicht zum Programm des Falles gehört?«

»Genau das«, sagte ich. »Als während des Verhörs jemand darauf zu sprechen kam, versuchte ich das abzubiegen, aber leider glitten mir die Dinge nur noch mehr aus der Hand.«

»Da wissen wir also etwas, was die anderen Teams nicht wissen«, sagte sie mit einem selbstgefälligen, gepreßten Lächeln.

»So ist es«, sagte ich. »Obwohl es mir nichts ausmachen würde, wenn es auch den anderen Mannschaften zur Kenntnis gelangte.«

»Kommt gar nicht in Frage«, sagte Jenny ganz entschieden. »Die sollen ihre Ermittlungen gefälligst selbst betreiben.«

O Mann.

»Darf ich Sie um einen Gefallen bitten?« sagte ich.

Sie sagte, neuerlich achselzuckend: »Natürlich, warum nicht. Sofern es nicht einem anderen Team nützt.«

»Nun ja, es betrifft allerdings die anderen Teams. Wissen Sie zufällig, ob jemand aus anderen Teams Theaterrequisiten mit hat?«

»Von ein paar Leuten weiß ich es, ja«, nickte Jenny. »Ich kann mich ja mal umhören. Und aufpassen, ob irgend jemand Requisiten oder Schminke verwenden will. Sie möchten vermutlich wissen, ob irgendeines der anderen Teams diesen ›Mord‹ gestellt hat, richtig?«

»Stimmt genau«, sagte ich.

»Und was schaut für uns dabei heraus?« fragte sie mit einem

bösen kleinen Lächeln. »Sagen Sie uns dafür, ob Sie der Mörder sind oder nicht?«

»Nein«, sagte ich. »Aber ich biete Ihnen eine andere Gegenleistung. Ich werde keinem der anderen Spieler sagen, daß der gestellte Mord nicht zu Curts *Mystery*-Fall gehört. Damit haben Sie den anderen Teams einen Pluspunkt voraus.«

»Gilt«, sagte sie, und wir gaben uns die Hand darauf.

Sie standen auf und entfernten sich. Jenny blickte sich zuvor noch einmal um und machte mir klar, daß ich mich für den Fall, daß ich meinen Teil der Abmachung nicht einhielte, mit ihrem Anwalt hier zu unterhalten hätte. Und dann setzte sich Jill zu mir.

»Mit welcher Nachspeise hast du dich da eben unterhalten?« fragte sie.

»Nicht wieder zwicken, bitte. Sonst heule ich.«

»Ich meinte den Knaben«, sagte sie.

Ich lächelte und schüttelte den Kopf und weihte sie ein. »Wie waren die anderen Verhöre?«

»Ganz interessant«, sagte sie, aber ihr Gesicht mit der Sonnenbräune blieb ganz leidenschaftslos. »Aber ich fürchte, ich habe keine Ahnung, was deine Mitverdächtigen angeht. Keiner schien besonders nervös zu sein. Nicht einmal Janis Flint. Aber eines ist komisch . . . weißt du, daß die Geschichte von gestern abend vor deinem Fenster inzwischen ganz allgemein als Teil des *Weekend-Mystery*-Falles angesehen wird?«

»Erzähl's mir«, seufzte ich. »Ich habe bereits versucht, ein paar Phantasiespuren darum herum zu trampeln, aber ich bin dabei nur über meine eigenen Füße gestolpert. Wie haben sich die anderen Verdächtigen zu dem Punkt verhalten?«

Sie zog für einen Augenblick eine Braue hoch. »Ein paar von ihnen hat es wirklich umgehauen. Speziell Tom und Pete. Tom ist wirklich für einen Augenblick aus der Rolle gefallen und sagte, er wüßte von dieser Geschichte überhaupt nichts.«

»Soso. Und die Fragesteller?«

»Die Namen von ein paar ganz insistierenden Typen habe ich mir in mein kleines Notizbüchlein geschrieben.«

»Braves Kind. Komm, gehen wir aufs Zimmer. Ich versuche Rath nochmal anzurufen.«

»Schön. Aber dann gibt's Essen, ja? Und danach mußt du dann eine kleine Rede halten, wie?«

»Richtig.«

»Und dann können wir möglicherweise aus dieser Klitsche hier abhauen.«

»Glaub' ich nicht. Ich soll doch noch bei dieser Diskussionsrunde hinterher mitmachen, als Ersatz für den ausgefallenen Mr. Rath.«

»Nein, sollst du nicht«, sagte sie, und eine gewisse Befriedigung in ihrer Stimme war unüberhörbar. »Tom hat mir gesagt, daß seine Privatdetektiv-Diskussion auf morgen verschoben ist. Statt dessen ist Curts eigenes Referat vorgezogen worden. Das ist die offizielle Regelung. Wir aber überschreiten den Rubikon, Freund.«

Ich setzte mich auf. Ich versuchte, wie ein Mann zu wirken. Trotz meines Äußeren. »So, werden wir das? Du hast ja doch wohl nicht im Ernst die Absicht, mich auf irgend so einen blödsinnigen Naturtrip rauszujagen, oder?«

»Aber selbstredend doch.«

»Jill, du enttäuschst mich tief. Was war das erste, das die braven frühen Siedler taten, als sie in die Wildnis kamen?«

»Ja, ja, ich weiß schon, sie bauten sich eine Hütte und begaben sich in dieselbe. Das hast du mir jetzt schon eine Million mal erzählt, du Stubenhocker. Aber ich sitze hier nicht auch noch den ganzen Nachmittag mit allen diesen Rätselnarren und Puzzleparanoikern zusammen, das merkst du dir mal. Schon gar nicht, wenn es da draußen die wunderschönste Natur gibt, die nur auf uns wartet!«

»Also in Gottes Namen. Aber dafür schuldest du mir eine Runde.«

Sie hakte sich bei mir ein und blinkerte mit ihren kornblumenblauen Augen. »Ist geritzt. Du kannst meinetwegen gleich jetzt kassieren, im Zimmer natürlich.«

»Noch vor dem Essen?«

»Klar, warum nicht? Eins mußt du mir allerdings versprechen.«

»Und das wäre?«

»Das süße kleine Bärtchen da mußt du anbehalten.«

10

In der Wanderkarte von Mohonk war der *Sky Top* als eine Wanderung ›von mäßigem Schwierigkeitsgrad‹ vermerkt (im Gegensatz zu Touren, die als ›leicht und kurz‹ oder aber als ›anstrengend‹ bezeichnet wurden). Also, wenn dies von ›mäßigem Schwierigkeitsgrad‹ war, dann war Mussolini ein wohltätiger Diktator, oder so.

Selbstverständlich hasse ich, ganz generell und prinzipiell gesagt, die große Natur-Masche. Ich bin auf einer Farm aufgewachsen. Und schon seit frühester Kindheit habe ich mir geschworen, später mal nur in der Stadt zu leben. Das wurde dann, wie es sich ergab, zwar nur Port City, aber das zählt auch, dem Buchstaben nach jedenfalls. Will Rogers hat mal gesagt, er habe sich niemals mit einem Mann abgegeben, den er nicht mochte. Ich habe niemals eine Kuh gemolken, die ich mochte.

Die letzte Zeitspanne meines Lebens, in der ich einen ganz ungewöhnlich hohen Prozentsatz an Zeit in der großen weiten Natur zubrachte, verbrachte ich in einer Gegend namens Vietnam, wo »sich mal richtig austoben« etwas anderes bedeutete als Winnebago und Sechserpackungen von Budweiser Bier. Mit Campingtouren könnt ihr unsereinen, die wir uns die Stiefel in den Reisfeldern naßgemacht haben, nicht mehr hinter dem Ofen hervorlocken. Falls es irgendwen interessiert: ich habe mir damals geschworen, daß ich, falls ich jemals wieder besagte Stiefel auf guten alten trockenen amerikanischen Boden setzen würde, soviel Zeit wie nur möglich in Häusern zubringen würde.

Falls Ihnen das irrational und unsachlich vorkommt – nun, genauso war auch mein Gemütszustand, als ich mit der lieblichen Jill Forrest – deren bloßer Name ja schon Anklänge an Forst und Wald und damit Natur bedeutet, und das ist gar nicht so falsch – auf diesem Bergpfad herumturnte, der scheinbar immer schmaler und schmaler wurde und den Berggipfel als Endziel hatte.

Wieso klettert man auf solchen Pfaden herum? Um nach

oben zu gelangen. Und was tut man, wenn man dann oben ist? Dann klettert man wieder runter. Fragen Sie mich mal, warum ich das Raufsteigen auf Berge nicht mag, und ich sage Ihnen sofort die Antwort: Weil sie da sind.

»Nun hör auf zu maulen«, sagte sie, immer ein paar Schritte voraus, wenn auch leider nicht so weit, daß sie außer Hörweite war. Ihre untere Rückseite sah schön knackig aus in den blauen Skihosen. Zu denen paßte ihre schwarze Skijacke, und die paßte wiederum zu der schwarzweißen Zipfelmütze.

»Ich hasse das«, sagte ich. Meine Jacke war nicht winterdick genug, und ich fror, obwohl ich noch einen Pullover untergezogen hatte. Der Weg, der in grober Täuschungsabsicht bequem und breit begonnen hatte, war inzwischen so schmal, daß man nicht mehr zu zweit nebeneinander gehen konnte. Die Beine taten mir bereits weh von der ständigen Rutscherei auf schneebedeckten Tannennadeln und Zweigen und Felsen.

»Was du nicht sagst.«

»Komm', kehren wir um. Das schneit jetzt wirklich mächtig.«

Das tat es wirklich. Es war zwar nicht gerade ein Blizzard, aber immerhin hatte es schon den ganzen Tag leicht vor sich hingeschneit, und jetzt schien es stärker und stärker zu werden.

»Zuckerbubi«, sagte sie.

»Nein, wirklich«, sagte ich. »Das vermischt sich mit Eisregen. Wenn das so weitergeht, wird es ganz schön happig auf dem Rückweg. Mit happig meine ich glitschig.«

Ich muß dazu vielleicht erläutern, daß, während sich zu unserer Linken ein Forst hinzog, der Jills Namen alle Ehre machte, auf unserer rechten Seite außer einigen Felsen ziemlich viel Geröll war. Von der Art runter ins Tal, alles unter sich begraben. Hilfe, verdammt, holt uns hier raus.

»Ach, nun hab dich nicht so«, sagte sie und trat auf eine der Wurzeln, die als Stufe dienten, rutschte darauf ein klein wenig aus, trotz ihrer Stiefel. Ich fing sie auf und stützte sie, obwohl ich selbst nur einfache Hush-Puppies-Schuhe anhatte, und sie sah sich nach mir um und streckte mir mit ganz freundlicher Bosheit die Zunge heraus. Was hatte sie davon? Schnee auf der Zunge.

»Na los, kehren wir um«, sagte ich.

»Nein, ich will nicht! Wir können von mir aus eine Minute rasten.«

Nun ja, also, auch nur eine kleine Rast konnte ich gut gebrauchen. Wir waren etwa auf halbem Weg diesen blödsinnigen Glitschberg hinauf, und meine Schienbeine schmerzten bereits und in den Waden machte sich schon Muskelkater bemerkbar. Trotzdem stellte ich mannhaft fest, daß eine Rast nur dem Schnee Gelegenheit gäbe, uns noch mehr einzuschneien.

»Memme!« tadelte sie mich und ging ab vom Weg nach rechts. Und wir wollen uns daran erinnern, was ich von dieser Seite sagte: der schiere Geröllabsturz ins Nichts. Dort trat sie über einige Felsbrocken hinweg in eine kleine Felsnische und ließ ihre hübsche untere Rückseite ermattet, sozusagen, auf eine rohe Holzbank sinken, die dort stand. Und wartete darauf, daß ich die *cojones* entwickelte, mich zu ihr zu gesellen.

Das tat ich denn zu guter Letzt. Und so saßen wir also da und blinzelten hinaus in eine kalte, graue, aber trotzdem irgendwie schöne Landschaft, und der Ausblick schloß noch die blaugrauen Ausläufer des gefrorenen Mohonk-Sees ein und das überdimensionierte viktorianische Puppenhaus dort unten, das unser Hotel war. Berghaus, meine ich.

»Atemberaubend«, sagte sie.

»Das ist ein Absturz zweihundert Meter nach unten auch«, sagte ich.

Sie kräuselte ihre Lippen in demonstrativer Mißbilligung. »Mein Gott, bist du ein romantischer Typ.«

»Mir ist kalt, Mensch! Komm, sehen wir zu, daß wir wegkommen.«

Wir rutschten beide ein wenig auf den Felsbrocken, als wir zurück auf den Weg turnten, wo ich sie darauf hinwies, daß es weiter hinauf keinerlei Fußspuren gab.

»Na und?« sagte sie und hatte schon wieder die Führung übernommen.

»Das heißt, daß wir die einzigen sind, die heute so leichtsinnig sind, diese Tour zu machen. Im Schnee. In der Kälte.«

Sie sah sich nach mir um. »Das liegt daran, daß dieses Hotel voller Verrückter ist. Die wollen sich überhaupt nicht an der

Landschaft erfreuen. Die wollen gar nicht in Gottes Grandeur baden.«

O Mann. »Da ist nicht viel Baden, wenn alles geforen ist.«

»Die«, fuhr sie fort und ignorierte meine berechtigten Einwände einfach und warf überhaupt keinen Blick mehr zurück, »die hocken lieber drinnen im warmen Mief und lösen ausgedachte Mordfälle.«

Nun räume ich ein, daß mir auch nicht so ganz einleuchtet, was daran so attraktiv sein soll. Aber das konnte ich hier und jetzt Jill gegenüber natürlich nicht zugeben. Schließlich hatte es mir tatsächlich Spaß gemacht, einen Verdächtigen zu spielen. Andererseits ist richtig, daß ich dem eigentlichen Detektivspielen nicht sonderlich viel abgewinnen kann. Jedenfalls nicht, wenn es sich um kein echtes Verbrechen handelt.

»Die«, fuhr Jill mit dem Fortfahren fort, »sitzen lieber in einer zugigen Halle und hören einem aufgeblasenen Windmacher zu, der über seine Theorien über das Krimischreiben redet.«

»Tiefschlag!« monierte ich.

»Wunschdenken!« konterte sie. Und jetzt blickte sie wieder zurück zu mir, und ihr Lächeln wäre koboldhaft gewesen – wenn ich ein Schriftsteller wäre, der das Wort koboldhaft in den Mund nehmen würde. Beziehungsweise in die Schreibmaschine.

Ich schloß zu ihr auf. Der Weg war gerade breit genug, daß man zu zweit auf Brustbreite gehen oder stehen konnte. Je nach Brustbreite, natürlich.

»Ich bin der Ansicht, daß meine kleine Rede ziemlich gut war«, sagte ich in milder Verletztheit.

Sie schenkte mir, trotz der Kälte, ein warmes Lächeln. »Ich doch auch. Echt. Du warst so putzig wie Glacéhosen.«

»Das ist ein Raymond-Chandler-Zitat.«

»Weiß ich doch. Du selbst hast mir schließlich *Farewell, My Loveley* zum Lesen gegeben. Letzte Woche. Oder weißt du das schon nicht mehr?«

»Ich weiß es selbstverständlich noch. Habe ich wirklich so pompös gewirkt?«

»Nein, überhaupt nicht. Du warst komisch.«

Nun hatte ich in der Tat ein paar gute Formulierungen auf der Pfanne gehabt. Nicht während meines Vortrags selbst. Der bestand in einer recht ernsthaften Erörterung der Schwierigkeiten, denen ich bei dem Bemühen begegnet war, wirkliche Verbrechen in literarisch-fiktive umzuwandeln. In meinem Fall war es so, daß einige meiner Bücher nach persönlichen Erlebnissen geschrieben waren – nach Verbrechen, in die ich verwickelt war.

Aber das anschließende Frage- und Antwortspiel war besonders gut gelaufen, und dabei war es mir gelungen, einige Lacher zu erzielen.

»Werden Sie auch aus diesem Wochenende ein Buch machen?« hatte jemand gefragt.

»Nur, wenn ich auch eine Leiche finde«, hatte ich geantwortet.

Was mir einen besonders herzlichen Lacher eintrug.

Aber ein Teil von mir fand das gar nicht so übermäßig lustig. Der Teil nämlich, der immer noch herauszubekommen versuchte, ob das, was ich gestern abend vor meinem Fenster gesehen hatte, nun Schauspielerei war oder wirklicher Mord.

Zumal ich vor diesem Referat in der großen Halle, in der sehr hohe Fenster hinaus auf den See gingen, und in der die Bildnisse der alten Smileys (der Gründerfamilie von Mohonk) wie die bärtigen Gesichter auf Hustensaftpackungen auf mich und mein Publikum herabblickten, eine irritierende Feststellung gemacht hatte: Kirk Rath war immer noch nicht nach Hause gekommen.

Ich hatte von unserem Zimmer aus die Verlagsnummer in Rath' Haus angerufen und einen von seinen Mitredakteuren an die Strippe bekommen.

»Keine Spur von Kirk hier«, hatte er gesagt und nervös dazu gelacht. Das war auch so eine Eigenart. Wann auch immer jemand vom *Chronicler* einen anrief – und das geschah von Zeit zu Zeit, weil sie natürlich immer mal wieder Informationen für Ihre Neuigkeiten-Kolumne brauchten –, konnte man sicher sein, daß sie nervös dazu lachten. Für mich war das immer ein Beweis für Verlegenheit. Nämlich angesichts eines direkten Gesprächs – selbst wenn nur telefonisch – mit Leuten, deren Arbeit sie ständig auf die übelste Weise in den Schmutz zogen. Auf ihren blasierten Seiten. (Und wenn Sie meinen, eine Seite könne nicht gut blasiert sein, dann haben Sie noch nie den

Chronicler gelesen. Bei denen ist sogar noch die Druckerschwärze blasiert, das sage ich Ihnen.)

»Erwarten Sie ihn?« hatte ich ihn gefragt.

»Nein. Er hat sich für die ganze Woche Urlaub genommen.«

»Ja, ja, er war ja auch hier in Mohonk.«

»Ach, rufen Sie von dort an?«

»Ja. Und Kirk ist gestern abend von hier abgereist. Ich wollte nur wissen, ob er inzwischen zu Hause angekommen ist.«

»Nein, aber das war auch nicht vorgesehen. Von Mohonk wollte er direkt nach New York City fahren.«

»Geschäftlich?«

»Nein. Privaturlaub. Wir wissen nicht mal, wie und wo wir ihn erreichen können.«

»Macht er das öfter?«

»Kommt schon mal vor. Aber warum fragen Sie das alles, Mallory?«

»Weil ich mit ihm reden muß. Aber das ist persönlich.«

»Ach so. Nun, vielleicht hat er Rick Fahy gesagt, wo er zu erreichen ist.«

»Wer ist Rick Fahy? Ach, ist das nicht einer von euren Mitarbeitern?«

»Ja. Er ist auch da oben bei Ihnen in Mohonk. Er ist Mitspieler. Wir haben nämlich eine Geschichte über das Mohonk-Wochenende vor. Aus der Sicht eines Teilnehmers.«

»Aha. Aber ich kenne diesen Fahy nicht. Na, da werde ich mich mal hier nach ihm umtun und ihn fragen.«

»Schön. Falls Kirk hier auftauchen sollte, soll ich ihm dann sagen, er soll Sie anrufen?«

»O ja, und zwar schnellstmöglich. Hier in Mohonk. Ich bin auf Zimmer vierundsechzig. Bis Sonntagnachmittag.«

Danach telefonierte ich auch noch mit dem Wächter, der am Abend zuvor im Wachhaus Dienst gehabt hatte. Mary Wright hatte mir seine Nummer gegeben. Er hatte Rath nicht wegfahren gesehen, was allerdings nicht zwangsläufig bedeuten mußte, daß er tatsächlich nicht weggefahren war.

»Ich kontrolliere jeden Wagen, der ankommt, genau«, hatte er gesagt, eine junge Stimme, vielleicht Student, »aber wer wegfährt, interessiert mich eigentlich nicht besonders.«

Ziemlich viele Angestellte von Mohonk schienen im nahe

gelegenen New Paltz zu wohnen, und deshalb gab es in den Abendstunden immer einen mehr oder minder ständigen Strom von Wegfahrenden. Falls Rath weggefahren war, hatte niemand davon Kenntnis genommen. Dort unten, meine ich.

Und das bedeutete, daß meine Fragen hinsichtich der Realität – oder des Mangels an solcher – dessen, was ich vor meinem Fenster wahrgenommen hatte, um keinen Deut klarer zu beantworten waren als zuvor. Wirklich eindeutig war lediglich die Tatsache, daß Rath nicht abgefahren und dann wieder zurückgekommen sein konnte. Denn dann wäre dies registriert worden.

Und jetzt war ich hier draußen in der großen Natur-Masche, auf einem felsigen, wurzelgeäderten harten Trampelpfad, auf dem sich Eisschnee festsetzte, nur, daß es einfach zu spät zum Umkehren war. Wir waren inzwischen fast schon da.

Und nach fünf Minuten waren wir tatsächlich angekommen. Unser Weg mündete in eine einspurige Schotterstraße für Pferde und Forstfahrzeuge – und auf unserer Karte als »forstwirtschaftliche Nutzstraße« beschrieben –, die sich bis zum *Sky top* hinaufwand, jenem Plateau, auf dem man an klaren Tagen bis weiß Gott wohin sehen konnte, jedenfalls bis New Jersey und vier oder fünf anderen Staaten. Nun war zwar heute kein klarer Tag, aber immerhin erblickte man von hier oben durch die gezackten Felsen ein weites, von Büschen und Bäumen durchgebrochenes Winterpanorama, das tatsächlich ziemlich atemraubend war – falls der geraubte Atem nicht eine Folge des Aufstiegs war.

»Sieh dir das an, Mal!« sagte Jill und faßte mit ihrer behandschuhten Hand nach der meinen. »Ist das nicht einfach atemraubend?«

»Vielleicht liegt das nur am Aufstieg«, sagte ich, aber ich lächelte sie dabei an.

Sky Top war eine Lichtung, ungefähr von der Größe eines Fußballfeldes. In der Mitte befand sich ein Aussichtsturm aus rohgefügtem Stein, hingeduckt und massiv, so an die zwei Stockwerke hoch, würde ich sagen. Eine Wendeltreppe führte bis ganz nach oben. Über der Aussichtsplattform dort war ein helmartiges, graugrünes Dach mit einem Fahnenmast, an dem heute jedoch keine Fahne flatterte. Und auch den Turm selbst fanden wir verschlossen, als wir versuchten, hineinzugehen.

Die Schotterstraße führte direkt an diesem Turm vorbei, und als wir auf ihr weitergingen, behandschuht Hand in Hand, um uns nach einem anderen Ausblick von *Sky Top* umzusehen, sahen wir etwas.

Ein Auto.

Da war tatsächlich ein Auto geparkt, direkt auf der Schotterstraße, hinter dem Turm. Es war schon ziemlich zugeschneit. Ein sportlicher, kleiner, dunkelblauer Fiat. Ich versuchte die Türen zu öffnen, aber sie waren verschlossen. Ich rieb den angefrorenen Schnee von einem Seitenfenster und spähte hinein. Auf dem Rücksitz befand sich wie ein vergessener Mitfahrer ein Stapel Zeitschriften.

Die neueste Ausgabe des *Mystery Chronicler;* schätzungsweise vierzig oder fünfzig Exemplare.

»Ich glaube, ich weiß, wem dieser Wagen gehört«, sagte ich.

»Was willst du damit sagen?« fragte Jill. Aber ihre Augen waren ganz groß.

»Wir wollen uns mal umsehen.«

Wir fanden ihn in einer der Felsenhöhlungen. Wie sein Wagen, war auch er schon ziemlich zugeschneit. Seine Jacke war vorne aufgeschlitzt und voller eingetrockneten, oder gefrorenen, Blutes. Oder was immer. Es war dunkel und verkrustet. In seinem Gesicht waren mehrere Schnitte, und es waren keine frischen Wunden mehr. Schnee hatte sich bereits in ihnen festgesetzt, vermischt und verkrustet mit fast schwarz aussehendem Blut. Aber die Gesichtszüge waren einwandfrei erkennbar.

Kirk S. Rath. Wer sonst.

Jill war keine Frau, die sich an Klischees hielt. Sie schlug sich also keineswegs die Hände vors Gesicht und schrie auf. Ich natürlich auch nicht. Das hier war schließlich nicht die erste Leiche, die ich sah. Und genaugenommen sah ich schließlich auch diese Leiche hier nicht zum ersten Mal.

Ich beugte mich über ihn und zog etwas an ihm. Der Form halber. Natürlich kein Zweifel, er war tot. In seiner Brust schienen zwei tiefe Wunden zu sein. Und es waren zweifellos diese Stiche gewesen, die ihn getötet hatten, nicht die Schnitte im Gesicht. Sein Gesicht sah seltsam unbewegt aus – angesichts der Tatsache, daß man es ihm mit Schnitten zersäbelt hatte. Fast friedlich. Jugendlich. Und alt war er tatsächlich nicht geworden.

Ich sah in seinen Taschen nach. Seine Brieftasche mit einigen hundert Dollar in bar steckte unberührt in seiner Gesäßtasche. Der Briefumschlag mit Curts Instruktionen für das *Mystery Weekend* steckte gefaltet in der Tasche; sie enthielten die Liste der Verdächtigen an seiner – oder Roark S. Sloth' – Ermordung.

Schließlich wich ich von ihm zurück. Zurück von den Felsen, dem Geröll und dem langen, kalten Absturz. Bei all meiner Nörgelei hatte ich bis jetzt nicht wahrgenommen, wie der Sturm aufkam. Jetzt aber schien er mit einemmal loszubrechen. Es kam mächtig Schnee herunter, mit Eisregen vermischt. Auf dem zerschnittenen Gesicht der unter den Felsen liegenden Leiche bildeten sich bereits Eiskristalle.

Wir standen da und zitterten – sicherlich nicht nur wegen der Kälte –, und dann machten wir uns auf den Rückweg. Die Karte empfahl dafür die Forststraße, weil dies die leichtere und »angenehmere« Rückkehr sei. Aber unser nahezu panikartiger Zustand, auch der zunehmende Schneefall und der obendrein steil abfallende Weg ließen uns mehr stolpern, taumeln und rutschen als gehen. Als wir an der Stelle anlangten, wo unten am Fuße des Berges der *Sky-Top*-Weg die Forststraße kreuzte, waren wir mitten in einem ausgewachsenen Schneesturm. Aber als wir uns dann schließlich kurz vor der offenen Panik befanden, tauchten zum Glück endlich schemenhaft die Umrisse des Berghauses vor uns auf.

11

Wir standen unter den nackten Pfeilern der Ostveranda und atmeten heftig und schwer und mit dampfenden Wolken vor uns. Wir schüttelten uns den Schnee von den Kleidern. Er fiel auf die blanken Holzbohlen. So sehr der Schneesturm auch tobte, seine Windrichtung war so, daß die offene Veranda hier gerade etwas treibenden Schnee abbekam, während ich vermutet hatte, sie sei völlig zugeweht. Das würde aber demnächst wohl doch der Fall sein. Der Wind begann zu wirbeln und würde sicher auch bald diese jetzt noch geschützte Ecke erreichen. Der See war bereits nicht mehr zu erkennen. Seine blaugraue Oberfläche war völlig unter einem weißen Schneetuch verschwunden. Hinter den Fenstern die ganze Veranda entlang starrten Gesichter heraus in die endlos schneeweiße Welt. Manche sahen besorgt aus, manche gleichgültig. Unterhalb der Fenster bildeten zahllose Schaukelstühle eine lange *Chorus Line* aus Holz. Zu dieser Jahreszeit saß natürlich niemand in ihnen. Nicht in dieser Kälte. Also hatte man sie umgedreht, Schaukelbögen nach oben, und das sah aus wie eine lange Reihe gebogener vergilbter Stoßzähne in einem Elefantenfriedhof.

Wir stampften uns auch noch den Schnee von den Füßen, als wir auf die Matte im Innern der Verandatür kamen, nahmen uns aber nicht die Zeit, uns auch der Winterkleidung zu entledigen, sondern begaben uns, wie wir waren, in die See-Lounge, wo Curt Clark eben eine inoffizielle Fragestunde abhielt – während des traditionellen Mohonk-Nachmittagstees. Tassen und Kekse, ganz etepetete. Ganz wie in brrritischen Salonkrimis.

Nur, daß meines Wissens in den gepflegten Krimis dieser Art keine grotesk verstümmelten Leichen wie die von Kirk Rath vorzukommen pflegen. Und wenn doch, dann würde der Autor sie immerhin erheblich geschmackvoller und dezenter präsentierten als das Bild, das sich mit der gnadenlosen Nüchternheit eines Polizei-Leichenfotos in mein Gehirn eingebrannt hatte wie eine tätowierte KZ-Nummer.

Curt warf mir einen Blick zu, lächelte und zwinkerte, weil er nicht wußte, warum wir hier so abrupt einbrachen, in Wintersachen verpackt und noch mit Schnee auf den Schultern. An die hundert *Mystery-Weekend*-Gäste saßen an den Tischen, und einige sogar auf Indianerart am Boden, um ihn herum, während er sich in ihrer Mitte ihren Fragen widmete, von denen er eben eine beantwortete: »Und selbst wenn Sie das schwer glaubhaft finden, so trifft es dennoch zu, daß ich einige der Kinoversionen meiner Romane tatsächlich niemals gesehen habe. Mich sogar ausdrücklich weigere, das zu tun. Weil mich Freunde davor gewarnt haben. Und ich pflege auf das Wort meiner Freunde etwas zu geben.«

Bei dem Wort »Freunde« hatte er mich angesehen und wieder geblinzelt und den Kopf auf einige ungefragte Fragen hin geschüttelt. Vielleicht war mein Gesichtsausdruck ernst genug, um ihm zu sagen, daß etwas geschehen war. Ich blickte auf Jill, aber ihr Gesicht war völlig ausdruckslos. Wie die »große Natur-Masche«, die wir eben hinter uns gelassen hatten, war ihr Gesicht eisig und gefroren.

Mary Wright, im blauen Blazer von Mohonk (mit dessen Symbol – einem kleinen Brückenerker – auf der Brusttasche) zu weißer Bluse mit blauem Ascotschlips, kam zu uns und sah uns fragend und etwas verwirrt an. Curt hörte sich inzwischen schon die nächste Frage an. Mary lächelte, aber recht geschmerzt. Man stolpert doch einfach nicht naß und voller Schnee mitten in die See-Lounge.

»Ist etwas passiert?« fragte sie und räumte uns immerhin die Chance ein, daß im Zweifel für den Angeklagten zu entscheiden sei.

»Ja«, sagte ich. »Und vielleicht sollten wir in Ihrem Büro darüber reden.«

»Gut. Soll Curt dabei sein? Wenn ich Ihren Tonfall richtig deute, handelt es sich um etwas Schwerwiegendes.«

»In der Tat.«

Sie faßte mich am Arm und kam nahe an mich heran. »Wird es unser Wochenende beeinträchtigen?«

»Ganz bestimmt.«

»Dann will ich Curt dazuholen. Er ist ohnehin fast fertig mit diesem . . .«

Jill sah sie mit offener Abneigung an und sagte: »Die Sache duldet keinen Aufschub, Schätzchen.«

Mary ließ meinen Arm los und lächelte Jill an. Aber dieses Lächeln hatte nichts mit Humor oder gutem Willen oder Fröhlichkeit zu tun. Es hatte viel eher etwas damit zu tun, daß eine Frau es gar nicht schätzte, von einer anderen als »Schätzchen« tituliert zu werden.

»Hier in Mohonk gehen die Dinge ihren eigenen Gang nach der Art des Hauses, meine Liebe«, sagte sie zu Jill. »Keine Krise, welche auch immer, wird unsere Arrangements beeinträchtigen. Kapiert?«

Jill sah sie nur an. Sie schätzte es keinen Deut mehr, »meine Liebe« genannt zu werden, als Mary die Bezeichnung »Schätzchen«.

Curt sagte eben: »Und damit, glaube ich, sind wir dann am Ende. Der Rest des Nachmittags steht Ihnen zur freien Verfügung, auch um die Informationen zu sortieren und zu bewerten, die Sie heute vormittag bei den verschiedenen Verhören bekommen haben. Und erinnern Sie sich an den Slogan der Vereinigung amerikanischer Krimi-Autoren: ›Verbrechen lohnt sich nicht – genug . . .‹«

Das amüsierte Gelächter auf diese Schlußbemerkung hin ging über in Applaus, und Curt bahnte sich merklich eiliger seinen Weg durch die Menge, als er es wohl normalerweise getan hätte. Er blieb nirgends stehen, um da oder dort noch zu plaudern oder dieses und jenes Buch zu signieren, das einzelne Gäste mitgebracht hatten. Er hatte begriffen, daß etwas los war.

»Was ist, Mal?«

»Nicht hier«, sagte ich. »Können wir in Mrs. Wrights Büro gehen?«

»Miß Wright«, sagte sie und lächelte mir zu.

»Verdammt, hier ist ein Scheißmord passiert«, zischte Jill dazwischen. Niemand außer Mary, Curt und mir hörte es, aber sie hatte sich klar verständlich gemacht.

Mary war von Jills Vulgarität nicht weiter schockiert, Mohonk-Manieren hin, Quäker her. Trotzdem schürzte sie die Lippen etwas zu einem skeptischen Lächeln und kniff auf gleiche Weise ihre Augen zusammen . . . für einen Augenblick jedenfalls. Unsere Mienen waren wohl doch beredt genug, um unsere Stimmung klarzumachen.

Allerdings nicht Curt.

»Mal«, sagte er lächelnd, »wenn du jetzt mit irgendeiner lustigen Gegen-Vorstellung ankommen und uns deinerseits verladen willst –«

»Gehen wir in Miß Wrights Büro«, sagte ich nur. »Und zwar sofort.«

Curt glättete mit seinen Händen die offenbar unruhige Luft um uns herum in versöhnlicher Weise. »Nun mal Ruhe, ganz ruhig. Wir gehen in meine Suite. Das ist näher, und da können wir auch etwas trinken. In Marys Büro herrscht ein schockierender Mangel an Scotch.«

Wir gingen wortlos den Flur hinunter. Jill öffnete den Reißverschluß ihrer Skijacke und zog diese aus. Ihr Gesicht war ausdruckslos, aber auf eine Weise, die, wie ich nur zu gut wußte, Zorn signalisierte. Ob dessen Ursache nun die Tatsache war, daß Rath' Tod unseren mehr oder weniger schönen Nachmittag ruiniert hatte, oder ihre Abneigung gegen Mary Wright, sei dahingestellt. Ich würde mich jedenfalls hüten, sie danach zu fragen.

Curt schloß das Zimmer auf. Wir ließen ihn zuerst eintreten und blieben noch im Flur stehen. Ich erhaschte einen Blick auf Kim, die drinnen in einem Seidenhemdchen auf dem Bett lag. Ihr Busen hing halb heraus, sie schlief tief. Sie war wirklich eine schöne Frau, aber das war mir jetzt im Augenblick wirklich völlig egal. Gewalttätige Tode pflegen meine Libido kräftig zu dämpfen.

Nach einer kurzen Weile kam Kim heraus. Sie hatte sich einen Rollkragenpulli übergezogen und war in Slacks geschlüpft. Sie sah noch immer ein wenig schlaftrunken aus und lächelte müde.

»Curt sagt, ihr wollt allein sein«, sagte sie. »Und es ist nicht an uns, Fragen nach dem Grunde zu stellen . . .« deklamierte sie und entfernte sich winkend und achselzuckend.

Wir gingen hinein. Ich zog meine Jacke aus und fand auch einen Stuhl, auf den ich sie legen konnte. Curt schenkte sich drüben an dem Tisch, der ihm als Behelfsbar diente, bereits einen Scotch ein. Auch einige Flaschen Wodka und Bourbon und mehrere Flaschen Sodawasser standen dort. Ich bat ihn um einen Scotch.

»On the rocks?« fragte er.

Mann, wie das wieder wie die Faust aufs Auge paßte! Es lief mir kalt über den Rücken und ich sagte: »Nein, nein, pur. Und nur ganz wenig. Nur zum Aufwärmen.«

Jill stand vor dem orange-gelb-roten Gemälde, das über dem Kaminaufsatz an der Wand lehnte, und betrachtete es sich. Der Strudeleffekt des Bildes schien sie zu beeindrucken. Dann riß sie sich davon los und trank ihren Bourbon mit einigen schnellen Schlucken.

Curt setzte sich auf den Bettrand und schwenkte den Scotch in seinem Glas herum. Mary Wright stand nicht weit von ihm. So wie ich. Jill und ihr Bourbon zogen sich wieder zu dem Bild zurück.

»Also, Mal«, sagte Curt, »bevor wir damit anfangen, möchte ich dir sagen, daß wir natürlich alle volles Verständnis dafür haben, daß du eine Art Revanche im Sinn haben wirst. Du bist ein sturer Hund und magst nicht hochgenommen werden. Ich verstehe das durchaus, wie gesagt. Aber es geht hier doch für uns alle, und auch für dich, darum, daß wir ein wenig Spaß an diesem Wochenende haben. Also lassen wir es doch dabei, oder?«

»Wovon reden Sie eigentlich?« fragte Mary.

»Macht es dir etwas aus, wenn ich es ihr sage?« fragte Curt.

»Nur zu«, sagte ich.

Und er informierte sie also. Mit seiner Version, natürlich. Daß ich gestern abend vor meinem Fenster etwas gesehen hatte. Und so, als sei es eine feststehende, etablierte Tatsache, daß es sich um eine gestellte Szene handelte, um einen Possen, den man mir spielte.

Als er dann fertig war, sagte ich freilich: »Mit dem Unterschied, daß, was ich gesehen habe, eben kein Theater war. Kirk Rath ist ganz wirklich und echt tot.«

Curt lächelte nachsichtig und seufzte ein wenig, als sei er ebenso amüsiert wie frustriert über das Benehmen eines unbelehrbaren Kindes. Mary Whrights Augen wurden wieder etwas eng, und sie warf den Kopf etwas zur Seite, was ihr braunes Haar wogen ließ.

Und ich erzählte langsam und zum Mitschreiben und mit Ernst, was Jill und ich gesehen hatten.

»Du meinst das wirklich im Ernst?« fragte Curt, noch immer zweifelnd.

»Todscheißernst«, sagte ich.

»Sagen Sie nicht immer dieses Wort«, zischte Mary, plötzlich sehr gereizt.

»Das war ich, die es vorhin sagte«, belehrte sie Jill.

Mary fuhr zu ihr herum. »Warum halten Sie nicht einfach den Mund?«

»Sonst tun Sie was?« fragte Jill unbeeindruckt.

»Was soll ich nach Ihrer Ansicht tun? Ihnen ein paar Haare ausreißen?«

»Ich meinte mehr den Mord«, sagte Jill kühl. Hände in den Hüften. »Nur nicht die Haltung nach Art des Hauses verlieren . . . meine Liebe!«

Mary wußte darauf nichts zu entgegen. Ihr Gesicht fiel ein wenig auseinander, und ihr Zorn ebenfalls. Sie war jetzt ziemlich bleich und setzte sich neben Curt auf das Bett. Und da sahen die beiden aus wie ein Liebespärchen mitten im schönsten Schlafzimmerkrach, bei dem keiner weiß, was nun als nächstes geschehen soll. Curt hatte eine Hand auf sein Knie gestützt, die andere mit seinem Scotchglas hatte er in den Schoß sinken lassen. Er starrte mich an.

»Du meinst das tatsächlich ernst«, sagte er, als könne er nach wie vor seinen eigenen Worten nicht glauben. »Es ist also kein Spaß.«

»Nein, das ist kein Spaß. Es ist absolut kein gottverdammter Spaß! Oder sehen wir vielleicht so aus, als machten wir Spaß? Sind wir beide vielleicht so gute Schauspieler?«

Er sah mich starr an und stand schließlich auf. Mary blieb sitzen, sorgenzerfurcht.

Er kam zu mir und legte mir die Hand auf die Schulter. »Es tut mir leid. Ich hätte natürlich nicht darüber lachen sollen, als du es mir zuerst erzählt hast.« Er schüttelte den Kopf. Er schien verlegen und verwirrt zu sein. »Was soll ich sagen? Ich habe dich nicht angemessen behandelt.«

»Es ist mir völlig klar, warum du so dachtest, wie du dachtest«, sagte ich. »Ich habe den ganzen Tag heute diese

Leute hier erlebt. Ich habe erlebt, wie sie total aufgehen in diesem Spiel. Wie geradezu besessen sie davon sind. Es ist mir deshalb durchaus klar, warum du die ganze Sache für ein Possenspiel gehalten hast.«

»Aber das war es eben nicht«, sagte Jill. Sie stand drüben an dem Bar-Tisch, um sich noch einen Bourbon einzugießen.«

»So scheint es wohl zu sein«, sagte Curt kopfschüttelnd, inzwischen mehr erstaunt als verwirrt.

»Ich muß wohl die Polizei rufen«, sagte Mary. Und es war offensichtlich, wie unangenehm ihr dieser Gedanke war.

»Das sollten Sie wohl«, nickte ich ernst.

Sie benützte Curts Telefon und sprach nach kurzem Warten mit jemandem, den sie Chief Colby nannte. Ich fragte mich, ob das bedeutete, daß er der Obermacker hier war.

Und nach kurzer Zeit sprach ich bereits mit ihm und berichtete ihm alles.

»Sie sind ein guter Beobachter, Mr. Mallory«, sagte er.

»Vielen Dank. Und was geschieht jetzt?«

»Warten Sie dort im Berghaus. Wir kommen sofort.«

Ich legte den Hörer auf. Draußen tobte der Sturm gegen die Fensterscheiben und pfiff durch ihre Fugen.

»Die Polizei ist auf dem Weg«, sagte ich.

»Gut«, sagte Jill.

»Die werden ganz schön zu tun haben«, sagte ich. »Bei dem Sauwetter dort rauf zum *Sky Top.*«

»Da kommt wirklich allerhand runter«, sagte Curt mit fatalistischem Achselzucken und starrte durch die Eisblumen am Fenster hinaus in den Schneesturm. »Was hat er denn hier noch gemacht?«

»Wer?«

»Na, wer wohl. Rath natürlich. Er ist doch abgefahren. Warum ist er dann zurückgekommen, um sich umbringen zu lassen?«

»Das weiß ich nicht«, räumte ich ein. »Vielleicht hat er auch nur so getan, als fahre er ab.«

»Ja, aber warum denn nur?« fragte Curt. »Und warum soll ihn jemand am Donnerstagabend, direkt vor deinem Fenster, im hellen Mondschein, umbringen und dann hinauf zum *Sky Top* schaffen?«

»Frag mich nicht«, sagte ich. »Allein die Idee, ihn da wie auf dem Präsentierteller zu deponieren, wo ihn der nächste Wanderer sofort findet.«

»Wer es auch war«, sagte Jill, »er hat jedenfalls die Leiche in Rath' eigenem Wagen dort hinaufgeschafft. Vielleicht, um beide aus dem Weg zu räumen, jedenfalls für den Augenblick.«

»Nur für diesen Abend«, nickte Curt zustimmend. »Vielleicht führte der Mörder – oder die Mörderin – nur seine oder ihre Tat aus und setzte sich dann sofort ab.«

Mary schien darin einen Strohhalm zu sehen, an den sie sich klammern konnte, jedenfalls ein klein wenig.

»Sie meinen, es muß nicht notwendigerweise jemand von den Teilnehmern des *Mystery Weekends* gewesen sein?«

»Keineswegs«, stimmte ich ihr zu. »Es kann durchaus jemand gewesen sein, der ihm hierher folgte oder hier nach ihm suchte. Seine Mitarbeiter wußten schließlich, wo er hinfuhr. Das war kein Geheimnis.«

Das Telefon klingelte. Curt hob ab und reichte den Hörer dann an Mary weiter. »Für Sie.«

»Ja?« sagte sie. »Ja? Ach . . . ach ja, tatsächlich. Nein, das überrascht mich gar nicht. Ja, ja. Gewiß. Vielen Dank.«

Sie legte auf und seufzte und sah uns der Reihe nach an, einschließlich Jills, und hob theatralisch die Schultern und sagte: »Das war das Wachhaus unten. Die Straße mußte geschlossen werden. Wir sind eingeschneit.«

Niemand sagte irgend etwas.

»Sie ist nicht passierbar«, bekräftigte sie, neuerlich achselzuckend. »Völlig eingeschneit und die Straße ist vereist. Und es kommt immer noch mehr herunter.«

Ich hielt ihr die Hände in einer hilflosen Geste entgegen. »Haben Sie denn keine Schneepflüge?«

»Natürlich«, sagte sie. »Aber auch die kommen nicht durch. Es dauert Stunden und Stunden – wenn nicht länger –, bis wir diese Straße räumen können. Aber ehe es nicht zu schneien aufgehört hat, hat es überhaupt keinen Sinn, erst anzufangen.«

»Was?«

»Mr. Mallory«, sagte sie ruhig, »es hätte keinen Sinn, selbst wenn wir es versuchten. Und unsere Gäste sind sicher und haben es warm, nd sie sind es vollauf zufrieden hier im Berghaus. Sie wollen nirgends hin.«

»Und was ist mit Kirk Rath?« fragte Jill.

Und Curt sagte: »Der will auch nirgends mehr hin.«

»Daß wir hier in Mohonk tagelang eingeschneit werden«, sagte Mary, »ist nichts Ungewöhnliches. Im Durchschnitt passiert das die Hälfte der Saison.«

Ich stand auf und ging hin und her. »Falls der Mörder also jemand von den Gästen hier im Berghaus ist, beispielsweise einer der Autoren, die alle einen Haß auf Rath hatten, kann er ebenfalls nicht weg.«

»Stimmt genau«, sagte Mary und nickte bedächtig dazu.

Wieder läutete das Telefon. Wieder war es für Mary.

Sie sprach nahezu fünf Minuten lang mit diesem Polizeichef Colby, wobei ihr Anteil an der Konversation allerdings vor allem in Kopfnicken und »aha« und »ja« bestand.

Und dann wollte Colby auch noch einmal mit mir sprechen.

»Mr. Mallory«, sagte er. »Es sieht so aus, als könnten wir mit unseren Ermittlungen vorerst noch nicht beginnen. Es kann sein, daß in Ihrer Herberge dort der Mörder unter den Gästen ist. Ich möchte deshalb vorschlagen, daß Sie vorerst für sich behalten, was Sie wissen.«

»Warum?«

»Um den Mörder nicht zu vertreiben. Wer immer es auch ist, noch weiß er – oder sie, oder wissen sie, Mehrzahl – nicht, daß die Tat entdeckt ist. Daß jemand die Leiche gefunden hat. Und dabei sollte es vorerst bleiben. Vielleicht fassen wir den Missetäter in flagranti, wenn ich es erst mit meinem Buggy den Berg hinauf schaffe.«

»Ich glaube nicht, daß es so oder so einen Unterschied macht«, wandte ich ein; ich wußte nicht recht, was ich von einem Polizisten von heute halten sollte, der tatsächlich das Wort »Missetäter« benützte.

»Hören Sie zu. Wenn dieser Mörder erfährt, daß man bereits nach dem fahndet, kann es leicht sein, daß es dann noch ein zweites Opfer gibt. Lassen Sie den verdammten Vorhang zu, okay?«

»Na gut, Chief. Ich werde tun, was Sie wollen.«

»Schön. Geben Sie mir jetzt Miß Wright noch mal.«

Ich gab sie ihm.

Während sie wieder mit ihm sprach, erläuterte ich Curt und Jill, was er gesagt hatte, nämlich, daß wir über den Mord nicht sprechen sollten, und warum nicht.

»Ich finde das ganz gut«, sagte Jill.

Diese Reaktion überraschte mich. »Wieso das?«

»Das sag' ich dir später.«

Mary legte auf und kam wieder zu uns. Sie schaffte ein kleines Lächeln. »Ich bin froh, daß wir uns einig sind, vorläufig nicht darüber zu reden. Wir können mit unserem Wochenende fortfahren, und keiner unserer Gäste kommt um das, weshalb er hier ist.«

»Von Kirk Rath mal abgesehen«, sagte Jill. »Sein Wochenende ist ja wohl ziemlich vermasselt.«

»Sie scheinen betrunken zu sein«, sagte Mary angewidert.

»Noch nicht genug«, sagte Jill. »Wenn ich Sie ansehe, sehe ich Sie noch immer ganz scharf.«

Und dann starrten sich die beiden ein Weilchen an. Sie schienen alle beide nicht besonders in Form zu sein.

Curt war mit seinem Scotch immer noch nicht fertig. Er sah leicht amüsiert drein. »Vielleicht ist das auf lange Sicht eine gute Reklame für die *Mystery Weekends*, Mary. Denken Sie nur an die Publicity.«

»An die schlechte Publicity«, widersprach sie kopfschüttelnd und fast schimpfend.

»Publicity ist nie schlecht«, sagte Curt und prostete ihr zu. Dann hob er sein Glas mehr zu einem allgemeinen Toast: »Auf Kirk Rath. Gott möge ihm gnädig sein. Dem armen Schweinehund.«

Ich trank meinen Scotch aus.

Aber es fror mich innerlich immer noch.

Immerhin war mir nicht so kalt wie Kirk Rath, auch wenn der jetzt unter einer Decke lag.

12

Jill und ich gingen auf unser Zimmer und streckten erst einmal eine Weile lang alle viere von uns. Wir waren richtiggehend fertig. Wir fühlten uns beide unsauber. Die Kälte und der Schnee hatten nicht verhindert, daß wir eine schweißtreibende Wanderung hinter uns hatten, und die Nachwirkungen des Auffindens einer Leiche hatte nicht gerade zum allgemeinen Wohlbefinden beigetragen. Das konnte wohl auch eine Dusche nicht ändern. Wir nahmen trotzdem eine. Zusammen.

Es war unter den Umständen keine Zweipersonen-Orgie. Voyeure im Publikum kommen für diesmal also nicht auf ihre Kosten. Es war überhaupt keine sexuell stimulierende Sache; nicht einmal romantisch. Eine heiße Angelegenheit war es, das wohl. Aber ausschließlich deshalb, weil wir das Wasser so dampfend heiß aufdrehten, wie wir es nur ertrugen. Wir seiften einander den Rücken ein, massierten einander die verspannten Nackenmuskeln, kuschelten uns aneinander und schmusten ein bißchen, aber mehr nicht. Einfach nur, wie verletzte Tiere einander die Wunden lecken. Der Wasserstrahl der Dusche erzwang von selbst eine körperliche Nähe, die wir auch tatsächlich brauchten, und auch der Wasserdampf und das Prickeln des heißen Wassers auf unsere Körper hatte einen einlullenden Effekt, der einer Spannungslösung sehr nahekam; einen melancholischen Nebel, in dem wir uns eine Zeitlang verbergen konnten.

Wir teilten uns ein Handtuch, um das andere für morgen früh aufzubewahren, und dann schlüpfte Jill in ihren Bademantel und ließ mir das Handtuch als Lendenschurz. Sie rubbelte sich das kurze schwarze Haar trocken.

»Ich könnte ein Kaminfeuer anmachen«, sagte ich.

Durch die Fensterritzen pfiff der Wind. »Sparen wir es uns für später auf«, sagte sie.

Ich setzte mich neben sie. Das Twin-Bett quietschte. »Warum wolltest du, daß ich bei diesem Scheiß mitmache, den Mord geheimzuhalten?«

Sie lächelte einseitig und dünn, während sie fortfuhr, ihr

Haar zu trocknen und mich von der Seite her ansah. »Hat dich überrascht, was?«

»Das kannst du laut sagen. Ganz besonders, weil die Tatsache, daß ein Mann ermordet worden ist, die liebe Miß Wright hauptsächlich deshalb so außer sich bringt, weil dadurch ihr *Mystery Weekend* ruiniert werden könnte.«

Sie rubbelte weiter an ihren Haaren. »Das mit dem Geheimhalten war aber doch nicht Mary Wrights Idee, oder?«

»Nein, dieser Hinterwäldler-Bulle wollte es.«

»Woher weißt du denn, daß er ein Hinterwäldler ist? Außerdem sind wir hier im Staat New York. Bekanntlich gibt es in New York keine Hinterwäldler.«

»Tatsächlich? Na, jedenfalls gebrauchte er tatsächlich das Wort ›Missetäter‹.«

»Ach du lieber Gott. Trotzdem, ich finde, er hatte recht.«

»Wieso?«

Sie bog den Kopf nach hinten und schüttelte ihr Haar. Kleine Tröpfchen regneten herum und ich mußte ein paar davon wegzwinkern. »Weil der Mörder nicht weiß, daß wir wissen, daß ein Mord geschehen ist«, sagte sie.

»Und?«

»Mein Gott, bist du begriffsstutzig. Und die hier halten dich für eine Art Amateurdetektiv.«

»Betonung auf ›eine Art‹. Aber im wirklichen Leben gibt es überhaupt keine ›Amateurdetektive‹.«

Sie lächelte knapp und schüttelte noch einmal den Kopf, diesmal aber nicht, um das letzte Wasser aus dem Haar zu schleudern, obwohl tatsächlich noch einmal ein kleiner Tröpfchenregen flog, sondern eher in amüsierter Frustration, als versuche sie, sachlich und vernünftig mit einem kleinen Kind zu reden, das sie mochte, das aber gewisse Verständnisschwierigkeiten hatte.

»Dies hier ist ja auch nicht das wirkliche Leben«, sagte sie. »Wir sind hier in Mohonk. Noch genauer, beim *Mystery Weekend* von Mohonk.«

»Ja, und Kirk Rath spielt wirklich seine Rolle voll aus!«

Sie ignorierte das und tätschelte mein nacktes Bein. »Nun spiele du mal wieder deine Rolle als unlizenzierter Privatdetektiv«, sagte sie. »So wie du seinerzeit herausgefunden hast, wie deine Freundin Ginnie Mullens umgebracht wurde. Das hast du doch? Ich habe dich damals in Aktion erlebt. Ich weiß also, was du kannst. Und genauso machst du es jetzt – du spielst wieder den unlizenzierten Privatdetektiv.«

Ich war schon halb am Nachgeben. »Du meinst, ich könnte hier herumgehen und ganz zufällige Fragen über Rath stellen . . .?

Und sie nickte eifrig. Ich mochte ihren Geruch nach Sauberkeit. »Ja! Du fragst deine diversen Mitverdächtigen in Curts *Fall des Seltsamen Kritikers* über ihre tatsächlichen Beziehungen zu Rath aus.«

»Und«, sagte ich, und griff das auf, »horche sie also nach Strich und Faden aus, und der Mörder, der sich unter ihnen befindet, hat keine Ahnung, daß ich weiß, daß ein Mord begangen worden ist.«

»Na, sicher doch! Mit Ausnahme von Curt Clark und Mary Wright natürlich, die ebenfalls von dem Mord wissen. Aber auch Verdächtige sind.«

Ich seufzte achselzuckend. »Soviel ich weiß, kannten sich Mary Wright und Rath zuvor überhaupt nicht. Und Curt ist vermutlich so ziemlich der einzige, der kein Motiv hatte, diesen Kritiker umzubringen. Ganz davon abgesehen, daß Curt ein langer Lulatsch ist, während der Mörder mit der Skibrille klein und untersetzt war.«

»Ja, aber der am wenigsten Verdächtige ist doch immer . . .«

»Ach, hör auf! Das hier ist ein wirklicher Mord und nicht irgendein albernes Spiel.«

Das traf sie ein wenig. Sie sah weg und fing automatisch wieder an, ihr Haar zu rubbeln, obwohl es mittlerweile längst so gut wie trocken war.

»Tut mir leid, Mäuschen«, sagte ich. »Ich weiß ja, daß dir diese verdammte Geschichte mindestens genauso zu schaffen macht wie mir.«

Mit einer Stimme, die für Jill Forrest ziemlich dünn war, sagte sie: »Vielleicht noch mehr. Ich glaube nicht, daß ich jemals schon so etwas Schreckliches gesehen habe.«

Ich legte meinen Arm um sie und sie ließ ihr Handtuch fallen und wir hielten einander fest. Wir zitterten nicht und weinten nicht, aber wir fühlten uns geschlagen. Ich jedenfalls. Und, seltsamerweise, schuldig. Ich sagte das Jill.

»Na ja«, sagte ich und seufzte wieder. Ich machte mich von ihr los und stand wieder auf und richtete mein Lendenschurz-Handtuch. »Ich mochte den Penner nicht. Ich habe schreckliche Dinge über den Schweinekerl gesagt –, R.I.P. – und das gibt mir eine Art Schuldgefühl, jetzt, wo ich weiß, daß er tot ist.«

»Ja, aber den Tod hast du ihm doch nicht gewünscht!«

»Das nicht, nein. Wirklich nicht.« Ich schüttelte den Kopf und lächelte, doch ohne jede Fröhlichkeit. »Aber ich bin auch nicht übermäßig traurig, daß er tot ist. Ich meine, das höchste, was ich an Gefühl zuwege bringe, ist, daß mir der Kerl irgendwie leid tut. Mein Gott . . . das erklärt es wohl nicht ganz, oder?«

Ihr Mund war eine dünne Linie, die sich in zwei dünne Linien teilte, als sie sprach. »Er war ein eingebildeter, angeberischer, gemeiner kleiner Scheißer. Und jetzt ist er eben ein toter eingebildeter, angeberischer, gemeiner kleiner Scheißer. Nur, weil er umgebracht worden ist, ist er noch nicht plötzlich ein Heiliger.«

Ich ging zum Schrank und holte frische Wäsche und Kleider heraus. Ich ließ das Handtuch fallen und stieg in meine Unterhose. Wenn ein Mann in seine Unterhose steigt, ist das mit großer Wahrscheinlichkeit der Augenblick des Tages, an dem er sich am verwundbarsten, am sterblichsten fühlt. Erst wenn man die übrigen Kleider anzieht, fühlt man sich nicht mehr so wie ein hirnloses, todgeweihtes Tier. Vermutlich ist das bei den Frauen ganz ähnlich. Je mehr man sich mit seiner Oberkleidung bedeckt und damit die Schale der Zivilisation um sich legt und sich den gesellschaftlichen Vorschriften anpaßt, desto stärker ist dieses Gefühl der Ordnung, der Sicherheit innerhalb der Rituale. Nur das gibt uns das Gefühl, daß wir auch ewig leben könnten. Jedenfalls noch den Rest des Tages.

»Ich habe so ein Gefühl, als schuldete ich Rath etwas«, sagte ich. »Vielleicht eine Entschuldigung. Oder vielleicht, seinen Mörder zu finden.«

»Würde es dich überraschen, wenn ich sagte, ich verstehe das?«

Ich lächelte ihr zu. Sie lächelte zurück. Und es war so warm, als hätten wir das Kaminfeuer, das wir fast angezündet hätten, tatsächlich.

Ich sagte: »Du überrascht einen pausenlos, weißt du das? Allerdings jetzt nicht. Ich bin doch schon längst mit auf deinem Trip, daß du unbedingt die Nora an meiner Seite als Nick spielen mußt.«

Sie lachte ein bißchen. »Warum endet das immer dabei? Immer eine Rolle spielen. Wir sind aber wirklich in Mohonk. Daran führt kein Weg vorbei.«

»Und ein Mörder ist auch hier.«

»Ein Mörder ist auch hier.«

Ich ging ans Fenster. Viel war nicht zu sehen, es war fast zugefroren. Der heulende Wind und der Schnee krochen durch jede Ritze und Spalte dieses alten Hotelkastens und blieben so eine ständige Begleiterscheinung jeden Gespräches, wie die unheimlichen Andeutungen in Gruselfilmen.

Auch Jill bemerkte es. »Vielleicht hat Gott Bernhard Herrmann dieses Wochenende das Wettermachen übertragen«, sagte sie.

Ich sah zu ihr hinüber. Sie saß noch immer in ihrem Bademantel da, und ihr Haar war jetzt endgültig trocken.

»Wir sind glatt und sicher eingeschneit«, sagte ich, »soviel steht fest. Das gibt uns, wenn ich mich nicht sehr irre, den ganzen Abend heute und morgen fast den ganzen Tag ausreichend Zeit, unauffällig zu recherchieren.«

»Gut«, sagte sie mit gepreßtem Lächeln und den Fäusten in ihrem Schoß.

»Aber reden tu' ich!« sagte ich mit erhobenem Zeigefinger. »Wir müssen sehr vorsichtig sein. Sehr vorsichtig, Denn wenn der Mörder auch nur einen Hauch von Verdacht bekommt, daß wir auf dem laufenden sind, sitzen wir dicke in der Scheiße.«

»Verstanden.«

»Ich hoffe es. Zieh dich jetzt an, und dann gehen wir was essen. Es wird schon spät, und wie du weißt, kriegt man hier nach acht nichts mehr.«

»Wie kannst du an Essen auch nur denken?«

»Ich kann nicht nur daran denken«, sagte ich, ging zu ihr hin, faßte sie am Arm und zog sie hoch, »ich kann es auch tun. Zugegeben, eine Leiche zu finden, kann einem den Appetit verderben. Aber ein paar Meilen durch den Schnee zu rennen gleicht das auch wieder aus. Oder? Außerdem habe ich seit sieben Stunden keinen Bissen mehr im Mund gehabt. Und du auch nicht.«

Sie stand vor mir und sagte: »Du hast sogar recht. Ich bin tatsächlich hungrig.«

Sie zog sich einen zottigen grauen Pulli mit überbreiten Schultern an und schlüpfte in ihre schwarze lederne Hose.

Bald danach saßen wir bei Tom Sardini und Pete Christian in dem riesigen Speisesaal, wo die Masse der Abendesser schon merklich lichter geworden war. Tom, der einen farbenfrohen orange-weißen Skipullover anhatte, darüber ein weißes Leinenjackett, Stil *Miami Vice* (denn in Mohonk waren Jacken zum Abendessen vorgeschrieben), war mit seinem Dessert beschäftigt, einer Linzertorte. Pete schien etwas unruhig zu sein. Er sah in seinem verknitterten braunen Anzug samt ebensolcher Krawatte, so aus, als sei er gerade unverletzt aus einem Gebäude geschritten, das über ihm demoliert wurde. Aber was das betrifft, sah er bekanntlich immer irgendwie so aus.

»Meine Güte«, sagte Pete lächelnd, »du hast es ja noch länger ausgehalten als wir. Und ich bin bereits in ein Gespräch mit einem der Spieler geraten und fast nicht mehr zum Essen gekommen.«

Ich fragte mich, ob Pete überhaupt bemerkt hatte, daß wir draußen im Schnee gewesen waren. Ich machte mir aber auch nicht die Mühe, ihn danach zu fragen.

Jill sagte: »Ist das koscher? Wenn Verdächtige und Spieler fraternisieren?«

»Aber ja doch!« sagte Pete, und seine Handbewegung klärte diese Zweifelsfrage für alle Zeiten. »Man braucht sie doch nur zu beobachten, das ist alles. Kennt ihr die Arnolds?«

Ich füllte eben meine Bestellung auf der Karte aus, indem ich das Gewünschte einkreiste. »Millie und Carl, meinst du? Vom Restaurant Casablanca? Na, sicher.«

»Also die können ganz schön hinterlistig sein«, sagte er. Er pochte mit einem Finger auf das Tischtuch. »Ich sag' dir was, ich wäre überhaupt nicht überrascht, wenn die beiden es gewesen wären, die diesen kleinen gestellten Mord gestern abend vor deinem Fenster veranstalten.«

»So ganz kann ich das nicht glauben«, sagte ich.

»Aber ausschließen darfst du es auch nicht«, sagte Pete lächelnd und schob sich mit dem Zeigefinger die Brille auf der Nase hoch. »Millie hat Theatererfahrung, und Carl ist ein Karate-Experte. Der könnte leicht so ein paar überzeugende hübsche Stunts auf der Schneebühne inszeniert haben.«

»Möglich ist alles«, sagte ich. Dann kam ein Ober vorbei und ich gab ihm unser beider ausgefüllte Bestellkarten.

»Jedenfalls, sie haben mit mir über mein Buch über die Charlie-Chan-Filme gesprochen«, fuhr Pete fort, »und da war kein Ende mehr abzusehen. Bei manchen Themen, verstehst du, wenn ich da erst mal angedreht werde, geht es endlos. Als fiele ich vom Felsenriff im Traum: es dauert endlos, und du kannst nicht aufhören, bis du unten ankommst.«

Jill betrachtete ihn aufmerksam. Ich hoffte, sie würde es nicht zu offen tun. Dann sagte sie: »Aber wieso glauben Sie, daß die Arnolds ganz schön hinterlistig sein können?«

Petes Enthusiasmus für das pralle Leben war ansteckend, und sein Lachen ebenfalls. »Sie beobachteten mich aufs genaueste, warteten darauf, daß ich mich verhaspelte oder einen Fehler machte, und wollten diese und jene Szene bestimmter Kriminalfilme immer wieder erzählt haben, und stellten Fragen über die ›Struktur‹ des Krimis und all' solche Sachen . . .«

»Aber daran ist doch nichts Unrechtes«, sagte Jill.

Tom schob seinen leergefegten Teller von sich. »Da kennen Sie Pete nicht. Wenn er eine Parallele zwischen einem dieser Filme und dem Krimifall dieses Wochenendes sähe, würde er das glatt ausplaudern. Ohne zu überlegen.«

»Ach was«, sagte Pete, »ich überlege sogar dauernd. Es ist nur, daß meine Begeisterung mich ständig wider besseres Wissen fortträgt; gelegentlich.«

»Welche Rolle spielen Sie eigentlich im *Fall des Seltsamen Kritikers?«* fragte ihn Jill.

»Ich bin Rick Butler«, sagte Pete und setzte sich stolz aufrecht. »Der schmuckste Mann der Stadt. Haben Sie mich etwa heute früh nicht in meinem tollen Smoking gesehen?«

»Doch, doch«, lächelte Jill, während ein Ober ihr eine Tasse Ochsenschwanzsuppe hinschob. Dann mir.

»Curt macht sich ein bißchen über mich lustig«, sagte Pete mit einem Lächeln in seinem äußersten Mundwinkel. »Aber es macht mir nichts aus.«

Tom lehnte sich in seinem Stuhl zurück, grinste und deutete mit dem Daumen auf Pete. »Curt hat ausgerechnet aus Pete einen Modegecken gemacht.«

»Mit einem Sauberkeitsfetisch obendrein«, sagte Pete. »Ihr seht hier vor euch einen Mann, der inzwischen beide Rollen in *Ein Seltsames Paar* gespielt hat. Meine Rolle ist die eines extrem pusseligen Nichtrauchers. Der allergisch gegen Zigarettenrauch ist, um genau zu sein. Während ich persönlich Stühle zu schmeißen anfange, wenn ich jetzt nicht sofort eine Zigarette bekomme.« Er stand auf und sagte Jill, wie bezaubernd sie aussehe, und machte sich davon, um eine zu paffen.

»Ich mag ihn gern«, sagte Jill. »Er hat so eine Gentleman-Art.«

»Er ist ein netter Mann«, sagte ich. »Aber angesichts des Ausmaßes seines Hasses auf Kirk Rath ist es ziemlich überraschend, daß er zu diesem Wochenende hier ist.«

Tom sagte: »Gott, Pete ist so. Der ließe sich niemals von einer Laus wie Rath ein Wochenende verderben.«

Daraufhin musterte Jill Tom intensiv. »Sind Sie auch so wie alle hier? Nämlich, daß sie Rath haßten?«

»Rath oder Sloth?« fragte Tom.

Daß sie die Vergangenheitsform benützte, irritierte ihn etwas.

»Rath«, sagte sie, ein wenig nervös, weil sie sich ihres Lapsus' bewußt wurde.

»Hassen . . . nicht eigentlich«, sagte Tom. »Er hat mich einiges Geld gekostet. Wegen ihm habe ich einen Serienauftrag verloren.«

»Tatsächlich?« sagte Jill überrascht, aber sie versuchte ihre Überraschung zu verbergen. »Beim Fernsehen?«

»Nein, eine Buchserie«, sagte Tom.

»Was war das für eine Serie?« fragte ich.

»Die mit dem Rennplatz als Schauplatz. Über einen Detektiv, der für die Rennkommission arbeitet.«

»Ach die. Hast du dafür nicht schon einiges geschrieben?«

»Sicher. Nur sollte ich noch zwei weitere Folgen schreiben.

Bis dann der *Mystery Chronicler* kam und mich in der Luft zerriß.«

In Toms Bitterkeit waren durchaus einige schroffe Kanten. Wie draußen das Eis im Schnee.

»Was für eine Rolle spielen Sie in Curts Fall hier?« fragte Jill. Sie bemühte sich sehr, ganz nebenbei zu klingen. Ich konnte in ihr lesen wie in einem Buch. Und wie in einem Buch, das ich schrieb, genau gesagt. Aber Tom vermutlich nicht.

»Ich bin Rob Darsini«, sagte er. »Ein Boxer, der Privatdetektiv geworden ist, und der verdächtig nach meiner eigenen Figur Jacob Miles aussieht. Ich habe, scheint's, für Sloth gearbeitet, aber er hat versucht, mich um meinen Lohn zu prellen.«

»Er hat Sie Geld gekostet, mit anderen Worten«, sagte Jill. »Wie im wirklichen Leben auch.«

»Auch Petes Figur hat Anklänge an die Wirklichkeit«, sagte Tom mit leichtem Achselzucken. »Er sagte etwas davon, daß selbst eine Geschichte eines seiner Freunde, der Selbstmord beging, nachdem Kritiker ›Sloth‹ ihn verriß, mit hineinspiele – und das ist unbehaglich nahe an dem, was Petes Mentor C. J. Beaufort widerfuhr.«

Jill schien fast schockiert zu sein. »Ist das nicht doch einigermaßen geschmacklos von Curt, all das da mit hineinzupacken?«

Tom lachte, aber es war doch ein ziemlich forciertes und etwas müdes Lachen. »Originell und bösartig zugleich, so ist unser Curtchen nun mal. Obwohl ich, um fair gegen ihn zu sein, doch glauben möchte, daß es vor allem Rath war, den er mit alledem ein bißchen frozzeln wollte. Er ist bestimmt genauso enttäuscht wie wir alle, daß Rath sich abgesetzt hat.«

»Enttäuscht?« sagte ich.

»Na klar!« sagte Tom. »Hast du dich etwa nicht auch darauf gefreut, ihn zu erleben, wie er hier das Mordopfer wäre? Hätten wir dieses sozusagen stellvertretende Vergnügen nicht in Wirklichkeit alle gerne genossen?«

Und damit stand er auf, sagte »bis später« und überließ uns unserem Abendessen.

13

Auf dem Unterhaltungsprogramm dieses Abends stand Peter Christians »Marathon« mit Charlie-Chan-Filmen – drei hintereinander. Als Einführung bot er eine informative und dabei überhaupt nicht trockene Diaschau, bei der er sein Publikum im großen Saal mit Anekdoten und wenig bekannten Tatsachen amüsierte, während er seltene Standfotos, Kinoplakate und Privat-Aufnahmen der verschiedenen Chan-Darsteller projizierte, dazu Fotos des Schöpfers dieses berühmten orientalischen Filmdetektivs, Earl Derr Biggers, und Schutzumschläge der ersten Ausgaben der Romane und der frühen Paperbacks. Er hatte einfach alles – vom allerersten Chan-Darsteller George K. Kuwa, der in einer verkürzten Fassung in einem Stummfilm von 1926 erschien, bis hin zu dem vorläufig letzten (und katastrophalen) Chan-Darsteller Peter Ustinov.

Als Krimi-Freak und Fan von Spätvorstellungsfilmen seit jeher unterhielt ich mich dabei sehr gut. Aber was meine Ermittlungsabsichten anging, war diese Abendunterhaltung eine noch größere Katastrophe als Ustinov in der Chan-Rolle. Morgen abend war für die gleiche Zeit ein Ball vorgesehen, und das schien ideal dafür, sich unter die Leute zu mischen und allerlei unverfängliche Fragen zu stellen. Aber heute abend . . . und Kino . . . In den meisten Charlie-Chan-Filmen gibt es eine Szene, in der alle Verdächtigen sich in einem Raum versammeln (müssen) – und dann geht plötzlich das Licht aus. Ganz so ähnlich war es heute abend. Alle Verdächtigen waren versammelt, hier in diesem Mammutsaal (und in Mammutanzahl), aber alle Lichter waren bereits aus. Und während in den Chan-Filmen die Lichter allenfalls ein paar Sekunden verlöschen, ging es hier um eine vierstündige Sitzung in völliger Dunkelheit.

Aus Höflichkeit Pete gegenüber (und auch, weil sein Einführungsvortrag überaus amüsant war, selbst für jemanden, der dafür im Augenblick eigentlich so wenig Sinn hatte wie ich) blieb ich die ganze Diaschau hindurch sitzen. Kinonärrin Jill bestand außerdem darauf, auch noch *Charlie*

Chan in der Oper vollständig anzusehen, in dessen Verlauf sie mir eine Wette über eine Million Dollar anbot, daß ich nicht wüßte, wer die »Oper« eigentlich geschrieben hätte, die Boris Karloff und alle die anderen in diesem Film sangen. Ich gewann die Million aber. Es war Oscar Levant. Jill hat bis heute nicht bezahlt.

Als dann *Charlie Chan auf der Schatzinsel* begann, faßte mich Jill am Arm und flüsterte: »Den mag ich am liebsten von allen. Ich muß ihn sehen.«

»Und was ist mit deiner Rolle als Nora meines Nick?«

»Sämtliche Verdächtigen sind hier im Saal und schauen sich den Film an«, flüsterte sie.

»Culver ist nicht da, zum Beispiel.«

»Er war da.«

»Jedenfalls hat er sich während der letzten Spule der *Oper* verdrückt.«

»Wie konnte er denn?«

»Es war ganz leicht.« Ich dachte einen Augenblick nach. »Weißt du, das wäre jetzt vielleicht eine gute Chance, ihn allein zu erwischen.«

Cynthia Crystal war nicht weggegangen. Sie saß bei Jack Flint und dessen Frau und zog sich Sidney Tolers besten Chan-Film rein.

»Ich jedenfalls sehe mir den Film an«, sagte Jill. »Er dauert auch nur eine Stunde. Treffen wir uns danach im Zimmer?«

»Ich denke, danach kommt noch ein Chan-Film?«

»Einer mit Roland Winters. Ist nicht schlecht. Aber genug ist genug.«

»Freut mich, das zu hören. Ich weiß nicht, ob ich auf die Dauer mit einer Frau leben könnte, die sich drei Charlie-Chan-Filme hintereinander ansehen kann.«

Mittlerweile drehte sich jemand in der Reihe vor uns um und machte ärgerlich »Schhhhh!« Mit vollem Recht, übrigens. Denn ich bin selbst der Ansicht, daß man Leute erschießen soll, die während des Filmes im Kino ständig reden.

Schuldbewußt, weil ich meine eigenen Regeln und Ansichten übertreten und ignoriert hatte, rollte ich meine Finger in perfekter Tatscher-Grapscher-Manier an Jill entlang und stahl mich aus dem Saal.

Ich ging zu Culvers Zimmer, das nur ein paar Türen von unserem entfernt war, und klopfte. Keine Antwort.

Also begann ich das Berghaus zu erforschen, schlenderte durch die endlosen Korridore und traf da und dort auf kleine Grüppchen von *Mystery-Weekend*-Spielern, die in ihrem Eifer, an der Lösung des *Falles des Seltsamen Kritikers* zu arbeiten, die Abendunterhaltung im großen Saal schwänzten. Da eine Anzahl dieser Spieler eher Puzzle-Fanatiker als Krimi-Freaks war, hatten ihre Abwesenheit vom Charlie-Chan-Festival und ihre Besessenheit, an ihrem Puzzle zu tüfteln, immerhin Sinn. Wenn man »Sinn« hier nicht zu eng definiert.

Jedenfalls waren sie überall zu finden, in den kleinen Sitznischen mit den Plüschpolstermöbeln und an den Kaminen, von denen viele brannten, während sich draußen vor den zugefrorenen Fenstern der Schnee türmte. Seltsamerweise hörte ich nicht eine einzige Klage darüber, daß wir alle hier eingeschneit und sozusagen gestrandet waren. Aber das hing vermutlich damit zusammen, daß wir alle hier ja zuvor schon sozusagen gestrandet waren – und das in voller Freiwilligkeit. Das tatsächliche Eingeschneitsein verstärkte eigentlich diese Atmosphäre nur noch – ob diese nun mit *Zehn kleine Negerlein* von Agatha Christie oder mit *Shining* von Stephen King vergleichbar war.

Ich sollte eigentlich deprimiert sein, fand ich. Ein Mensch war immerhin ums Leben gekommen. Ich hatte am ersten Tag mit angesehen, wie er umgebracht wurde, und am Tag darauf seine Leiche gefunden. Daß beides mir widerfahren war, schien mir zwar ein unwahrscheinlicher Zufall zu sein, jedenfalls etwas, das ich nicht entfernt in einem meiner Bücher zu konstruieren gewagt hätte. Aber so war es nun einmal tatsächlich geschehen. Und folglich mußte ich ja doch wohl irgend etwas unternehmen. Einen Roman kann man immer noch einmal umschreiben. In der Wirklichkeit muß man mit dem leben, was sich, so oder so, nun einmal bereits ergeben und abgspielt hat.

Und ich verspürte eine gewisse Herausforderung durch die Situation – zumal angesichts der Tatsache, daß wir hier abgeschnitten waren –, wie im Krimi den Täter zu finden; und zwar, noch ehe die Polizei endlich zu uns gelangen konnte (morgen oder am Sonntag oder am Montag oder wann immer der verdammte Schnee und das gütige Geschick es denn zuließen). Ich hatte ja schließlich den Vorteil gegenüber dem Mörder, daß ich von dem Mord wußte, während er – oder sie – immer noch glauben konnte, noch sei nichts entdeckt. Das alles war schon aufregend. Ich fand mich hier also im Grunde in genau der gleichen Situation wieder wie alle anderen Krimi-Spieler hier in Mohonk – die Herausforderung machte mir Spaß (wenn man es denn so nennen darf), und ich war begierig darauf, das Puzzle zu lösen . . .

Gleichzeitig warnte mich die mehr rationale Seite in meinem Kopf, dies denn doch nicht nur als ein quasi Spiel zu betrachten, und mir statt dessen eher das schrecklich zugerichtete Gesicht Rath' vor Augen zu halten (als wenn sich das wirklich vergessen ließe!) – und ebenso die Tatsache, daß ich immerhin hinter dem Täter her war, der dieses abscheuliche Verbrechen begangen hatte. Das alles hier konnte zwar durchaus auch im Stil von Agatha Christie ablaufen, dennoch war nicht zu übersehen, daß auch Gewalttätigkeiten à la Stephen King durchaus denkbar und möglich schienen.

Schließlich entdeckte ich endlich auch den großen Fernsehraum mit der Projektionswand. Das monströse Ding war aber nicht an, die Stühle davor waren leer. Für heute abend hatte Pete mit seinen Filmen das Rennen gemacht. Als nächstes geriet ich in einen Spiel- und Freizeitraum mit Betonboden, der ganz am Ende eines Korridors versteckt und abseits lag, abgeschoben wie arme Verwandte. Junge Angestellte auf Wochenendurlaub spielten hier Tischkegeln oder Videospiele. Ein Yuppi-Paar traktierte das Pool-Billard. Nirgends eine Spur von Culver. Aber die Yuppi-Pool-Spieler waren meine Freunde Jenny und Frank Logan. Sie bereiteten eben eine neue Partie vor, als sie mich entdeckten.

»Nanu!« sagte Jenny. Sie hatte einen grünen Sweater an und graue Slacks und füllte beides sehr ordentlich aus, dankeschön. »Wir haben Sie gesucht. Das trifft sich gut. Es ist abgelegen genug, um unbeobachtet miteinander zu reden.«

Da hatte sie recht. Der Freizeitraum war duster und schäbig und sah sehr wie die Hinterzimmer der Bars zu Hause in Port

City aus – nur, daß hier niemand Bier servierte, von harten Sachen gar nicht zu reden.

»Das muß hier der wüste Ort sein«, sagte ich, »wo die Quäker zum Ausflippen hingehen.«

»Wir haben oben in unserem Zimmer unsere eigene kleine Hausbar«, sagte Jenny.

»Ja, aber«, warnte Frank, beige Strickweste, blaßblaues Hemd, graue Slacks, »dort besteht die Gefahr, daß unsere Mannschaftsgenossen hereinkommen und uns stören.«

Jenny lächelte gutmütig. »Wir verstecken uns vor ihnen.«

»Wieso das?« fragte ich.

»Ach, die wollen immer noch mal und immer noch mal die Info-Listen durchgehen«, sagte sie.

»Ich dachte, ihr beiden wärt auch mit Herz und Seele bei der Sache?«

»Das schon«, sagte Frank, »aber alles mit Maß und Ziel.«

»Außerdem«, sagte Jenny mit eitlem kleinem Lächeln, »wissen wir bereits, wer es war.«

»Tatsächlich?«

»Und an der kreativen Seite unserer Präsentation«, fuhr sie fort, »wird sowieso erst morgen gearbeitet. Also, was soll's. Da wollten wir auch ein bißchen leben.«

Ich sah mich in dem tollen Freizeitraum um. »Wenn Sie dies hier leben nennen.«

»Wir haben heute stundenlang mit unserer Mannschaft in einem kleinen Hotelzimmer zusammengehockt«, sagte sie mit theatralischem Seufzer, »eng wie die Sardinen. Wir mußten einfach mal raus und weg.«

»Also, Sie wissen schon, wer es war?« sagte ich und war amüsiert. Trotz allem.

»Na sicher«, sagte sie. »Sie!«

Und sie sahen mich beide an. Beobachteten mich. Studierten mich sogar, wenn man so sagen kann.

Schließlich sagte ich: »Erwarten Sie etwa, daß ich irgend etwas bestätige oder abstreite?«

Sie lächelten lauernd und achselzuckend.

»Ihr seid wirklich putzig«, sagte ich, nahm ein Queue und stieß ihre Partie an. Dann machte ich Stoß auf Stoß rund um den Tisch herum. Nicht, daß ich wirklich spielte. Ich stieß einfach ganz systemlos und willkürlich die Bälle, und gelegentlich verfehlte ich auch welche.

»Man wird ja noch einen kleinen Bluff versuchen dürfen!« sagte Jenny und kam an meine Seite. Sie roch nach Giorgio-Parfüm. Nicht, daß ich in diesen Dingen ein Fachmann wäre. Aber ich erkannte es, weil Jill das gleiche benützt. Die Kombination von Erinnerung an die ewig eifersüchtige Jill und Jennys im Hintergrund herumschleichendem Mann hielt mich davon ab, mich in unziemlichen Phantasien zu ergehen. Trotzdem ... es überkam mich so ein Anflug einer Idee (wenigstens einen schnellen und doch leicht erschreckenden Augenblick lang), daß der gute Frank mich wahrscheinlich sogar mit seiner Frau schlafen ließe, wenn ich ihm nur sagte, was ich über den (gar nicht echten!) Sloth-Mord wußte.

Jenny sagte: »Wir haben uns für Sie ein wenig umgehört.«

»Ach, wirklich?« sagte ich. »Sehr gut!« Ich wußte nicht recht, wie ich es ihnen beibringen sollte, daß ich für ihre Bemühungen längst keine Verwendung mehr hatte. Und von mir würden sie nicht erfahren, was inzwischen klar war – daß das sogenannte Possenspiel keines war, sondern grausige Wirklichkeit, nachgewiesen durch meinen Fund einer sehr real existierenden Leiche.

Auch Frank kam jetzt herbei und stellte sich auf meine andere Seite. Er roch nach English Leather. Kenne ich auch, weil ich es selbst früher benutzt habe. Heute benütze ich gar nichts mehr.

»Wir sind der Ansicht, daß die Arnolds den Stunt inszeniert haben«, sagte er.

»Das Ehepaar vom Restaurant Casablanca?«

»Ja. Sie war früher Schauspielerin, und er ist –«

»Fachmann in Karate«, sagte ich. »Ja, ich weiß.«

»Ach, haben Sie mit denen vielleicht schon geredet?« fragte Jenny.

»Das nicht, aber ... das werde ich.«

Frank entfernte sich wieder etwas, beugte sich über den Billardtisch und stieß den Ball 8 in ein Eckloch. »Die beiden scheinen dieses Jahr die einzigen zu sein, die einigermaßen professionelle Requisiten mitbrachten.«

»Und das wissen wir ganz sicher«, ergänzte Jenny. »Es sind

ungefähr ein halbes Dutzend Theaterprofis hier, und einige davon könnten leicht mehr Zeug mitgebracht haben, als sie zu zeigen bereit sind – dem ›Feind‹, meine ich.«

Ich stellte das Queue weg. Ich mochte die beiden, aber sie waren mir zu attraktiv und rochen mir zu gut, als daß ich mich in iher Nähe wohl gefühlt hätte.

»Vielen Dank jedenfalls für die Hilfe«, sagte ich. »Es ist nicht nötig, daß Sie sich weiter bemühen.«

»Es hat Spaß gemacht«, sagte Jenny. »Wir kamen uns vor wie die Industriespione.«

Frank legte den Arm um ihre Hüfte. »Aber wir sind nach wie vor davon überzeugt, daß Sie es waren.«

»Kein Kommentar«, sagte ich. »Wie gefällt es Ihnen, daß wir eingeschneit sind?«

»Ganz coole Sache!« sagte Jenny strahlend.

Ein Understatement, eines Hammett würdig!

Sie widmeten sich wieder ihrem Pool, und ich ging wieder zurück durch die Korridore. Ich war nicht mehr weit von unserem Zimmer, als mich jemand rief.

»Entschuldigung!«

Ich blieb stehen und drehte mich um.

Es war der angespannte junge Mann mit Brille, der sich heute früh in der Fragestunde so scharf gegeben hatte. Er hatte noch immer denselben grauen Pullover an. Und noch immer denselben geschmerzten Gesichtsausdruck.

»Wenn Sie einen Moment für mich Zeit hätten, Mr. Mallory.« Es war mehr eine Forderung als eine Anfrage. Mehr die Art Höflichkeit, die die sozialen Rituale beachtet, einem aber nicht persönlich gilt. Seine Worte kamen wie Kugeln aus einem Schnellfeuergewehr, und sie gaben sich nicht sehr viel Mühe, Abneigung zu verbergen.

»Ich glaube nicht, daß wir uns kennen«, sagte ich.

Sein Haar war kurzgeschoren und mausgrau, und auch die Augen hinter den dicken Brillengläsern waren grau. Grau wie sein Pullover. Und mit Ringen und rotgeädert. Er gab einen noch größeren Widerling ab als Lester Denton, außer daß er sehr muskulös aussah, wenn auch einen ganzen Kopf kleiner als ich. Auf seinen Handrücken traten die Adern kräftig hervor. Oder besser gesagt, seinen Fäusten. Denn er stand tatsächlich mit geballten Fäusten da. Gut, Fäuste sind logischerweise immer geballt. Man mag also streiten, ob geballte Fäuste weiße Schimmel sind oder hölzernes Holz. Aber zu diesen Fäusten jedenfalls konnte man nichts anderes sagen.

»Ich bin Rick Fahy«, sagte er.

Natürlich nicht zu verwechseln mit Rick Butler – der Figur, die Pete in dem *Weekend Mystery* verkörperte.

»Angenehm«, sagte ich. Ich überlegte. Dann streckte ich ihm die Hand hin. Er dachte seinerseits darüber nach, entballte seine rechte Hand, und wir tauschten einen Händedruck aus. Sein Griff war der reine Schraubstock, und meine Finger waren nur noch einer wie der andere Zahnpastatuben, die ausgequetscht wurden.

Ich zog meine Hand zurück. Ich spürte meinen Puls fünfmal in ihr.

»Okay«, sagte ich, »Also so sind Sie. Sehr beeindruckt. Und wer zum Teufel sind Sie nun?«

»Das sagte ich Ihnen doch. Ich heiße Rick Fahy. Ist etwas mit Rath passiert?«

Das gab mir einen Ruck. Ich wälzte den Namen Rick Fahy in meinem Gehirn, und dann fiel es mir wieder ein.

»Ach, Sie sind das«, sagte ich und zeigte auf ihn. »Ein Mitarbeiter des *Mystery Chronicler*.«

»Richtig«, sagte er.

»Sie sollen hier eine Story über das *Weekend* für Ihre Zeitschrift machen.«

»Stimmt.«

»Aus dem Blickwinkel eines Teilnehmers und Mitspielers.«

»Stimmt. Also, ist Rath etwas zugestoßen?«

»Nicht, daß ich wüßte«, log ich. »Wieso?«

Er sah mich scharf an. Sein Mund war nur ein schmaler, dünner Strich. Auf seiner Stirn trat eine Ader hervor. Er hatte Fältchen um die Augen. Wie Charles Bronson, wenn er sich schlüssig werden muß, wen er umbringen soll. Sollte ich hier vielleicht das Korn sein, das ein Intellektueller vom *Chronicler* ausdrosch? Und wenn ja, warum zum Teufel?

»Ich habe Sie heute früh gefragt«, sagte er sorgfältig und feuerte seine Geschosse jetzt etwas langsamer ab, »ob Sie gestern abend etwas vor Ihrem Fenster beobachtet haben.«

»Um exakt zu sein«, sagte ich, »Sie haben Lester Denton gefragt, ob er gesehen hat, wie Roark K. Sloth dort draußen umgebracht wurde, gestern abend. Vor Dentons Fenster.«

»Ich kann Klugscheißer nicht ausstehen.«

»Und ich kann Drohungen nicht ausstehen.«

Darüber dachte er nach. Er schmeckte nach, was immer sich im Augenblick in seinem Mund befand. Vielleicht Baskins Würzextrakt, oder so etwas.

Dann sagte er: »Haben Sie gestern abend vor Ihrem Fenster Rath gesehen?«

Diesmal dachte ich nach, ehe ich antwortete. Dann erzählte ich ihm, was ich gesehen hatte und schloß mit: »Aber ob das Rath war oder nicht, könnte ich nicht mit Sicherheit sagen. Vielleicht war er es. Zu der Zeit gestern war ich der Überzeugung. Aber schließlich habe ich inzwischen auch erfahren, daß es eine Menge Mitspieler hier gibt, die Theatererfahrung haben und auch Schminkkästen mitbrachten und allerlei Requisiten.«

»Ich habe Rath anzurufen versucht.«

»Ich ebenfalls«, sagte ich, »denken Sie nur. Leider erfolglos.«

Er musterte mich verächtlich, als sei ich ein Ganove. Dann sah er weg. Er seufzte. In dem Seufzer klang Frustration mit, aber auch Zorn.

Ich sagte: »Falls Sie ein Freund von Rath sind –«

»Er ist mein Arbeitgeber. Und er wird vermißt.«

»Wußten Sie, daß er so mit Donnerhall abgehen würde am Donnerstagabend? Und sich weigern würde, das *Weekend*-Spiel mitzuspielen?«

Fahys Lippen kräuselten sich ganz leicht. Es war allenfalls die Andeutung eines verächtlichen Lächelns, offensichtlich Ausdruck seiner Überlegungen, ob er darauf überhaupt antworten sollte oder nicht.

Schließlich entschied er sich.

Für nicht.

Er ließ mich stehen und ging einfach. Ich sah ihm achselzuckend nach. Dann eben nicht. Und ging in unser Zimmer.

Dort fand ich Jill vor einem mächtigen Kaminfeuer und in eine Decke gewickelt wie ein Indianerhäuptling.

»Was ist mit Charlie Chan?«

»Ich habe es mir eine halbe Stunde lang angesehen«, sagte sie, »und dann begannen meine Gedanken abzuschweifen. Ich mußte dauernd an den Mord denken und das alles.«

»Aha.« Ich zog meinen Pullover aus.

»Setze dich zu mir her.«

Ich zog auch meine übrigen Kleider aus und setzte mich zu ihr. Es war kalt draußen, und der Wind rüttelte an den Fenstern, und der Schnee türmte sich immer weiter auf, aber hier drin war es warm, da konnte man es aushalten, zu zweit, splitternackt, in eine Decke gehüllt, vor einem Kaminfeuer.

»Du hättest es mich anmachen lassen sollen«, sagte ich und rieb mir die Hände und badete sie in der gelben Wärmeglut.

»Du machst immer derart bombastische Feuer!« sagte sie.

»Mache ich nicht!«

»Doch, machst du.«

»Na gut. Mag ja sein.«

»Die wirklich schönen Feuer, zu Hause in Iowa, waren immer die, die ich angezündet habe.«

»Das stimmt«, gab ich zu. Was das an Anzünden von Feuern betraf, war sie im Moment gerade eben dabei, ein ziemlich mächtiges in Brand zu setzen.

»Hast du Culver gefunden?« fragte Jill.

»Nein.«

»Hast du sonst mit irgendwem gesprochen?«

»Ja«, sagte ich.

»Mit wem?«

»Später«, sagte ich und küßte sie.

Dann küßte ich sie noch einmal.

»Nick?«

»Ja, Nora?«

»Wollen wir tun, was die verheirateten Leute tun?«

Und das taten wir dann. Wir mochten zwar nicht den Ausblick über den Fluß haben wie zu Hause in Port City, Iowa. Aber wir hatten ein Kamin- und sonstiges Feuer, und wir hatten die Decke, und einander. Und alles andere konnte uns gut und gerne gestohlen bleiben.

Im Augenblick jedenfalls.

Dritter Teil
Samstag

14

Ich erwachte erfrischt, aber dennoch tat mir alles weh. Es war ein langer Tag gewesen, gestern. Und trotz allem, was mir im Kopf herumging, hatte ich doch tief geschlafen. Niemand in Mohonk hier, allenfalls mit Ausnahme von Kirk Rath, konnte einen tieferen Schlaf getan haben als ich. Ich konnte mich nicht erinnern, geträumt zu haben, und folglich hatte mich wohl meine Erschöpfung davor bewahrt, auch noch im Traumland hinter Rath' Mörder herzujagen. Doch der Bergspaziergang in der wirklichen Welt forderte nun seinen Tribut: Muskeln, von denen ich nicht einmal geahnt hatte, daß es sie gab, machten sich jetzt schmerzlich bemerkbar, indem sie wie falsch gestimmte Gitarrensaiten ächzten, wenn ich nur die kleinste Bewegung machte.

Jill war schon wieder einmal unter der Dusche. Das reine Wunder, daß sie nicht längst eine Schrumpelhaut wie eine getrocknete Pflaume hatte, bei ihrer Dauerduschwut. Ich stolperte trotzdem ins Bad hinein und pinkelte ganz sachlich, putzte mir die Zähne und spritzte mir etwas heißes Wasser ins Gesicht. Und dann kam auch Jill schon aus der Dusche und wickelte sich ein Badetuch um ihren schlanken, sonnengebräunten und wasserperlenden Luxuskörper (dessen Attribute ich mich zwang, derzeit ausschließlich mit klinisch-sachlicher Nüchternheit zu betrachten, weil jede Nuance mehr als daran zu denken zu viele meiner schmerzenden Gitarrensaiten ächzen gemacht hätte). Und sie überließ die Dusche nun auch großmütig mir.

Nach fünf Minuten war ich frisch und geschniegelt, wach, und dachte nach – ungeachtet meines unverändert schmerzenden Muskelkaters. Der Mordfall Rath ließ mich nicht los, und ich hatte auch nicht die Absicht, ihn meinerseits loszulassen, und zwar so lange, bis ich etwas unternommen hätte.

Jill saß in ihrem Bademantel am Toilettentischchen und war mit ihrem Make-up beschäftigt. »Nun, mein lieber Nick, wie geht es heute morgen?«

»Könnte gar nicht besser sein, liebe Nora. Es sei denn, ich könnte diesen alten Korpus gegen einen neuen eintauschen.«

»Ach Gott, ich mag ihn so, wie er ist.«

»Mein Korpus ist nicht interessiert. Jedenfalls nicht, ehe er eine Dosis köstlichen Aspirins zugeführt bekommen hat. Wie stellt sich die Situation draußen dar?«

»Es schneit noch immer.«

»Ist nicht wahr! Hat immer noch nicht aufgehört?«

»Falls es je aufgehört hat, dann hat es inzwischen wieder angefangen.«

Ich ging zum Fenster, hauchte es an und rieb ein Sichtloch klar. Der Schnee hatte bereits den ganzen Fenstersims zugeweht. Und immer noch kam das weiße Zeugs in Massen herunter, wenn auch jetzt träge und langsam und flockig, einfach nur stöbernd alles zudeckend. Aber der eigentliche Schneesturm war vorbei, schien es. Doch auch seine Ausläufer würden noch eine ganze Armee Schneepflüge erfordern.

»Es wäre ein Wunder, wenn die Polizisten heute hier herauf kämen«, sagte ich und schlüpfte in meine Shorts.

Jill stieg ihrerseits in eine von diesen weiten modernen Pluderslacks. »Da bleiben wir also vorläufig weiter im Detektivgeschäft.«

Diese Bemerkung ließ meinen Enthusiasmus für den echten *Fall des Seltsamen Kritikers* in sich zusammenfallen wie den Schwung eines Bräutigams, dessen Schwiegermutter mitten in die Flitterwochen hereinplatzt.

Ich zog mich fertig an und ging zu ihr hinüber. »Setz dich mal einen Augenblick hin. Wir müssen reden.«

Sie setzte sich auf das Ende des Bettes und sah mich erwartungsvoll an.

Ich setzte mich neben sie, legte meine Hände auf ihre Schultern und starrte ihr mitten in diese kornblumenblauen Augen, deretwegen ich so verrückt nach ihr war.

Und ich sagte: »Ich glaube, wir sollten mit diesem Nick-und-

Nora-Spiel aufhören und wie alle anderen auch darauf warten, bis die Polizei hier ist. Auch wenn das noch bis morgen dauert.«

»Kein Mensch wartet auf die Polizei, außer dir und mir und Mary Wright und Curt Clark.«

»Laß die Haarspaltereien. Du hast schließlich die Leiche auch gesehen.«

Sie sagte nichts.

»Du hast sie doch gesehen, oder?«

Sie sah weg.

»Schau mich an, Jill. Sieh mich an!«

Sie sah mich an, aber ihr Mund war etwas gepreßt.

»Du hast diese Leiche gesehen«, sagte ich. »Du hast genauso wie ich gesehen, wie Rath umgebracht worden ist.«

Sie zog den Atem hörbar ein, und dann ließ sie ihn langsam wieder heraus. Und sie nickte dabei. Mehrere Male.

»Also weißt du auch, worauf ich hinaus will. Hier unter uns ist ein Mörder.« Und diesen Satz gab ich betont gespreizt von mir.

Meine Hände lagen noch immer auf ihren Schultern, und ich drückte sie jetzt. »Unter uns ist tatsächlich ein Mörder, verstehst du? Jemand, der bösartig ist. Die Ermordung Rath' war nicht das Ergebnis einer Rauferei, die außer Kontrolle geriet oder so etwas. Das war ein grausamer, verdammter, glatter Mord. Und einer von der blutrünstigen, psychopathischen Sorte obendrein, wenn du mich fragst.«

»Und folglich warten wir also auf die Polizei, damit die dann alles auseinanderklamüsert.«

Ich nahm meine Hände von ihren Schultern. »Eben, ja. So sehe ich das jetzt, im kühlen klaren Licht des Tages.«

»Von kühl kann keine Rede sein. Es ist saukalt. Und falls du da draußen irgendein klares Licht siehst, wirst du dir in ihm den Hintern abfrieren.«

»In Ordnung. Aber du verstehst mich?«

»Ich verstehe dich. Ich sehe, worauf du hinaus willst.«

Sie stand auf. Ging zur Tür.

»Es ist dreiviertel neun«, sagte sie sachlich. »Es gibt nur bis neun Frühstück. Mach schon.«

Bei meinem Zustand ging das mit dem Machen nicht so

leicht. Aber jedenfalls folgte ich ihr den Korridor entlang. Und folgen meine ich wörtlich. Sie rannte fast und ich kam anfangs kaum nach. Schließlich holte ich sie doch ein und faßte sie am Arm, um sie sanft, aber bestimmt anzuhalten.

»Worüber bist du wütend?«

»Weil ich das gar nicht lustig finde«, schmollte sie.

»Nein, lustig ist das nicht.«

Sie grinste auf diese schiefe, einseitige, humorlose Weise. »Nein, darum geht es ja auch nicht wirklich. Es ist, weil du . . . also . . . ach Scheiße . . . es ist einfach, weil du recht hast.«

Ich lächelte sie an, nur andeutungsweise. »Ich kann doch auch nichts dafür. Ich will einfach nicht, daß du . . . oder ich . . . oder wir beide irgend etwas tun, was uns in Gefahr bringt. Und genau das wird geschehen, wenn wir weiter unsere Nase in diese Geschichte hineinstecken.«

Sie nickte, nur schwach amüsiert, und ganz offen enttäuscht, hakte mich unter, und wir gingen die Treppe hinauf und den Flur entlang in den großen Speisesaal.

Der war zu dieser Stunde schon so gut wie leer.

Statt an unseren üblichen Tisch, setzten wir uns an den Nebentisch, an dem üblicherweise Curt mit seiner Tischgesellschaft saß. Curt selbst war aber nicht da. An dem ziemlich großen Tisch saß nur noch Cynthia Crystal. Sie trank eine Tasse Kaffee und starrte ins Leere vor sich hin.

»Macht es dir etwas aus, wenn wir uns dazusetzen?« fragte ich sie.

Cynthia schreckte aus ihrer Geistesabwesenheit hoch und lächelte auf ihre elegante und fältchenschlagende Weise. Sie hatte Designer-Jeans an und ein rotes Sweatshirt. Lässiger angezogen hatte ich sie noch nie gesehen. Trotzdem sah sie noch immer wie eine Million Dollar aus. Oder besser noch zwei.

»Aber nicht doch. Kommt, setzt euch«, sagte sie und wies einladend auf die Stühle zu ihren beiden Seiten.

Wir nahmen Platz. Ein Ober kam. Ich fragte ihn, ob es schon zu spät für Frühstück sei. Er sagte: »Aber nein«, obwohl es tatsächlich schon zu spät war. Wir ringelten ihm eilig unsere Bestellungen auf den kleinen eingebuchteten Menükarten an und reichten sie ihm hin.

»Tim ist weg, joggen«, sagte Cynthia. »Kann kommen, was will, er joggt jeden Morgen.«

»Da draußen?« sagte ich und deutete andeutungsweise hinaus in die große weiße Natur-Masche.

»Aber nein, Liebling«, sagte sie mit einem knappen Lächeln, »er rennt die Korridore im Oberstock auf und ab. Mein Tim ist zwar exzentrisch. Aber verrückt ist er nicht.«

»Weißt du, Cynthia«, sagte ich bedächtig. »Das letzte Mal, als ich dich sah, da schient ihr, du und Tim, na ja . . .«

»Auf des Messers Schneide, meinst du, was unsere Beziehung angeht? Ja, ja, schon. Aber wir haben wieder auf die sonnige Landstraße der lebensgefährtlichen Seligkeiten zurückgefunden. Weniger geschwollen ausgedrückt: wir haben jetzt sogar vor, richtig zu heiraten. Damit es seine legale Richtigkeit hat.«

»Wirklich? Na, dann darf man ja gratulieren.«

Ich streckte ihr meine Hand hin, aber sie schüttelte den Kopf und lächelte fast verlegen, als wollte sie sagen: Aber nicht doch, wie stillos! Und bot mir statt dessen die Wange für einen Kuß dar. Was mir auch recht war.

Auch Jill gratulierte Cynthia und sagte: »Und wie haben Sie das fertiggebracht? Vom Fastbruch bis zum Knotenbinden? Wenn die Frage nicht zu indiskret ist?«

»Doch, das ist sie«, sagte Cynthia, doch ganz ohne Schärfe, statt dessen huldvoll lächelnd, »aber weil ich selber eine Klatschtante bin, macht sie mir nichts aus, Tatsache ist, daß Tim – und Mal kennt die Geschichte ja – ziemlich eifersüchtig auf mich war.«

Jill machte die Augen eng und legte den Kopf verständnislos schief.

Cynthia erklärte es ihr. »Nicht wegen meiner Fähigkeiten, Burschen wie den jungen Mallory hier aus den Socken zu hauen . . . nein, nichts, was derart sexy wäre. Erzähle du es ihr, Mal. Meine angeborene Bescheidenheit hält mich davon ab.«

»Was deine Bescheidenheit angeht, Cynthia«, sagte ich, »die würde dich ja wohl von sehr wenig abhalten. Aber tatsächlich«, fuhr ich, zu Jill gewandt, fort, »hat die gute Cynthia seit ein paar Jahren ziemlichen Erfolg. Tim hingegen, obwohl immer schon der Darling aller Kritiker, hat nie besonders berauschende Verkaufszahlen zustande gebracht. Und er wanderte von einem Verlag zum anderen und wuchs nirgends an.«

Jill nickte dazu – sie erinnerte sich an unsere frühere Unterhaltung mit Cynthia – und sagte: »Während sein Bruder Curt eine Menge Geld mit seinen Büchern und deren Verfilmung gemacht hat.«

»Ganz genau«, sagte Cynthia. »Also, Gott segne Kirk Rath.«

»Und Lawrence Kasdan«, warf Jill ein.

Der Ober brachte meinen Orangensaft und stellte ihn vor mich hin. Ich nippte daran und sagte: »Und dann brachte es die Kombination von Tims Verkaufserfolg beim Film und Curts positiven Kritiken im *Chronicler* nicht nur fertig, daß die beiden Brüder wieder miteinander redeten, sondern auch –«

»– daß Tim auch seine berufliche Eifersucht auf mich überwand, ja«, vollendete Cynthia. »Dank dem kleinen Wiesel Rath.«

Ihr Lob des Kritikers überraschte mich, auch wenn es eher boshaft gemeint war. »Am Donnerstagabend hatte ich allerdings eher das Gefühl, daß da keine so große Liebe zwischen Tim und Rath herrschte«, sagte ich. »Tim schien ja nur noch einen halben Zentimeter davon entfernt, Rath zu Pflaumenmus zu hauen, als er grob zu dir geworden war.«

»Ja, ja, Tim haßt diesen Rath«, sagte Cynthia leichthin.

»Aber ich habe selbst zwei Artikel über Tim im *Chronicler* gelesen, und selbst in einem Interview . . .«

»Sicher«, sagte Cynthia, »aber wie du weißt, hat es Tim an Kritikerlob noch nie gefehlt. Das ist doch so typisch für diesen Rath, diesen kleinen Dilettanten, daß er sich nur an andere anhängt. Er sucht sich für seine lobenden Kritiken doch immer nur Leute aus, auf die vorher schon andere und kompetentere Kritiker aufmerksam gemacht haben.«

»Und wenn schon«, sagte Jill, »warum aber haßt jemand einen, der sein Werk lobt, aus welchem Grund auch immer? Rath scheint ja nun wirklich eine Menge Leute fertiggemacht zu haben. Aber sollte Ihr Verlobter nicht eben deshalb zumindest zufrieden sein, daß Rath ihn immerhin nie attackiert hat?«

»Verlobter . . .« sagte Cynthia und rollte das Wort richtig im Mund herum. »Klingt irgendwie ganz lustig, wie?«

Sie lenkte vom Thema ab.

»Standen Tim und Rath nicht sogar mal ganz gut miteinander?« fragte ich.

»Das standen wir, Mr. Mallory«, sagte Tim Culver.

Er war unbemerkt hinter uns herangekommen. Wie sein Bruder, dem er gerade soviel glich, daß es gespenstisch war, war er ein großer und schlanker Mann. Er trug wieder eines dieser dicken, karierten Holzfällerhemden und Jeans. Er griff sich seine Drahtgestellbrille. Sein Gesichtsausdruck war ziemlich streng und nicht übermäßig freundlich.

Ich stand auf. »Nennen Sie mich doch Mal, wenn es Ihnen nichts ausmacht. Entschuldigen Sie, wenn wir indiskret waren.«

»Das ist schon in Ordnung«, sagte er. Obwohl es das ganz sichtbar nicht war. Er setzte sich neben seine – Verlobte, auf genau den Stuhl, den ich vorgewärmt hatte, während ich mich hinüber auf Jills andere Seite setzte.

Die furchtlos weiter ins Fettnäpfchen trat, wo Mallory Hemmungen hatte, anzuknüpfen. »Wir sprachen gerade davon«, sagte sie, »warum Sie denn jemanden hassen, der ihnen so viel positive Presse verschaffte. Rath, meine ich.«

Culver seufzte. Er preßte die Lippen zusammen. Man sah förmlich, wie er sich in sein Schneckenhaus zurückzog und mit sich kämpfte, ob er dann zu diesem Thema nun wirklich etwas sagen sollte.

Dann rief er erst mal den Ober und fragte: »Wie steht's mit Frühstück?«

»Gewiß, Sir«, sagte der Ober. Culver setzte seine Brille wieder auf, kreuzte schnell eine Bestellkarte an und gab sie weiter.

Dann blickte er an seiner Verlobten und an Jill vorbei auf mich und sagte: »Das liegt an mir selbst.«

Irgendwie schüchterte mich dieser Culver ein. Deshalb sagte ich nichts.

Aber Jill pflegte sich um Einschüchterungen den Teufel zu scheren und sagte also: »Wieso das?«

Ein weiterer tiefer Seufzer folgte. »Weil ich mich . . . verführen ließ.« Und dieses Wort sprach er mit einem leisen, aber unüberhörbaren Sarkasmus aus.

»Wie ging das denn?« wollte Jill gleich wieder wissen.

»Nun ja, Rath' Lobhudeleien waren so überschwenglich, daß ich ihnen erlag.«

»Tatsächlich?« sagte Jill und wollte einfach nicht aufhören, ihn zu weiteren Erläuterungen anzustacheln. Schon weil Culver ja wirklich im Telegrammstil sprach.

»Derartige Lobeshymnen hatte ich zuvor noch nie erlebt.«

Endlich raffte ich mich auf, einzugreifen. »Aber hören Sie, Tim – ich darf Sie doch Tim nennen? –, Sie haben doch immer schon phantastische Kritiken gehabt. Von Ihrem ersten Buch an.«

Culver schüttelte langsam den Kopf, genau zweimal. »Nicht diese Art Lob.«

»Ach so«, sagte ich. »Sie meinen, diese Art Kritik wie ›Das Genre Kriminalroman wird endlich erwachsen und bekommt eine intellektuelle Dimension‹, wie sie im *Chronicler* zu stehen pflegt. Diese Lobhudeleien aus hochtrabendem Geschwätz und prätentiöser modischer Aufplusterei. Sie und Hemingway und Faulkner und Hammett, und alles in einem Atemzug.«

»Genau das«, sagte Culver, angewidert von sich selbst.

»Und deshalb«, sagte Cynthia, vorsichtig darauf bedacht, ja nicht auf eine der empfindlichen Zehen ihres Liebhabers zu treten, »willigte Tim in dieses Interview ein.«

»Ich gebe niemals Interviews«, sagte Culver mit einem Anflug von Aufbrausen. »Da bin ich wie die Garbo: laßt mich gefälligst verdammt noch mal in Ruhe.«

»Aber Sie haben Rath doch das Interview gegeben«, sagte Jill.

»Na, eben«, sagte Culver.

»Also warum dann?«

Er haute die Faust auf den Tisch, und das Silber hüpfte in die Höhe. »Das habe ich doch schon gesagt. Weil er mir so lange schön tat, bis ich ja sagte.«

Schweigen.

Der Ober brachte Jills Ei im Glas und mein Ragout aus Corned Beef und Culvers Kaffee und goß Cynthia auch gleich noch einmal ein.

Dann sagte Culver: »Ich war nicht mehr nüchtern, ich hatte was getrunken. Sie taten mir schön, und dann fingen wir an zu saufen, und es ging von einer Bar zum nächsten Hotel wie bei allen gewöhnlichen Verführungen auch, und dann sagte ich ›Na klar, das machen wir, das Interview‹.«

Cynthia lächelte nervös. »Tim wird ziemlich zugänglich, wenn er getrunken hat. Lieber Gott, dieses blöde Rauchverbot hier drin.«

Tim sagte: »Ich habe viel zuviel geredet. Ich habe Sachen gesagt, die ich nie hätte sagen dürfen.«

»Was zum Beispiel?«

Er trank etwas Kaffee. »Na, zum Beispiel beleidigende Dinge über einen anderen Schriftsteller.«

Ich lehnte mich etwas vor und fixierte ihn mit engen Augen, als könnte ich so besser in ihn hineinsehen. »Sind Sie etwa in einen von Rath' Verleumdungsprozessen verwickelt . . .?«

»Nein, nein! Aber ich wünschte, ich wär's.« Er stützte sich mit einem Ellbogen auf dem Tisch auf und bedeckte seine Augen mit Daumen und Mittelfinger der rechten Hand.

Als er die Hand wieder wegnahm, schienen seine Augen etwas gerötet. Und etwas feucht. Er sagte: »Ich habe entsetzliche Dinge über C. J. Beaufort gesagt.«

»Oh!« sagte ich. Pete Christians Freund und Mentor, der vor noch gar nicht so langer Zeit Selbstmord begangen hatte, nachdem ihn der *Chronicler* mehrere Jahre lang pausenlos verhöhnt hatte.

»Ich hatte überhaupt nichts gegen Beaufort und seine Arbeiten«, sagte er. »Ich habe ja auch in all den Jahren kaum mehr als eine oder zwei Kurzgeschichten von ihm gelesen. Aber wir soffen doch in einer Tour, und Rath und sein Kumpan fingen an, sich pausenlos über den ›König der miesen Schreiberlinge‹ lustig zu machen . . .«

Cynthia, deren Hand auf der Culvers lag, sagte ruhig: »Das ergab sich aus einer Erörterung von Tims Arbeitsmethoden, nämlich aus der Tatsache, daß Tim höchstens ein Buch pro Jahr veröffentlicht, weil er an jedem so lange verbessert und feilt, bis es in Ordnung ist; im Gegensatz zu vielen anderen in der Branche – wie beispielsweise deinem Freund Sardini, der sie ja wirklich hintereinander weg im Eiltempo raushaut.«

»Nun ja, man muß leben«, sagte ich zur Verteidigung der angesprochenen Kollegen. »Und es gibt durchaus welche, die wie Tom sehr gut schreiben.«

»Das weiß ich wohl«, sagte Culver. »Kann ja sein, daß ich den Typ, den Sardini verkörpert, nicht sehr mag . . . und Beaufort. Ich konnte von meinen Büchern nie leben und mußte nebenbei als Lehrer arbeiten. Und sie leben alle vom Schreiben. Trotzdem, verdammt – ich hatte nie etwas persönlich gegen Beaufort. Hätte ich Gelegenheit gehabt, dieses Interview noch einmal zu redigieren, wie man mir versprochen hatte, hätte ich die ganzen Hinweise auf Beaufort gestrichen. Schon, weil ich zu dem Zeitpunkt dann auch nüchtern gewesen wäre. Verdammt noch mal, ich habe Beaufort nicht einmal persönlich gekannt!« Er schüttelte den Kopf und sein Mund war in Selbstverachtung schmal. »Und der arme Narr hat sich wegen einer Nummer dieses blöden *Chronicler* eine Kugel in den Kopf gejagt. Der Nummer mit meinem Interview.«

Im ganzen großen Speisesaal war nur noch das Klappern eines Tellers und das Rütteln des Windes an den Fenstern zu hören.

»Aber Sie brauchen sich doch nicht persönlich dafür verantwortlich zu fühlen . . .«, sagte ich.

Culver sah mich mit einem Blick wie glühende Kohlen an und rammte sich selbst den dicken Zeigefinger in die Brust: »Ich pflege mich für alles verantwortlich zu fühlen, was ich tue, und für jedes Wort, das ich sage. Und für einen, der dies anders hält, habe ich keinen Respekt.«

Ich schluckte. »Ziemlich barmherzige Einstellung.«

Culver funkelte mich zuerst an, sah dann aber weg und beschäftigte sich schließlich mit Kaffeetrinken.

Jill, die wieder mal nicht wußte, wo man besser aufhört, sagte: »Ja, und warum um Himmels willen sind Sie dann hierhergekommen? Wo Sie doch wußten, daß Rath hier ist?«

Culver setzte seine Kaffeetasse ab. »Weil mich mein Bruder darum bat.«

Jill begriff immer noch nicht. »Ja, wenn aber Ihr Bruder wußte, welche Verbitterung zwischen Ihnen und Rath herrschte, warum bestand er dann dennoch darauf?«

Hätte ich ihm diese Frage gestellt, hätte er mir vielleicht eine reingehauen; aber sein Verhaltenscode à la Hammett schloß eine gewisse oberflächliche Ritterlichkeit gegen Damen ein.

Er sagte also beherrscht: »Mein Bruder weiß nicht, wie tief

meine Verbitterung über Rath ist. Wir haben über das Thema Rath überhaupt nie miteinander gesprochen.«

»Und außerdem«, sagte Cynthia leichthin mit forciertem Lächeln, »wie hätte Tim auf diese Einladung anders reagieren können, als sie zu akzeptieren? Nachdem er und Curt gerade eben wieder ins reine miteinander gekommen waren, nach all den Jahren . . . Er konnte überhaupt nicht absagen. Außerdem, warum sollte irgend jemand es Curt nachtragen, daß er Rath eingeladen hatte? Für ihn war das völlig selbstverständlich und natürlich.«

»Wieso das denn?« fragte ich. »Weil Rath in seinem *Chronicler* Curt dauernd lobte?«

»Deshalb«, bestätigte Cynthia, »und auch, weil ihre Beziehung schon sehr alt ist.«

Das war mir aber neu. Ich sagte es ihr.

»Ach, das geht doch schon ewig«, sagte sie, als sei das eine allgemein bekannte Tatsache. »Curts Sohn Gary war doch der Zimmergenosse von Kirk, als sie im College an der NYU waren.«

»Das ist das Neuste, was ich höre.«

Culver mischte sich zögernd ein. »Das ist mit ein Grund, warum ich es zuließ, daß Rath mich einbalbierte. Irgendwie war es, als gehörte er zu Curts Familie.«

»Jedenfalls damals«, ergänzte Cynthia. »Ich glaube, die Begegnung mit Curt hat Rath überhaupt erst dazu gebracht und veranlaßt, sich mit Kriminalromanen zu befassen.«

»Und jetzt, wo Gary tot ist«, sagte Culver, »fühlt sich mein Bruder besonders stark mit dem kleinen Bastard verbunden.« Womit er natürlich Rath meinte. »Und schon deshalb war ich bereit, meine Gefühle gegenüber Rath hintanzustellen, jedenfalls, solange Curt noch so gebrochen ist.«

»Wegen des Verlustes seines Sohnes, meinen Sie?« sagte ich.

Culver nickte. Dann zog er eine Grimasse. »Ich glaube, für Curt ist das hier wie in alten Familienzeiten.«

»Was meinen Sie damit?« fragte ich.

Culver zuckte mit den Achseln. »Dieses Mädchen da, die für die gesellschaftlichen Dinge hier zuständig ist, wie heißt sie gleich? Sie hat Curt doch veranlaßt, das diesjährige *Mystery Weekend* zu organisieren.«

»Sie meinen, Mary Wright?«

»Ja, die. Mary Wright. Sie war doch dicke mit beiden.«

»Beiden wem?«

»Kirk und Gary! Sie ging eine Zeitlang mit Gary, glaube ich, damals an der NYU. Und sie waren Studienfreunde, alle drei.«

15

Jack Flint hielt sein Referat. Es war auf zehn Uhr angesetzt gewesen. Über die Unterschiede zwischen echten und Roman-Privatdetektiven. Unter anderen Umständen hätte ich es mir gerne angehört. Aber jetzt war ich lediglich wegen Mary Wright anwesend. Sie stand ganz hinten. Wie üblich hatte sie ihren blauen Mohonk-Blazer an. In der Hand hielt sie ihr Klemmbrett für schriftliche Unterlagen.

Ich hatte Jill gebeten, nicht mitzukommen und im Zimmer zu bleiben. Schließlich wußte ich, daß sie Mary Wright nicht mochte – und Mary Wright sie nicht. Logischerweise war ich der Ansicht, mit der gesellschaftlichen Leiterin von Mohonk allein besser zurechtzukommen.

»Hätten Sie wohl ein paar Minuten Zeit für mich?« fragte ich sie.

Sie sah mich ernst an, und ihre dunkelbraunen Augen wurden eng. Nachdem ich einer von nur einer Handvoll Leuten war, die von dem Rath-Mord wußten, war ich für sie augenblicklich die automatische Verkörperung schlechter Nachrichten. Jede Neigung zu einem Flirt, wenn sie denn je bestanden hatte, war längst vorbei.

»Probleme?« flüsterte sie.

»Wie kommen Sie nur darauf? Wo können wir ungestört reden?«

Wir gingen in ihr kleines Büro im Erdgeschoß. Sie setzte sich hinter ihren Schreibtisch und spielte an einigen künstlichen Blumen in einer Vase herum, während sie sprach. An der

Wand hing ein gerahmter Druck von Kätzchen, die mit einem Wollknäuel spielen. Ich saß ihr gegenüber.

»Gewiß kannte ich Kirk Rath«, sagte sie. »Habe ich es je bestritten?«

»Nein. Aber auch nicht ausdrücklich plakatiert. Und es scheint immerhin von Bedeutung zu sein.«

»Ach ja?«

»Ich bin jedenfalls dieser Ansicht. Warum haben Sie es nicht von sich aus gesagt?«

»Warum? Und außerdem, ist das so überraschend? Meinen Sie etwa, ich arrangiere Wochenenden dieser Art auf die Weise, daß ich das Telefon aufschlage und blind auf einen Namen zeige? Es ist doch selbstverständlich, daß ich das mit Leuten mache, die ich kenne.«

»Mit anderen Worten, *Sie* haben Rath eingeladen?«

»Ich habe ihn Curt vorgeschlagen, als ich ihm antrug, das nächste *Mystery Weekend* hier zu organisieren. Er war anfangs nicht so begeistert . . .«

»Was Rath anging?«

Sie schüttelte in leichter Gereiztheit den Kopf. »Nein, für die ganze Sache. Sehen Sie, vor ihm hatten wir hier schon Don Westlake gehabt. Und irgendwie wollte Curt nicht in dessen Fußstapfen treten.«

Das konnte ich verstehen. Curt spielte auf demselben literarischen Instrument wie Westlake. Bei den Kritikern aber hatte er gegen ihn immer nur die zweite Geige gespielt.

»Aber schließlich sagte er dann doch zu«, sagte sie, »nachdem ich ihm einige meiner Ideen erläutert hatte.«

»Von denen eine darin bestand, Rath als Mordopfer zu engagieren.«

»Nun, jedenfalls ihn mit einzuladen. Das war meine Grundidee. Sie kennen Curts Sinn für makabren Humor selbst gut genug. Und Kirk war ja nun wohl zweifellos, was man eine umstrittene Persönlichkeit nennt. Ich versprach mir von dieser Kombination viel . . . Spaß.«

»Ein wahrer Mordsspaß ist es dann auch geworden, nicht?«

Sie sagte nichts. Sie legte nur die Stirn in Falten und fummelte an den künstlichen Blumen herum.

»Sie schienen – und scheinen – nicht übermäßig gebrochen zu sein. Über den Tod eines alten Freundes, meine ich.«

Sie preßte achselzuckend den Mund zusammen. Dann sagte sie doch etwas: »Wir waren niemals enge Freunde. Wir kannten uns, das war alles. Wir gingen zusammen zur Schule – ins College, meine ich – und waren in der gleichen Clique.«

»In der speziell auch Curts Sohn war.«

Sie runzelte die Stirn noch mehr. »Ja. Wir waren beide mit Gary bekannt.«

»Gary war Ihr Freund, nicht?«

»Gary?« Jetzt lächelte sie, aber doch mit etwas Traurigkeit darin. »Wir waren nur allgemein befreundet.«

»Ich denke, Sie gingen miteinander?«

»Nur sehr kurz. Wir versuchten es. Schauen Sie, Mr. Mallory, das wird jetzt wirklich etwas sehr persönlich.«

»Im Gegensatz zu etwas so Distanziertem wie einem Mord.«

Sie setzte sich hoch und sah mich scharf an. »Kirk Rath ist tot, und das tut mir leid. Aber es kann auch kaum ein Zweifel daran bestehen, daß es seine Bösartigkeit gegen die Leute war, die ihm dieses Schicksal einbrachte.«

»Ich mag es auch nicht gern«, sagte ich, »wenn mich ein Kritiker verreißt. Aber das halte ich noch lange nicht für einen plausiblen Grund, ihn umzubringen. Und außerdem ist mir auch in der ganzen Weltgeschichte nicht ein Fall bekannt, in dem ein Kritiker von einem, den er böse kritisiert hat, dafür ermordet worden wäre.«

»Vielleicht sind Sie in der Weltgeschichte doch nicht so perfekt bewandert«, entgegnete sie kühl, ohne mich anzusehen; statt dessen spielte sie weiter an ihren Kunstblumen herum.

»Oder es ist hier sozusagen erstmalige Weltgeschichte passiert«, sagte ich.

»Mr. Mallory, sind Sie fertig? Schauen Sie, ich habe zu tun.«

»Natürlich. Sie müssen ein ganzes Wochenende über die Runden bringen. Beantworten Sie mir meine Frage, und ich gehe sofort.«

»Welche Frage?«

»Ich bin bisher einfach nicht dazu gekommen, sie zu stellen. Warum ging das zwischen Ihnen und Gary zu Ende?«

Sie seufzte, bemühte sich um Geduld, sah mich mit gespieltem Mitleid an; und mit echter Geringschätzung. »Weil Gary schwul war, Mr. Mallory.«

»Oh.«

»Aber er wußte es nicht, oder gestand es sich jedenfalls nicht ein. Damals jedenfalls noch. Er versuchte, ›normal‹ zu sein. Wollte es. Wir hatten uns angefreundet . . . und dann versuchten wir mehr daraus zu machen. Aber es klappte schlicht nicht.«

»Verstehe.«

»So, und wenn Sie nun allmählich damit fertig wären, in meinem Privatleben herumzuschnüffeln, würde es Ihnen etwas ausmachen zu gehen? Wenn ich mich nicht irre, haben Sie doch in ein paar Minuten Ihren Auftritt im Programm . . .«

Das stimmte. Um halb zwölf, genau gesagt. Heute war Samstagvormittag, und das bedeutete programmgemäß die zweite und letzte Befragung der »Verdächtigen« im *Fall des Seltsamen Kritikers,* jetzt in genau einer halben Stunde. Ich empfahl mich, und sie ließ mich alles andere als ungern ziehen. Ich ging aufs Zimmer und berichtete Jill Mary Wrights Enthüllungen. Sie sagte nichts, sondern grübelte nur darüber nach, während sie mir half, mich wieder in die Nervensäge Lester Denton zu verwandeln, inklusive, wie gehabt, Strichbärtchen, Brylcrem, Fensterglasbrille, schwarzrotweißer Cordanzug und so weiter.

Aber ich war nicht mehr wirklich bei der Sache, als ich wieder in dem offenen Salon saß, die zugefrorenen kalten Fenster im Rücken und ein kräftiges Kaminfeuer zu meiner Linken. Eine neue Versammlung eifriger *Mystery-Weekend*-Spieler war versammelt, und daß sie mich nicht gleich noch im Kamin brieten, war alles.

Die Teams hatten ihre Mitglieder so aufgeteilt, daß keines den gleichen Verdächtigen zweimal befragte. Mit einer bemerkenswerten Ausnahme. Wieder befand sich Rick Fahy im Publikum, obendrein gleich in der ersten Reihe. Heute hatte er einen grünen Sweater an und Blue Jeans, aber sein Gesichtsausdruck war unverändert angespannt und geschmerzt. Und die grauen Augen hinter der dicken Brille waren rotgeädert und über tiefen Ringen wie gehabt. Er sah ziemlich angegriffen aus, ehrlich gesagt.

Aber er stellte heute keine einzige Frage. Seine Hamilton-Burger-Show von gestern (und die ernsthafte echte gestern abend auf dem Zimmerkorridor, was das betrifft, dazu) waren verdächtig verschwunden. Er saß einfach nur still und stumm da und starrte mich stieren Blickes an – was mir doch einigermaßen auf die Nerven ging.

Auch Jill war im Publikum, ganz hinten. Sie lehnte an einem der Stützpfeiler und beobachtete erstmals Lester Denton in Aktion.

Jenny und Frank Logans Plätze in der überenthusiastischen Abteilung Yuppies des Publikums hatten die mittlerweile zitierten Arnolds eingenommen, Millie und Carl. Sie – eine schlanke, kleine, quirlige, rothaarige Person von sehr attraktivem, wenn auch etwas kantigem Aussehen – war die Hauptbefragerin, während ihr dunkelhaariger, schnurrbärtiger Ehemann – ein kleines Männchen, hinter dessen sanftem Benehmen freilich ein schwarzer Gürtel in Karate lauerte – sich nur Notizen machte. Sie trugen beide Skipullover zu Jeans und waren sehr aufmerksam bei der Sache. Kein Wort von Lester Denton entging ihnen.

»Ist Ihnen bekannt, daß Sloth eine sehr böse Kritik über den ersten Kriminalroman seiner eigenen Großmutter veröffentlicht hatte?« fragte Millie Arnold, und die Worte sprudelten nur so aus ihr hervor. Alles, was Millie sagte, kam sprudelnd aus ihr hervor.

»Nein«, sagte ich. Ich wußte allerdings, daß besagte Großmutter von Cynthia Crystal gespielt wurde.

»Und daß diese nach der Lektüre dieser Kritik«, fuhr Millie fort, »eine Herzattacke erlitt?«

»Nein«, sagte ich. Nichts von alledem stand auf meinem Informationsblatt. Wenn Sie etwa dieser Spur folgen wollten, verschwendeten sie ihre Zeit. Aber schließlich war es ihre Zeit.

Eine andere Mitspielerin – eine schier aus den Nähten platzende Vierzigerin ganz in Dunkelblau – wedelte mit ihrem Schreibstift herum und sagte: »Sloth' Großmutter ist gesehen worden, wie sie kurz vor Ihnen in sein Zimmer ging. Sind Sie ihr denn da nicht begegnet?«

»Nein«, sagte ich zaghaft. »Aber ich bin doch sehr erleichtert zu hören, daß die arme Lady es offenbar gut überstanden hat.«

»War Ihnen dann auch nicht bekannt«, fragte Millie, »daß Sloth einen Dieb engagiert hat, um in das Haus seiner Großmutter einzubrechen und festzustellen, ob sie etwa als Folge dieser Kritik ihr Testament geändert habe?«

»Nein«, sagte ich. Alles, was ich tatsächlich von diesem Aspekt von Curts Kriminalfall wußte, war, daß der eben erwähnte Dieb von Tim Culver verkörpert wurde.

Jetzt sagte Carl Arnold etwas. Seine Leichenbittermiene veränderte sich kaum, als er fragte: »Hat Sloth bei Ihrer Zusammenkunft mit ihm seine Großmutter in irgendeiner Weise erwähnt?«

»Nein«, sagte ich.

»Kein Wort von einer Erpressung?« beharrte Millie.

»Ich weiß nicht . . .«

»Sagte er irgend etwas von einer Erpressung? Speziell, daß er seiner Großmutter gesagt habe, er werde ihr nächstes Buch positiv besprechen, wenn sie ihn wieder in ihr Testament einsetze?«

»Von alledem war mir überhaupt nichts bekannt«, sagte ich.

Ein anderer Mitspieler, wieder einer von den Yuppies, weiße Strickjacke, blaßblaues Hemd, biß sich an meiner Reaktion auf das Wort »Bestechung« fest und wollte wissen: »Sie, Mr. Denton, stammen doch aus wohlhabenden Verhältnissen, nicht wahr?«

»Ach, wohlhabend würde ich das nicht nennen . . .«

»Wie würden Sie es denn nennen?«

»Mutter ist gut versorgt.«

»Haben Sie an diesem Abend Sloth Geld angeboten?«

»Na ja . . .«

»Ja oder nein, Mr. Denton?«

Woraufhin ich zusammenbrach und den Bestechungsversuch an Roark S. Sloth gestand. Und ich gestand ferner auch, wie er mich ob meines »pathetischen« einschlägigen Versuches verhöhnt hatte.

Millie Arnold hatte ganz glitzernde Augen. Sie hatte Blut gerochen, und das brachte ein großes, dickes, fettes Lächeln direkt unter ihrer Nase zuwege.« »Hat Sloth Ihnen mit einem – Tonband gedroht?«

»J-ja«, sagten Lester und ich. »Er hatte unser ganzes Gespräch heimlich mit einem Taschenrecorder aufgenommen.«

Schließlich war die Fragestunde vorbei. Ich hatte mich ganz gut gehalten. Nicht so gut vielleicht wie das erste Mal, aber da hatte ich ja auch noch höchstens ein mögliches Possenspiel im Kopf gehabt und noch nicht definitiv einen echten Mord. Trotzdem scharten sich auch jetzt wieder anschließend eine Anzahl Fragesteller um mich, um mir Komplimente zu machen und noch ein bißchen zu klatschen und zu lachen. Sie amüsierten sich ganz köstlich, meinten sie; und einige Veteranen waren sogar der Ansicht, dies sei das beste aller bisherigen *Mystery Weekends* überhaupt.

Unter denen, die noch hiergeblieben waren, waren auch die Arnolds. Millie kam herbei und fragte, ob sie denn Lester einen Kuß geben dürfe. Aber sicher, sagte ich, und sie gab Küßchen auf Lesters Wange.

»Sie waren großartig«, sagte sie und klopfte mir auf die Schulter.

Aber ich war nicht großartig gewesen. Es war sie, die alles großartig fand.

Jill kam herangeschlendert, und ich machte sie reihum bekannt.

»Sie scheinen sehr zufrieden damit zu sein, daß Sie diese Geschichte mit dem Tonband herausbekamen«, sagte ich zu Millie und Carl, nur um höflich Konversation zu machen.

»O ja. Das hilft uns sehr bei einem bestimmten Verdacht. Sloth machte nämlich dauernd, bei allen Gesprächen, Tonbandaufnahmen – Tom Sardinis Figur als Privatdetektiv hat zugegeben, Sloth sogar beim Legen von Wanzen in Telefone geholfen zu haben . . .«

»Außerdem«, ergänzte Carl, »hat Jack Flints Figur eingestanden, seinerseits mit einer Tonbanderpressung bedroht worden zu sein. Andererseits aber ist in Sloth' Zimmer kein einziges Tonband gefunden worden.«

»Aha«, sagte ich, aber in Wirklichkeit interessierte mich das alles einen feuchten Staub.

»Darf ich Sie mal was fragen?« sagte Millie, und das war ja wohl bereits eine Frage.

»Aber gewiß«, sagte ich.

»Haben Sie Jenny Logan beauftragt, uns auszuhorchen? Uns schien es so, als wollte sie herausfinden, ob wir es waren, die diese Vorstellung da draußen vor Ihrem Fenster inszeniert haben. Weil wir unsere Theaterrequisiten mithaben und so.«

»In der Tat, ich habe sie gebeten, sich etwas umzuhören.«

»Da waren Sie also gar nicht daran beteiligt?«

»An was beteiligt?«

»Nun, an dieser Vorstellung«, sagte Millie. »Wir waren der Meinung, sie gehöre zum *Mystery Weekend,* und Curt Clark habe es sich ausgedacht. Die meisten Teams beziehen das in ihre Lösungsausarbeitungen mit ein.«

»Da sind sie allerdings leider alle auf dem Holzweg«, sagte ich. »Der Krimi besteht ausschließlich aus den Informationen, die Sie bei den Befragungen ermitteln. Nichts anderes zählt, weder vorher noch nachher.«

»Ja, aber warum spielt dann Rath das mit?« fragte Millie, deren Dauerlächeln nun doch einen Augenblick lang von einem irritierten Ausdruck unterbrochen wurde.

»Wie meinen Sie denn das?« fragte ich.

»Aus welchem Grund er in dieser Vorstellung mitmachte?«

Ich tauschte mit der ungewöhnlich schweigsamen Jill einen Blick aus. Sie deutete aber nur eine kleine Grimasse an: das ist ganz allein dein Bier, Lieberchen; oder so.

Also sagte ich zu den Arnolds: »Woher wollen Sie denn das wissen?« Ich wußte nicht, was ich sonst sagen sollte, wenn ich nicht gleich direkt damit herausplatzen sollte, daß es sich absolut nicht um eine »Vorstellung« gehandelt habe, sondern um einen ausgewachsenen echten Mord, an welchem Rath (sollte man jedenfalls annehmen) nur sehr widerstrebend »mitmachte«. Was zu beweisen ich aber natürlich nicht hoffen konnte, ohne gleichzeitig preisgeben zu müssen, daß ich buchstäblich über Raths Leiche gestolpert war – und daß diese sich obendrein in einem Zustand befand, welcher der Art sehr glich, auf die er bei dieser »Vorstellung« umkam.

»Nein, nein, das war er schon«, sagte Millie.

Jetzt war der Punkt erreicht, wo Jills Interesse sich nicht mehr zurückhalten ließ. »Wieso sind Sie dessen so sicher?«

»Nun ja«, sagte Carl, Leichenbittermiene wie immer, »es kann natürlich schon sein, daß es jemand anders war. Jemand, der Rath spielte.«

Und Millie sagte: »Aber Carl hat schon recht. Rath war ja da.«

»Was?« sagten Jill und ich gleichzeitig.

Und Carl sagte: »Nun, Rath hat nur so getan, als fahre er ab.«

»Was bringt Sie zu dieser Überzeugung?« sagte ich. Ich allein. Obwohl Jill zweifellos das gleiche dachte.

Millie hob einen mahnenden Zeigefinger gegen Carl: »Augenblick! Du hast natürlich keinen Beweis dafür, daß er nur so tat, als fahre er ab. Er kann natürlich durchaus abgefahren sein, um allerdings anschließend wiederzukommen.«

»Na, was für ein Unterschied ist das schon«, sagte Carl achselzuckend.

»Ja, aber wem half er damit?« fragte Millie. »Wenn er mitspielte?« Sie stellte die Frage ihrem Mann. »Irgend jemand von einem der Teams?«

»Wovon zum Teufel reden Sie beide eigentlich?«

Sie sahen mich ganz verblüfft an, weil sie überhaupt nicht darauf gefaßt gewesen waren, so harsch von mir angefahren zu werden. Zumal ich ja auch noch in der Maske von Lester Denton war. Was denn, wie denn.

»Es ist ja nur, weil wir ihn am Donnerstagabend noch gesehen haben«, sagte Millie achselzuckend, aber beharrlich mit großen Augen und nach oben gehobenen Händen.

»Und zwar, nachdem er sich so aufgeregt hatte und angeblich abgereist war«, ergänzte Carl.

Und Jill fragte: »Wann genau war das?«

»Na, wir waren draußen im Schnee auf einem Spaziergang«, sagte Millie. »Und wir standen in dem kleinen Erker auf der Brücke am See.«

»Und was haben Sie da gesehen?« fragte ich und packte Millie am Arm.

Sie wich zurück und machte sich los und wußte gar nicht, wie sie von meinem drängenden Benehmen halten sollte. »He, Moment mal, Moment mal. Wir haben überhaupt nichts gesehen – nicht viel. Lediglich Kirk Rath.«

»Ja«, sagte Carl und blätterte in seinem Notizbuch herum, »ich habe mir ein paar Notizen gemacht, weil ich ja nicht genau wußte, ob das nicht vielleicht schon zum *Weekend* gehörte. Wir sahen ihn da herumspazieren, an dem Gebüsch am See entlang, ganz allein. Es war so gegen Viertel nach elf . . .«

Aber das war ja, *nachdem* ich Raths Ermordung mitangesehen hatte!

Mir wirbelte alles im Kopf herum, und Jill ging es sichtlich ebenso. »Sind Sie sich da ganz sicher?« fragte sie.

»Absolut«, sagte Carl, unverändert mit Leichenbittermiene. »Ich fand's zwar eigenartig. Aber mehr nicht.«

Ich hatte inzwischen meine Sprache wiedergefunden: »Was?«

»Na, daß seine Jacke vorne völlig aufgeschlitzt war, aufgeschnitten. Aber sonst fehlte ihm nichts.«

16

Um sieben Uhr abends hatte sich unsere wahre Reitschule von Speisesaal in einen schummrig beleuchteten Nachtclub verwandelt, durch den Frank Sinatras Stimme und Bigbandmusik schwangen. Der Schnee hatte auch verhindert, daß das für den Anlaß engagierte Tanzorchester aus New York eintreffen konnte, doch Mary Wright hatte irgendwie eine Art Diskoanlage zustande gebracht und dazu einen hübschen Stapel alter swingender Platten aus den vierziger und Pop-Singles aus den frühen fünfziger Jahren aufgetrieben, so daß eine sympathisch nostalgische Atmosphäre zustande kam. Denn ob man nun an Christie oder Chandler hängt ist nicht so entscheidend wie die Tatsache, daß im Grunde fast alle Krimi-Fans geborene Nostalgiker sind.

Mary Wright hatte sich persönlich zum Diskjockey aufgeschwungen und dazu zur Abwechslung ein hübsches rosa Satinkleid statt ihres ewigen Mohonk-Blazers angezogen. Ich selbst sah auch ziemlich schnieke aus in meinem beigen

Sportjackett, dem fingerschmalen blauen Schlips und den Marineslacks. Ich ging zu ihr und fragte sie, ob sie irgendwas von Bobby Darin habe.

»Ich glaube, ich kann mit *Beyond the Sea* dienen«, sagte sie.

»Oh, danke. Schließlich sind wir hier ja auch nicht auf dem Ball der Hopfenkönigin.«

Dies entlockte ihr nun doch ein Lächeln, und es war ein verteufelt hübsches Lächeln dazu. Ich wollte, unser Verhältnis wäre inzwischen nicht so gespannt. Na ja, hatte auch sein Gutes; hielt Jill davon ab, mich ständig zu kneifen.

Ich ging zu unserem üblichen Tisch zurück, wo einige von uns einschließlich meiner selbst und Jill noch mit unserem Abendessen beschäftigt waren – nachdem dies hier immerhin ja auch unter dem Titel *Dinner Dance* lief. Sardini und ich aßen eine Wiener Nußtorte, und Jill verdrückte einen Kürbiskuchen. Quäker hin, Quäker her, im Speisesaal von Mohonk bekam man durchaus Drinks zum Abendessen, wenn man darauf bestand.

Tat ich allerdings gar nicht. Ich zog es vor, einen kühlen und klaren Kopf zu behalten. Den Tag über war seit meinen Gesprächen mit Mary Wright und den Arnolds nicht viel passiert. Aber ich hatte ohnehin noch genug zu tun, einen Sinn in das allein hineinzubringen, was ich erfahren hatte. Nach dem Mittagsbuffet und vor der Diskussionsveranstaltung am Nachmittag, auf der Flint, Sardini und ich über das Comeback des Privatdetektiv-Genres sprachen, hatten Jill und ich versucht, die verschiedenen Puzzleteilchen richtig einzupassen – mit bescheidenem Erfolg. Nämlich gar keinem.

Tatsache Nummer eins: Kirk Rath war von den Arnolds gesehen worden, *nachdem* ich seine vermutliche Ermordung beobachtet hatte.

Wie war das möglich? Waren die Arnolds vielleicht hinsichtlich der Zeit einem Irrtum erlegen? Oder sogar ganz allgemein? Oder hatten sie jemanden anderen gesehen, der Rath nur ganz allgemein ähnlich sah? Wenn dies aber zutraf: wie paßte die aufgeschlitzte Jacke dazu?

Tatsache Nummer zwei: Kirk Rath und Mary Wright und Curts Sohn Gary waren Collegekameraden gewesen.

Was bedeutete das? Nicht sehr viel, soweit wir sehen

konnten. Außer allenfalls, daß Mary mit in den Kreis der Verdächtigen aufgenommen werden mußte – als Folge der Tatsache, daß sie Rath von früher kannte.

Tatsache Nummer drei: Gary Culver (Culver, wie Sie sich vielleicht erinnern, war Curt Clarks wirklicher Familienname) war homosexuell.

Besagte dies irgend etwas? Wenn Kirk Rath Garys Zimmerkamerad auf dem College war, hieß das vielleicht, daß Rath ebenfalls homosexuell war? Und wenn ja: spielte es eine Rolle?

Zum letzten Punkt stritten uns Jill und ich bei unserem Brainstorming am Nachmittag auf unserem Zimmer heftig. Ich bestand darauf, daß es Unsinn sei zu unterstellen, es habe automatisch irgend etwas zu besagen, wenn Rath schwul gewesen wäre. Im College werden einem die Zimmergenossen üblicherweise zugeteilt, speziell im ersten Jahr. Also konnte man normalerweise unterstellen, daß Gary und Kirk Zimmergenossen durch Zufall geworden waren, nicht etwa durch eigene Wahl. Und nur weil Gary schwul war, konnte man nicht unterstellen, daß es auch Kirk war.

»Außerdem«, sagte ich zu ihr, »war Rath dafür viel zu konservativ. Politisch war er ein Erzreaktionär. Er hat Positionen bezogen, gegen die die ›Schweigende Mehrheit‹ sich ausnimmt wie die Union der Fortschrittlichen.«

»Um so mehr Grund, im verborgenen zu bleiben«, sagte Jill.

»Nein, er war einfach kein Homo-Typ.«

»Du meinst, er war nicht ausgesprochen weibisch? Komm, Mal, nun werde mal erwachsen. Es muß doch nicht jeder schwule Mann tuntig sein.«

»Nun höre doch mal auf, ja? Ich habe ihn bei einigen Tagungen und Kongressen erlebt und solchen Gelegenheiten, und jedesmal ist er mit den tollsten Mädchen aufgetaucht.«

»Mädchen oder Frauen?«

»Ich würde Mädchen sagen – späte Teens, frühe Twens.«

»Und hast du ihn jemals zweimal mit dem gleichen Mädchen gesehen?«

Ich dachte nach.

»Nein, das nicht«, sagte ich. »Es waren immer andere, aber so oft bin ich ihm nun auch wieder nicht begegnet. Drei- oder viermal.«

»So richtige Schnuckelchen?« fragte sie gravitätisch.

»Genau. Richtige Schnuckelchen.«

»Prostituierte vielleicht?«

»Ach, Jill, nun mach dich aber nicht lächerlich –«

»Callgirls, mein Lieber, sind sehr nützliche Begleiterinnen für Schwule, die den Eindruck erwecken möchten, daß sie normal sind.«

Ich warf ihr einen Blick von der Art »ja, ist schon gut« zu. »Also, hör zu, ich habe genug Gerüchte darüber gehört, was für ein Weiberheld er war. Okay?«

»Papperlapapp, Gerüchte, die ihre einzige Nahrung darin haben, daß er sich mit tollen Puppen sehen ließ. Ich habe schon das Gefühl, daß er ein bißchen zu offensichtlich versucht hat zu zeigen, wie hetero er ist.«

»Nein, das nehme ich dir nicht ab.«

»Ach, Mal. Und was ist damit, daß er, ein Mann Ende Zwanzig, in einem Haus lebte, das voller Männer ist und sonst nichts?«

»Das ist doch beruflich bedingt. Die arbeiten alle bei ihm.«

»Dann habe ich jetzt mal eine ganze neue Neuigkeit für dich: meistens ist es so, daß man nicht an oder in seinem Arbeitsplatz auch gleich wohnt.«

»Und ich glaube es einfach nicht.«

»Vielleicht geruhst du zu bemerken, daß dir mittlerweile die vernünftigen Gegenargumente ausgegangen sind! Und daß du dich anhörst wie eine Schallplatte mit einem Sprung!«

»Und vielleicht geruhst du zu bemerken, daß du penetrant wirst.«

»Okay, okay«, sagte sie und tätschelte beruhigend die Luft, »dann überlege dir einmal dies: Rath war ein Kerl, dem es Spaß machte, andere Leute fertigzumachen. Er war politisch ein Konservativer, ein selbsternannter William F. Buckley der Krimi-Branche. Wenn er also – und ich sage ja nur mal: wenn – schwul war, läge es dann für ihn nicht überaus nahe, das nach Möglichkeit zu verbergen?«

»Jill –«

»Wenn«, sagte ich. »Konjunktiv conditionalis.«

»Wenn er schwul wäre, gut, dann könnte man annehmen, daß er es zu verbergen sucht.«

»Jemand, der so verhaßt ist wie er, jemand, der schon so viele Leute in die Pfanne gehauen hat, jemand, der höchstwahrscheinlich ebenso unsicher wie egoistisch war wie er, der hätte mit absoluter Sicherheit versucht, seine abartigen sexuellen Neigungen geheimzuhalten!«

»Und ich kann's nicht glauben.«

»Leg mal eine andere Platte auf. Als du in seinem Verlag angerufen hast, will sagen, bei ihm zu Hause, wo er und alle seine Junges hausen, was sagten sie dir da, wo er in Urlaub hingefahren sei?«

»Nun, daß er nach Mohonk in die Stadt wollte. Nach New York.«

»Und sagten sie nicht auch, daß er da nicht erreichbar sei – nicht einmal für seine Mitarbeiter?«

»Ja. Aber ich sehe nicht –«

»Weil du blind bist«, sagte sie mit theatralischer Dramatik. »Warum sollte der Verleger und Herausgeber des *Chronicler*, einer Zeitschrift, die im höchsten Maße von den persönlichen Ansichten des Verlegers-Herausgebers-Chefredakteurs in Personalunion lebt und geprägt ist, nicht einmal seinem eigenen Mitarbeiterstab sagen, wo er erreichbar ist? Ist so etwas vielleicht ein sinnvolles Geschäftsgebaren?«

»Mein Gott, Jill, gelegentlich setzen sich Manager schon mal ab. Weil sie Erholungspausen brauchen. Weil sie sich von dem Druck befreien wollen und müssen, der ständig auf ihnen lastet. Von den Terminen und Telefonen. So ungewöhnlich ist das nicht.«

»Ja, ja. Und vielleicht ist er also von Zeit zu Zeit nach New York hineingefahren, um ein wenig von den verbotenen Früchten zu naschen.«

»Das ist böse, Jill. Ganz böse.«

»Eine schäbige Bemerkung, ja. Aber eine zutreffende, oder etwa nicht? Ein heimlicher Homosexueller hat mit großer Wahrscheinlichkeit, selbst wenn er seine Heimlichkeit mit noch ein paar Jungs teilt, gelegentlich das Bedürfnis, ein Wochenende in der großen Stadt zu verbringen.«

»Vermutlich.«

»Ich bleibe also dabei.«

Selbst wenn du recht hättest – selbst, wenn Rath also

homosexuell war –, was hätte dann das alles mit dem Mord zu tun?«

»Das weiß ich nicht. Aber es würde eine ganze Skala zusätzlicher Motive eröffnen, die alle überhaupt nichts mit Literaturkritik zu tun hätten, nicht?«

Und das stimmte natürlich. Und es hatte ja auch schon die ganze Zeit an mir genagt wie eine hungrige Maus am Käse.

Tim Culver kam herüber an unseren Tisch und plauderte mit dem sitzenden Jack Flint. Pete Christian, der neben Tim gesessen war, war aufgestanden, wie es seinem unruhigen Naturell entsprach, und schlenderte hinüber, um an dem Gespräch teilzunehmen. Er gratulierte Tim zu seinem Filmverkauf. Dann kam einer der *Mystery-Weekend*-Spieler zu ihm mit einem Exemplar seines Buches *Die Charlie-Chan-Filme* in der einen Hand und Jacks *Die Schwarze Maske* und Culvers *McClains Liste* gemeinsam in der anderen. Am Nachmittag zur Teestunde war zwar schon eine Autogrammstunde in der See-Lounge gewesen, bei der auch alle Autoren anwesend waren; sie hatte direkt nach Jack und Tims und meiner Diskussionsrunde stattgefunden. Aber ein paar Leute hatten es wohl nicht geschafft, dort anwesend zu sein. Wahrscheinlich, weil sie zu dieser Stunde irgendwelche Aufgaben für ihr Spiel-Team zu erledigen hatten. Etwa, die letzten Informationen zum *Fall des Seltsamen Kritikers,* die bei den abschließenden Verhörsitzungen am Vormittag zusammengetragen worden waren, einzuordnen, auszuwerten oder zu vergleichen. Oder so etwas.

Während Jack, Tim und Pete also noch Nachzügler-Autogramme gaben und Bücher signierten, kam Cynthia mit einem Martini in der Hand und einer Silberhaut von Kleid am Leibe herüber und fragte, wann wir endlich gedächten, mit Essen aufzuhören und mit Tanzen anzufangen. Ich war ja mit meiner Torte längst zu Ende, Jill allerdings saß noch immer vor ihrem Kürbiskuchen.

Mit ihrem Segen geleitete ich also Cynthia auf das Tanzparkett, wo Bobby Darin *The Good Life* sang, und führte sie so eng, wie es ging, ohne daß uns Culver oder Jill oder beide gleich an die Gurgel gingen.

»Ich hätte wohl doch nicht so abweisend sein sollen«, sagte sie, »als du mir Avancen gemacht hast.«

Sie sprach von dem Bouchercon vor einigen Jahren, bei dem wir uns kennengelernt hatten. Wir hatten dort viel Zeit miteinander verbracht, und ich hatte das als Romanze mißverstanden, während es für sie nur um platonische Freundschaft ging.

»Ich hätte mich beherrschen sollen«, sagte ich, und es war mir in der Erinnerung noch peinlich. »Ich bin ziemlich aus der Rolle gefallen.«

»Wer weiß«, sagte sie, und in einem Winkel ihres dünnen, aber hübschen Mundes kräuselte sich ein kleines Lächeln auf. »Vielleicht war es auch eine verpaßte Gelegenheit von meiner Seite.«

»Nun, jedenfalls wirst du jetzt bald eine glücklich verheiratete Frau sein.«

»Verheiratet werde ich sein, ja«, sagte sie. »Aber wie glücklich, mit einem mürrischen Langweiler wie Tim, darüber läßt sich streiten.«

»O je! Ja, warum willst du ihn denn dann überhaupt heiraten?«

»Ich liebe ihn.«

»A so«, sagte ich kopfschüttelnd. »Auf die Art komme ich auch zuweilen in Schwierigkeiten.«

Sie lachte etwas, und das erschien mir weniger leicht, als man sonst von ihr gewöhnt war.

»Nennt dich eigentlich irgendwer jemals Cindy?« fragte ich.

»Nur meine Tante Cynthia.«

»Du bist ja auch nicht der Cindy-Typ.«

»Manchmal wünschte ich mir aber schon, ich wär's.«

Ich lachte und zog sie noch etwas näher heran. »Aber nein. Du bist ganz exakt die, die du sein möchtest.«

Sie schob mich etwas von sich und blickte mich voller Lob und Preis an und lächelte herausfordernd.

»Und wer ist das?«

»Das smarteste, hübscheste und raffinierteste Weib im weiten Umkreis; die Queen der Krimi-Autoren.«

Sie seufzte, aber voll Hingabe. »Das klingt aber leicht sexistisch.«

»Was, ›raffinierteste‹ oder ›Weib‹?«

»Nein, Queen.«

»Ellery Queen hat es nichts ausgemacht.«

Sie tat so, als sei sie etwas ungehalten. »Was ist los? Hast du mich hierhergeführt, um zu flirten oder mich zu frozzeln oder was?«

»Ich habe dich zum Tanzen hierhergebracht.«

»Das bezweifle ich. Du hast doch immer ein Motiv in der Hinterhand. Und wir haben schließlich schon mal miteinander getanzt, auf diesem Bouchercon. Da hast du die ganze verdammte Geschichte ausgesessen.«

»Ich tanze auch nur, wenn sie Bobby Darin spielen.«

Sie rollte mit den Augen. »Nun mal genug mit der Darin-Masche. Ich kenne doch deinen exzentrischen Geschmack.«

»Wie beispielsweise, daß ich dich für meine lieblingsweibliche Krimiautorin halte?«

Jetzt kräuselte sie die Lippen schon sehr viel abfälliger. »Du wirst schon wieder sexistisch.«

»Habe ich etwa ›weiblich‹ gesagt?«

»Aber ja doch.«

»Ich wollte natürlich ›Lady‹ sagen.«

»Das ist aber sehr viel besser!«

Darin wurde auf dem Plattenteller ausgewechselt. Gegen diesen jungen Hupfer Sinatra. Und ausgerechnet *Strangers In The Night*. Dieses *scoobie doobie doo* könnte einem von Bobby niemals passieren.

Wir tanzten trotzdem weiter. Ich brachte meine Hinterhand-Motiv-Frage: »Was haben denn Tim und Pete Christian miteinander?«

»Waswas?«

»Die beiden scheinen ein Herz und eine Seele zu sein.«

Das waren sie in der Tat. Auch jetzt saßen sie zusammen an unserem Tisch und quatschten. Das heißt, Pete bestritt doch wohl den Hauptteil des Quatschens.

»Was einzuwenden?« fragte sie.

»Nun ja, Pete ist mächtig verbittert darüber, was Rath seinem Freund C. J. Beaufort angetan hat. Er macht ihn sogar für dessen Tod verantwortlich. Und es war immerhin Tim mit seinem Interview im *Chronicler*, das Beaufort angeblich den Rest gab . . .«

»Ach, das«, sagte sie wegwerfend. »Das hat Tim mit Pete geklärt. Schon gleich damals nach Beauforts Selbstmord.«

»Wie denn?«

Sie zuckte mit den Achseln. Ihr blondes Haar schimmerte im trüben Licht auf. »Tim kennt Pete seit vielen Jahren«, sagte sie. »Es war ihm wohlbekannt, daß Beaufort Petes Mentor war. Er hat Pete deshalb gleich danach angerufen und ihm sein Mitgefühl ausgesprochen und ihm gesagt, daß er sich das mit dem Interview selbst nie verzeihen wird. Dieses ›gottverdammte Interview‹, um genau zu sein.«

»Und Pete hat das so akzeptiert?«

»Ja, sicher. Pete hat ja selbst mit einem *Chronicler*-Interview böse Erfahrungen gemacht.«

»Tatsächlich?«

»Selbe Geschichte wie bei Tim. Sie haben ihn immer mehr angeheizt, sich ja keinen Zwang anzutun, bei laufendem Tonband, und ihm hoch und heilig versichert, selbstverständlich kriege er den Text noch einmal zum Lesen und Korrigieren, ehe er gedruckt werde. Und selbstredend hat der liebe kleine Kirk es vergessen, Pete das Skript noch einmal zu schicken, und Pete fühlte sich von dem gedruckten Dings königlich blamiert – so sagt er jedenfalls. Ich habe das Interview seinerzeit gelesen, aber ich fand nicht, daß irgend etwas darin stand, für das Pete sich hätte schämen müssen.«

»Trotzdem«, sagte ich, »es macht einen wirklich wütend, wenn man auf diese Art hereingelegt wird.«

»Ich habe gehört, daß der Chronicler diese Methoden schließlich doch aufgegeben hat. Es war ja so weit gekommen, daß ihm niemand mehr ein Interview geben wollte, ehe die Interviewpartner nicht wirklich gewisse schriftliche Zusicherungen bekommen hatten.«

Nachdem Sinatra sein letztes doobie gescoobiet hatte, gingen wir zum Tisch zurück, und während ich mich wieder zu Jill setzte, ging Cynthia auf ihren Platz zurück. Jill sah umwerfend aus; wie eine Tanne in ihrem schwarzweißen Kleid mit den wattierten Schultern. Sarkastisch umwerfend.

»Na, hat's Spaß gemacht?« sagte sie spitz.

»Mein Gott, wir sind alte Freunde.«

»Im Gegensatz zu Strangers in the Night, wie?«

»Komm tanzen«, sagte ich.

»Sie spielen doch gar nichts von Bobby Darin.«

Nein, sondern wieder Sinatra. Immerhin aus einer besseren Periode: *Summer Wind.*

»Ich mache mal eine Ausnahme«, sagte ich.

Wir tanzten, und ich fragte sie, warum sie sich an diesem Wochenende denn ständig gar so eifersüchtig aufführe. Das sei doch sonst nicht ihre Art.

»Hab' ich dir doch schon gesagt«, sagte sie.

»Du meinst, weil wir uns demnächst trennen müssen.«

Sie biß sich auf die Lippen und nickte.

»Müssen wir aber gar nicht«, sagte ich.

»Ich weiß. Aber wenn, dann müßten wir Kompromisse schließen – zumindest einer von uns beiden.«

»Du meinst, du müßtest dich bereit erklären, in Port City zu bleiben, oder ich, meine Zelte abzubrechen und mit dir auf die Prärie hinauszuziehen, um deine Kabelfans zusammenzutreiben, oder worin immer dein Job besteht.«

»Du weißt sehr gut, worin er besteht.«

»Ja, ja. Und du machst ihn ja auch gut.«

»Ich bin – ich bin einfach kein Typ für Kompromisse.«

»Da sind wir uns beide ähnlich.«

»Ja, ich weiß.«

Und Sinatra sang.

»Es sind noch ein paar Monate hin«, sagte ich. »Reden wir nicht davon.«

»Nick, ich liebe dich.«

»Ich dich auch, Nora.«

Wir tanzten zusammen, eng aneinander, und Sinatra sang dazu. Er war natürlich nicht Bobby Darin, aber es ging auch so.

17

Wir verbrachten den Rest des Abends in Gesellschaft aller unserer Mit-Verdächtigen des Falles *Seltsamer Kritiker* und der *Mystery-Weekend*-Spieler, von denen die meisten ziemlich aufgeregt schienen, im Hinblick auf die für den nächsten Morgen vorgesehenen Präsentationen. Aber wir unternahmen keine Detektiv-Spiele, womit gemeint ist, wir führten keine weiteren Gespräche mit entsprechenden Hintergedanken.

Mit einer Ausnahme.

Curt hatte den größten Teil des Abends mit seiner Frau Kim auf dem Tanzparkett zugebracht. Es sah fast aus, als mache er ihr den Hof. Aber irgend etwas stimmte bei ihnen nicht, das sah man. Curt strengte sich mächtig an und redete nahezu pausenlos auf sie ein, während sie stets ein wenig abwesend, ja, fast mürrisch aussah.

Aber sie sah hinreißend aus – nach außen hin jedenfalls. Sie war von einem Kleid umflossen, das dem, welches sie in ihrer Rolle als Roark Sloth' Ex-Frau im *Weekend Mystery* getragen hatte, ziemlich glich, nur, daß das jetzige weiß war. Sie sah so hübsch wie immer aus – auf die bei ihr übliche übertriebene, fast gezeichnet-künstliche Art – und auch so sexy wie immer, und ihr Busen war ein erstklassiges Jayne-Mansfield-Zitat, sozusagen.

Nur ihre Augen verrieten sie, ihre großen braunen Augen. Sie waren traurig und rot und geschwollen.

Curt ließ sie schließlich für einige Zeit allein an ihrem Tisch, weil ihn einige *Weekend*-Spieler wegen Autogrammen belagerten. Ich beobachtete das vom Tanzparkett aus, und wir gingen sogleich zu ihr hin und setzten uns zu beiden Seiten von ihr.

»Sie sehen umwerfend aus heute abend«, sagte Jill. »Eines Tages sind Sie ein großer Kinostar. Und dann gebe ich mächtig mit Ihnen an.«

»Danke«, sagte Kim trübselig.

Nach dem, was man von der üblicherweise überaus redseligen Kim gewohnt war und erwarten konnte, war das ziemlich einsilbig. Wie alle Schauspielerinnen hatte sie normalerweise schließlich ein Ego, das mindestens so groß war wie, sagen wir, Jayne Mansfields . . .

»Du siehst einfach phantastisch aus in dem Kleid«, sagte ich, um ein Gespräch in Gang zu bringen. »Ich dachte nur, du sagtest, du magst enganliegende Kleider nicht?«

»Curt mag sie«, sagte sie, ohne recht bei der Sache zu sein.

»Stimmt was nicht, Kim?«

Sie lächelte tapfer. »Aber nein.«

»Darf ich dich zu einem Tanz entführen? Curt hat ja noch zu tun.«

»Nein – nein, ich glaube nicht.« Vor ihr stand ein Drink, ein Scotch on the Rocks. Die Rocks schmolzen bereits beträchtlich. Sie trank gierig.

»Wie ging's mit der Fragestunde heute früh?« fragte ich.

Sie sah mich scharf an. »Was?«

»Ich meine, in deiner Rolle.«

»In meiner was?«

»Na, als Ex-Frau von Sloth.«

»Ach so, das. Ja, ja, sehr gut.«

Und sie trank wieder von ihrem Scotch.

Und da zielte ich. »Curt hat es dir erzählt, wie?«

Sie sah mich mit engen Augen an. Sagte aber nichts.

»Er hat dir von Rath erzählt.«

Sie sah in ihr Glas.

»Er hat dir erzählt, was Jill und ich gestern auf unserem Bergspaziergang gefunden haben.«

Sie holte rasch hörbar Atem und atmete nur langsam wieder aus. Dann sagte sie endlich: »Ja.«

Nichts anderes hatte ich, so wie sie sich gab, erwartet.

Ich legte meine Hand auf ihren bloßen Arm, der sich kalt anfühlte. »Tut mir leid, daß du das alles durchmachen mußt«, sagte ich. »Es ist natürlich eine Last, unter solchen Umständen eine fröhliche Party-Fassade aufrechterhalten zu müssen.«

Sie nickte.

»Das wird sich geben«, sagte ich und drückte ihren Arm etwas, um sie, wie ich hoffte, zu ermuntern und zu ermutigen. »Es hat bereits zu schneien aufgehört. Bald können die Schneepflüge losfahren, und dann dauert es nicht mehr lange, bis die Polizei hier sein kann.«

»Es wäre mir lieber gewesen, er hätte es mir nicht erzählt«, sagte sie.

»Gott«, sagte ich achselzuckend, »Männer erzählen nun mal ihren Frauen alles. Man kann ja auch schwer solche Dinge vor dem Menschen, mit dem man zusammenlebt, geheimhalten.«

Sie lächelte gezwungen und nur der Form halber, stand auf und sagte: »Entschuldigt mich bitte.«

»Aber selbstverständlich«, sagte ich, und schon war sie fort und weg.

»Sie hat geheult«, sagte Jill.

»Nun, wem würde ein Mord schon nicht das Wochenende ruinieren«, meinte ich. »Und ich habe übrigens auch genug getanzt. Wie ist es mit dir?«

»Ja«, sagte sie. »Gibt's nicht bald einen hübschen Film?«

Ich stöhnte. »Du meinst doch nicht im Ernst, wir sollen uns den heutigen Film anschauen?«

»Es ist ein Mickey-Spillane-Film. Er selbst als Mike Hammer in *Die Mädchenjäger*.«

»Echt Pete, den auszuwählen«, räumte ich ein. Ich war trotz allem natürlich nicht uninteressiert. »Ein Autor, der eine Rolle in einem seiner eigenen Krimis spielt. Ich kann tatsächlich Mick als Mike nicht widerstehen. Überredet.«

»Ich will mich ein bißchen frischmachen«, sagte sie und stand auf. »Kommst du?«

Ich sah auf die Uhr. Zehn vor elf. Der Film sollte um halb zwölf angehen.

»Ich hatte noch keine Gelegenheit, mit Janis Flint zu reden«, sagte ich. »Ich will das mal schnell tun. Ich komme dann nach.«

Gut, meinte sie und ging, und ich suchte die Flints. Sie standen an einem freien Stützträger und unterhielten sich mit den Arnolds und den Logans – zwei rivalisierende Teampaare, die sich gemeinsam ein Verdächtigenpaar vornahmen. Wie bestellt erklang auf die Sekunde *Beyond the Sea*, und ich bat Mrs. Flint um diesen Tanz. Sie lächelte und nahm an.

Sie sah dezent hübsch aus in ihrem bodenlangen Blumenabendkleid, wenn auch vegetarierinnendünn. Sie war nicht mehr als ein Hauch in meinem Arm, und so schwebten wir zu den Darin-Klängen übers Parkett. Sie trug etwas mehr Make-up als gewöhnlich, und ich war ziemlich von ihren Augen gefesselt. Weiches Grün mit schwärzlichen Flecken. Jack Flint mußte ein Glückspilz sein.

»Wie ist es Ihnen denn bei der Fragestunde ergangen?« fragte ich.

»Ach, sehr gut«, sagte sie. »Ihre Ermutigung kurz zuvor war genau, was ich tatsächlich gebraucht hatte.«

»Welche Rolle haben Sie gleich noch mal gespielt?«

»Sloth' ältere Schwester Emma«, sagte sie. »Den letzten Menschen, der ihn lebend gesehen haben soll.«

»Haben Sie ihn also umgebracht?«

Sie lächelte auf eine ganz unaffektierte Weise, von der eine Cynthia Crystal sicherlich nie auch nur gehört hatte. »Das sag' ich nicht«, sagte sie.

Ich mußte lachen, und wir schwebten wieder ein wenig.

Als wir langsam zurückgingen, damit ich sie wieder bei ihrem Ehemann ablieferte, fragte ich: »Wie verbittert ist Jack eigentlich über die Verrisse Kirk Rath's? Zu mir hat er immerhin gesagt, der *Chronicler* habe seinen finanziellen Erfolg verhindert.«

»Ach, das sagt er immer so«, sagte sie mit einem schnellen wegwerfenden Achselzucken. »Dabei sind sowohl *Mysterious Press* wie Walker hinter ihm her wegen eines neuen Buches. Diese Verlage wollen ihn beide durchaus wiederhaben.«

»Und warum ziert er sich?«

»Er wird es machen. Er will nur zuerst noch soviel ›Hollywoodgeld‹, wie er es nennt, wie möglich zusammenraffen. Sobald wir einigermaßen ausreichend Geld auf der Seite haben, will er wieder Bücher schreiben. Warten Sie's ab.«

»Das freut mich zu hören. Für wie verbittert also würden Sie ihn über Rath halten?«

»Na ja, wenn die Skala eins bis zehn wäre, würde ich sagen: sieben.«

»Okay«, sagte ich lächelnd und lieferte sie wieder bei ihrem Mann ab, mit dem ich noch eine Weile zusammenstand und plauderte, ehe ich endgültig zu Jill auf unser Zimmer ging.

Die Korridore waren leer. Alle waren ja auch auf dem Ball. Wieder fiel mir *The Shining* ein, und wieder war mir, als müßte der besagte Junge auf seinem Dreirad endlich doch um die nächste Kurve kommen und mich umrennen. Der Teppich verschluckte meine Schritte fast völlig. Ich sah auf meine Füße hinunter, während ich im Kopf die Puzzleteilchen des heutigen Abends zu sortieren versuchte.

Also Jacks Verbitterung über Rath ließ sich auf einer Zehnerskala mit sieben veranschlagen. Aber gleich ein Mordmotiv war das ja wohl nicht. Besonders, wenn man in Rechnung stellte, daß Jack Flint schließlich derzeit bei Film und Fernsehen ein kleines Vermögen machte.

Und Curt hatte seiner Frau die Ermordung Rath' mitgeteilt. Auch das konnte mich nicht besonders überraschen. Wie ich Kim selbst schon gesagt hatte, hätten zweifellos die meisten Ehemänner in so einer Situation ihre Frau in ein schreckliches Geheimnis wie dieses eingeweiht. So etwas behält man nicht für sich. Wenn man es doch versuchte und es runterschluckte, würde es einem nur ein Loch in den Magen brennen.

Und zwischen Pete Christian und Tim Culver schien trotz Tims unverantwortlicher Rolle im Zusammenhang mit C. J. Beauforts Selbstmord keine Feindschaft zu bestehen. Das machte allerdings nicht aus beiden bereits völlig Unverdächtige, oder? Falls überhaupt, dann könnte es der Sache sogar durchaus eine neue Dimension geben: zwei, die sich miteinander verbündet haben, Rath beiseite zu schaffen.

Ferner hatte ich erfahren, daß der einzige Mensch, welcher Cynthia Crystal »Cindy« nannte, ihre Tante Cynthia war. Die Frage war, wo Tante Cindy zum Zeitpunkt von Rath' Ermordung war . . .

Ach, pfeif drauf, dachte ich, und in diesem Augenblick legte sich eine Hand auf meine Schulter und riß mich herum.

Vor mir stand mit rotem Gesicht Rick Fahy. Er hatte Abendkleidung an – ich hatte ihn zuvor auf dem Tanzparkett gesehen – und war mir jetzt offensichtlich gefolgt.

»Was wollen Sie?« fragte ich gereizt und entfernte seine Hand von meiner Schulter, als sei sie aussätzig.

»Das«, sagte er und schlug zu.

Er traf mich direkt an der Seite am Kiefer, so daß es mir den Kopf herumriß, und es schmeckte nicht besonders. Aber ein Gutes hat mein Kiefer: er ist nicht aus Glas. Und ich habe außerdem keine verzögerten Reflexe. Und so hatte er, ehe er es sich versah, ebenfalls eine weg.

Aber er wehrte meinen Hieb mit einer karate-artigen schnellen Handbewegung ab und ich merkte, daß ich ziemlich in der Bredouille steckte. Wo war Carl Arnold, wenn man ihn schon mal brauchte?

Fahy packte mich an den Revers meiner Sportjacke und schleuderte mich so an die Wand, daß ich ausglitt und mich am Boden wiederfand. Es war einigermaßen demütigend, von jemandem, der so viel kleiner war, so behandelt zu werden.

Immerhin, ich kam wieder hoch und ging erneut auf ihn los, aber er trat nur mit einem schnellen Schritt zur Seite und ließ mich gegen die Wand gegenüber rennen wie einen blindwütigen Bullen beim Stierkampf. Ich konnte mich jedoch mit den Händen abfangen und schlug mir so wenigstens nicht den Kopf an. Es gelang mir sogar, mich rasch umzudrehen und ihm heftig den Ellbogen in die Seite zu rennen.

Das tat weh. Er taumelte zurück. Und sofort hatte er noch eine Rechte von mir dazu im Gesicht. Und als Folge davon Nasenbluten.

Er ging jedoch nicht zu Boden. Er war ein verdammt zäher Bursche, der kleine Mistkerl. Und als ich meine Linke hinterherschickte, blockte er sie erneut im Karatestil ab und setzte, weil wir gerade von Karate reden, mit einem Handkantenschlag in meinen Magen nach, und das gab mir den Rest. Ich überschlug mich, und dann sank meine Standfestigkeit rapide und der Reihe nach machten meine Knie und dann mein Kopf Bekanntschaft mit dem Fußboden.

Er sprang rittlings auf meinen Rücken und zwang mich flach auf den Boden. Nur kurz, aber vergeblich kam mir die Überlegung in den Sinn, warum wir uns hier eigentlich prügelten. Das heißt, genaugenommen taten wir das mittlerweile ja auch nicht mehr. Und ich hatte verloren.

Er fuhr mir in die Haare und riß mir den Kopf zurück, bis ich glaubte, der Adamsapfel platze mir vorne aus dem Hals heraus.

»Und jetzt werden Sie mir gefälligst alles sagen, was Sie wissen!« sagte er.

Dann ließ er los. Mein Kopf schnellte förmlich nach vorne und prallte auf den Boden. Das tat weh, trotz des dicken Teppichs.

Ich sagte: »Denken Sie da an ein spezielles Thema, oder

was?« Es war nicht leicht, es laut herauszukriegen. Ich hatte noch kaum wieder Luft.

»Kirk Rath«, sagte er.

»Er ist tot.«

Alles war still.

Ich spürte, wie er von mir herunterkletterte. Ich rollte mich zur Seite. Fahy taumelte. Es war, als hätte ich ihn jetzt genau am K. o.-Punkt erwischt, an dem ich ihn während des Kampfes vorhin nicht erwischt hatte. Er stützte sich wie ein Betrunkener gegen die Wand.

Irgendwie kam ich auf die Füße.

»Fehlt Ihnen etwas?« fragte ich. Eigentlich hätte mir das wohl ziemlich egal sein können. Aber irgend etwas sagte mir, daß er inzwischen in noch schlechterer Verfassung war als ich.

Er schluckte schwer. »Sagen Sie mir, was Sie wissen«, sagte er. Diesmal war es kein grober Befehl mehr. Tatsächlich fügte er sogar hinzu (ziemlich pathetisch, fand ich): »Bitte!«

Also erzählte ich ihm alles. Ich stand neben ihm an der Wand, an der er lehnte, und erzählte ihm alles, was ich wußte, noch einmal angefangen von meiner Beobachtung der Szene vor meinem Fenster, bis zum Auffinden der Leiche und zu der seltsamen Geschichte der Arnolds, die behaupteten, ihn noch gesehen zu haben, nachdem er nach meinen Beobachtungen bereits ermordet zu sein schien.

Schon als ich kaum in der Mitte meines Berichts war, begann er zu weinen.

Ganz still. Es rollten ihm einfach nur die Tränen aus den Augen über das Gesicht, das ganz ruhig zu sein schien, wenn man das leichte Beben nicht bemerkte.

Dann ließ er sich zu Boden rutschen. Und weinte. Und weinte in einem fort. Hörte mir zu. Und mittlerweile hockte auch ich am Boden, neben ihm.

»Sie waren sein Liebhaber, nicht wahr?« fragte ich.

Fahy nickte.

»Hat er Ihnen zuvor etwas gesagt, daß er am Donnerstagabend diesen stürmischen Abgang vorhatte?«

»N-nein. Ich war ebenso überrascht wie alle anderen. Er hatte mir gesagt, wir würden dieses Wochenende viel Zeit füreinander haben.« Er seufzte, während es ihn stieß. »Mit der nötigen Vorsicht, natürlich.«

Daran hatte ich eine Weile zu knabbern.

Dann sagte ich: »Sie wissen doch noch die kleine Lounge, in der ich Lester Denton spielte?«

Er sah mich an, kniff die Augen zusammen und schüttelte den Kopf. Als Zustimmung.

»Kommen Sie um halb zwölf dorthin.«

»W-warum?«

»Ich werde ein paar Leute mitbringen«, sagte ich. »Wir kriegen auf diese Weise die Sache vielleicht geregelt, noch ehe die Polizei da ist.«

Er nickte wieder. Ich half ihm hoch. Grotesk. Ich, dem er gerade die letzte Puste aus dem Leib geprügelt hatte, half ihm auf. Armer Bastard.

Ich klopfte an die Tür unseres Zimmers, und Jill öffnete. Sie bekam kugelrunde Augen.

»Was zum Teufel ist mit dir passiert?«

»Ich habe, glaube ich, eben herausgefunden, wer Kirk Rath umgebracht hat«, sagte ich und leckte mir etwas Blut aus dem Mundwinkel. »Obwohl ich verflucht noch mal hoffe, daß ich mich irre.«

18

Es war fast Mitternacht, als endlich alle da waren. Es hatte einiges verdrossenes Gegrummel gegeben, aber am Ende kamen sie doch alle. Ich hatte Tom und Jill dafür angeheuert, und zusammen schnappten wir sie alle noch, während es sich im Tanzsaal allmählich lichtete. Pete, der einen Bekannten hatte bemühen müssen, um für ihn während der laufenden Filmvorführung die Rollen zu wechseln, kam als letzter. Irgendwie hatte er sogar noch Zeit gefunden, sich umzuziehen und wieder in einem bequemen Pullover zu erscheinen. Die anderen waren noch in ihrer Abendkleidung, so wie sie auf dem Tanzball gewesen waren. Die meisten saßen auf den Plüschmöbeln. Manche machten sich lustig, manche ließen einfach neutral auf sich zukommen, was sich ereignen würde oder sollte. Sie plauderten und machten es sich unter dem weichen gelben Licht gemütlich. Und die flackernden Schatten des Kaminfeuers huschten über sie alle hinweg. Die Ausnahmen bildeten Mary Wright, die an einem Stützpfeiler ganz hinten lehnte und vor sich hinbrütete, und Cynthia Crystal, die auf der Bank des Stutzflügels saß und diverse Cole-Porter-Schlager herunternudelte. Tim Culver stand mit einem Drink in der Hand bei ihr und stützte sich auf das Instrument.

Wir hatten den kleinen Salon für uns. Die *Mystery-Weekend*-Spieler saßen entweder in Petes Film im großen Saal oder sie waren grüppchenweise abkommandiert, um auf ihren Zimmern noch über den letzten Ausarbeitungen ihrer morgigen Lösungs-Präsentationen zu brüten. Der eine oder andere verirrte Spieler mochte wohl vorbeikommen, aber es würde ihm schnell klar sein, daß dies eine geschlossene Gesellschaft war – die zu stören auch niemandem in den Sinn käme.

Zwei meiner geladenen Gäste waren etwas unruhig. Pete Christian lief kettenrauchend auf und ab wie üblich. Nur gelegentlich setzte er sich kurz hin. Und am Kamin stand Curt Clark und fachte das Feuer mit dem eisernen Schürhaken an. Dann legte er auch noch einen neuen Holzklotz nach. Seine Frau Kim saß in seiner Nähe auf einem thronähnlichen großen Stuhl und hatte die Hände im Schoß gefaltet. In ihrem tiefausgeschnittenen enganliegenden Kleid sah sie aus wie ein überentwickelter Teenager mit Liebeskummer.

Der einzige echt Gereizte war Jack Flint, der auf seinem Stuhl vorgebeugt saß und den Eindruck eines zornigen Bären machte. Seine Frau hatte ihm leicht, aber nachdrücklich die Hand auf den Arm gelegt. »Was soll das hier alles?« brummte er. »Ich will den Film sehen. Bei dem ist mir bisher noch jedes Mal etwas dazwischengekommen.«

»Ich schicke Ihnen eine Videokassette davon«, sagte ich kurz angebunden zu ihm und sah ihn auf eine Art an, die klarmachte, daß ich hier nicht zum Spaß sei. Das ließ ihn im Augenblick auch tatsächlich verstummen. Ich stand auf. Ehe alle gekommen waren, hatte ich die Stühle so arrangiert, daß sie eine Art Halbkreis bildeten, in dessen Mitte ich mich nun befand. Lediglich Cynthia hatte natürlich wieder eine Extrawurst gebraucht und sich etwas abseits an den Flügel gesetzt. Auch Curt hatte sich mittlerweile gesetzt – auf die Armlehne von Kims großem Stuhl beim Kamin, in dem er nach wie vor gelegentlich mit dem Schürhaken stocherte.

Curt und Kim waren zu meiner Linken. Jill saß rechts von mir, und neben ihr saß mit steinerner Leidensmiene Rick Fahy, aus dessen Gesicht alles Leben gewichen schien. Die Feuerhitze des Kamins strahlte auf meinen Rücken.

»Ich habe Sie alle hergebeten«, sagte ich, »damit wir uns gemeinsam auf die Polizei vorbereiten können, die im Laufe der nächsten Stunde hier sein dürfte.«

»Die Polizei?« sagte Flint, und sein verblüffter Blick war eine typische Reaktion für ihn. Und auch von allen anderen kamen aus allen Richtungen Fragen durcheinander, bis ich mit meinen Händen Schweigen gebot.

»Es wird eine Weile dauern«, sagte ich, »aber ich habe durchaus die Absicht, alles zu erläutern, was ich weiß, um danach mit Ihnen zusammen einige Spekulationen anzustellen. Offen gesagt, ich gedenke diese Spekulationen in der ausdrücklichen Hoffnung anzustellen, daß ich mich irre. Ich möchte die Person, die ich verdächtige, mit den Tatsachen konfrontieren, ehe ich der Polizei irgendwelche Spekulationen eröffne. Und ich möchte vor allem diese Spekulationen zuvor mit Ihnen allen teilen – weil es ja sein könnte, daß jemand von ihnen das eine oder andere dazu beitragen oder ergänzen kann. Und um ganz ehrlich zu sein, möchte ich eben jetzt auch alle meine Vermutungen und Verdächtigungen ganz offen vortragen und aussprechen – bevor die Polizei da ist und in der Hoffnung, daß wir hier selbst zu gewissen Schlußfolgerungen gelangen, da ich, wie Sie alle, demnächst ein Verdächtiger in einer Mordermittlung sein werde.«

Nun erhob sich natürlich ein fragendes Volksgemurmel, doch ich winkte es neuerlich ab, indem ich gestikulierte und herumwinkte, als hätte ich einen aufsässigen Gesangverein vor mir, den ich zum Schweigen bringen mußte.

»Bitte, stellen Sie jetzt keine Fragen«, sagte ich und erhob meine Stimme so laut, daß sie den Lärm übertönte. »Ich glaube, ich kenne die meisten Ihrer möglichen Fragen im voraus, und nachdem ich Ihnen erst einmal alle Fakten vorgetragen habe, können Sie immer noch jede nur gewünschte zusätzliche Frage stellen.«

Curt Clark sagte: »Laßt Mal reden! Er ist schon das ganze Wochenende ganz wild darauf, einen Mord mitzuteilen.«

»Danke, Curt«, sagte ich und wandte mich an die anderen: »Er hat völlig recht. Sie wissen inzwischen alle von dem sogenannten ›Possenspiel‹, das ich vor meinem Fenster am Donnerstagabend beobachtet habe. Was aber bisher nur einige wenige von Ihnen wissen – nämlich, präzise gesagt, Curt, Kim, Mary Wright, Jill Forrest und ich –, ist, daß Kirk Rath tatsächlich ermordet wurde.«

Die Unruhe blieb diesmal gering, weil die meisten nur noch aufgeregt miteinander flüsterten, statt wie zuvor laut zu sprechen und zu rufen. Es gab allgemeines Kopfschütteln: *hat der Kerl sie nicht mehr alle oder was?*, aber trotzdem blieben aller Augen auf mich gerichtet. Ich besaß die allgemeine Aufmerksamkeit. So viel hatte ich nicht mehr erlebt, seit ich heute früh an gleicher Stelle Lester Denton gespielt hatte.

Ich berichtete nun von unserem Bergspaziergang und wie Jill und ich Rath' Leiche gefunden hatten; und daß die Polizei die wenigen von uns, die von dem Mord wußten oder erfuhren, zum vorläufigen Schweigen darüber aufgefordert hatte – eine Weisung, die ich mich mittlerweile zu ignorieren gezwungen fühlte.

»Der gestellte Mord war also kein gestellter Mord«, sagte Tom Sardini als Zusammenfassung. Er war ja keiner, der leicht einzuschüchtern war. »Rath wurde vor deinem Fenster tatsächlich ermordet, und jemand schaffte seine Leiche in dessen eigenem Auto hinauf zum *Sky Top* und verbarg sie dort.«

»So sieht es aus, ja«, sagte ich. »Aber warum das alles? Es war doch klar, daß die Leiche binnen kurzem gefunden werden würde. Und wenn es nicht gestern zu schneien angefangen hätte, wären mit Sicherheit noch eine Menge anderer Wanderer außer Jill und mir unterwegs gewesen, und der Tote wäre sogar noch früher entdeckt worden. Es ist ja schließlich für Besucher hier in Mohonk eine Standard-Wandertour.«

Jack Flint, dessen Gereiztheit sich gelegt hatte, sagte

nachdenklich und sachlich: »Das ist richtig. Man legt doch eine Leiche nicht sozusagen aufs Tablett, wenn es ringsum diese Menge Wald wie hier für wirkliche Verstecke gibt.«

»Genau darauf will ich hinaus«, sagte ich. »Jemand wollte also, daß die Leiche gefunden würde, während alle noch hier waren.«

»Aber warum?« fragte Flint.

»Um die unvermeidlichen Ermittlungen schnell hinter sich zu bekommen«, sagte ich. »Wir alle sind hierher eingeladen worden, weil wir wirkliche Motive haben, Kirk Rath umzubringen. Nun, einige von uns sind natürlich nicht sehr überzeugende Verdächtige, wie ich Ihnen zu Ihrer Beruhigung versichern darf. Wie ich heute abend schon einmal jemandem von Ihnen gegenüber gesagt habe: wegen eines Verrisses bringt man einen Kritiker nicht gleich um. Nun war natürlich Kirk Rath kein Kritiker wie alle anderen. Er hatte eine Menge Elend auf dem Gewissen. Pete macht ihn für einen Tod verantwortlich, und Tim Culver ist der gleichen Meinung. Die meisten von uns hatten Beeinträchtigungen ihrer Karrieren Rath' wegen hinzunehmen. Sehen wir also den Tatsachen ins Auge: Wir sind alle verdächtig. Aus diesem Grund sind Sie auch alle hierhergebeten worden.«

Curt stand auf und sagte: »Aber ich war es, der alle einlud. Ich.«

»Ja, das weiß ich. Aber – falls ich mich nicht sehr irre, Curt, und Gott weiß, daß ich das hoffe – warst du es ja auch, der ihn umgebracht hat.«

Curts Lächeln war nur sehr schwach. Der Widerschein der Flammen des Kaminfeuers funkelte in seinen Brillengläsern, und das gab ihm einen leichten Anhauch von Irresein. Und das traf ja wohl auch genau zu.

Doch davon abgesehen, war er natürlich auch smart und gerissen, und er sagte: »Mach' dich nicht lächerlich. Wie kann ich Rath' Mörder sein. Wir beide haben zusammen nur Augenblicke, ehe es passierte, telefoniert.« Er zeigte auf mich wie Humphrey Bogart auf Mary Astor. »Und deinen eigenen Worten zufolge war der Mörder ein stämmiger, untersetzter, kleiner Mann. Nur für den Fall, daß du das übersehen haben solltest: ich bin barfuß einssiebenundachtzig groß.«

»Nur der Vollständigkeit halber: ich habe nie behauptet, Rath' vermutlicher Mörder sei ein Mann gewesen. Ich sagte: ›Person‹. Es kann auch eine Frau gewesen sein.«

Cynthia klimperte schon lange nicht mehr auf dem Stutzflügel. Jetzt fragte sie sehr sachlich: »Warum sagst du ›vermutlicher Mörder‹? Du redest doch hier davon, daß, was du vor deinem Fenster beobachtet hast, ein echter Mord war?«

Ich lachte etwas. »In der Tat. Denn Curt hatte nämlich von Anfang an recht, als er sagte, was ich sah, sei ein Possenspiel gewesen. Eine ›Schauermärchen-Farce‹, wie er sich ausdrückte, die für mich in Szene gesetzt worden sei.«

Jetzt gab es allgemeines Kopfschütteln und unbehagliches Rutschen auf den Stühlen, und sie überboten einander darin, mir zu sagen, wie lächerlich das alles sei, was ich hier vortrug.

»Wartet doch!« sagte ich und hob meine Hand hoch, um wieder Ruhe zu schaffen. »Nun wartet doch erst!«

Zögernd trat wieder Ruhe ein.

Ich fuhr fort: »Curt schrieb, produzierte und inszenierte das ganze Doppelspiel. Er trat jedoch nicht auch persönlich darin auf. War auch nicht nötig. Er hatte eine Komplizin. Stellen wir die Tatsache in Rechnung, daß er und Mary Wright sämtliche Arrangements für dieses Wochenende getroffen haben –«

Von ganz hinten meldete sich Mary Wright: »Ich habe mit alledem nichts zu tun. Lassen Sie mich gefälligst aus dem Spiel!«

Ich ignorierte sie und blieb dabei: »Entscheidend ist die Tatsache, daß Curt von vornherein wußte, welches Zimmer ich bekam. Er hat sich am Donnerstag zur Sicherheit auch noch einmal davon überzeugt, indem er mich besuchte, um sich alles anzusehen . . . und er ging auch zum Fenster und sah hinaus. Ganz wie ein Produzent, der sich am Nachmittag vor der Premiere noch einmal im Theater davon überzeugt, daß auch alles bereit ist für sein neues Stück. Und wie er für den Beginn der Vorstellung bereit war! Er war schon in meinem Zimmer gewesen, ehe ich noch eingezogen war. Um nämlich mein Telefon vom Nachttischchen zwischen den Twin-Betten auf den kleinen Tisch beim Fenster zu stellen. Mit diesem Arrangement konnte er mich später unter dem Vorwand anrufen, wegen der unvorhergesehenen Abreise Rath' einige

Programmänderungen mit mir zu besprechen, tatsächlich aber lediglich, um sicher zu sein, daß ich auch wirklich am Fenster stand, um dort die Vorstellung zu sehen, die er arrangiert hatte. Er wußte mir sogar die richtige Blickrichtung zu suggerieren, indem er mich bat, doch schnell mal hinauszusehen, ob es schon schneie. Zudem hatte er rechtzeitig dafür gesorgt, daß mein Fenster scheinbar klemmte und nicht zu öffnen war – mit Alleskleber, Nägeln, oder was weiß ich. Jedenfalls sorgte er irgendwie dafür, daß ich das Fenster nicht öffnen konnte – um mich daran zu hindern, mich in die Show einzumischen.«

Curt sagte: »Warum redest du dauernd in der dritten Person von mir? Davon abgesehen darf ich an dieser Stelle vielleicht bemerken, daß dies ja wohl die hanebüchenste Pilot-Konstruktion ist, die du dir jemals ausgedacht hast. Wer, zum Beispiel, soll denn nun an dieser angeblichen Scharade von mir Kirk Rath dargestellt haben?«

»Es war Besetzung nach Typ«, sagte ich. »Kirk Rath spielte sich selbst!«

Ich hatte eigentlich einen allgemeinen *Wie-Was?*-Aufschrei von meinem Publikum erwartet. Aber sie hörten inzwischen aufmerksam und ruhig zu. Sie waren mittlerweile alle zu der Überzeugung gekommen, daß man mich jedenfalls erst einmal anhören sollte. Noch hatte ich zwar niemanden überzeugt, aber sie waren immerhin alle bereit, meiner Argumentation zuzuhören.

»Als ich Rath dort oben unter den Felsen fand, fielen mir sofort zwei Dinge auf. Erstens war sein Gesicht passiv und überhaupt nicht verzerrt – wie es hätte sein müssen, wäre er wirklich schon vor meinem Fenster auf die Art, die ich beobachtete, ermordet worden. Dies brachte mich später nach längerem Nachdenken zu der Schlußfolgerung, daß Rath' Gesicht möglicherweise erst zerschnitten worden sein könnte, als er bereits tot war – als Teil des Versuchs, die Indizien dem anzugleichen, was ich gesehen hatte. Zweitens: als ich in seinen Taschen nachsah, fand ich darin den Umschlag mit seinen Instruktionen für das *Weekend*-Spiel – so wie auch ich von Curt meine Instruktionen für meine Rolle in diesem *Mystery*-Spiel bekommen hatte. Aber wie Sie sich alle erinnern werden, haben wir alle zwei Dinge erhalten: eine Liste aller Mit-Verdächtigen in dem Roark-Sloth-Mord und die Beschreibung unserer jeweiligen Rolle für den Ablauf des Fall-Spieles des Wochenendes. In Rath' Umschlag befand sich indessen nur die Verdächtigenliste. Nicht jedoch die Beschreibung seiner eigenen Rolle. Warum wohl? Ich glaube, weil der Mörder – nämlich du, Curt – dieses Blatt entfernt und vernichtet hat.

Curt gab Amüsiertheit vor und sagte: »Und warum habe ich das getan?«

»Weil es verraten hätte, daß Kirk Rath nur die Rolle spielte, die du ihm zugedacht und für ihn geschrieben hattest.«

Er lachte laut darüber und schüttelte den Kopf und sah Kim demonstrativ an. Aber Kim lachte nicht mit.

»Deine Anweisung für Kirk Rath lautete, diesen Eklat vorzuführen und abzureisen«, sagte ich zu ihm. »Du sagtest ihm, daß dies zu seiner Rolle für das *Weekend* gehörte – dieser Auftritt und die vorgebliche Abreise . . ., daß er danach aber vor meinem Fenster erscheinen und, mit jemandes Hilfe, seine Ermordung spielen sollte.«

»Das ist doch kompletter Unsinn!«

»Die ganze Idee des *Mystery Weekends* von Mohonk spielt mit dem kompletten Unsinn. Das Szenario, das ich hier vorgetragen habe, befindet sich in hohem Maße in Übereinstimmung mit den Gepflogenheiten und Abläufen hier. Meine Vermutung geht dahin: Rath glaubte, er solle am nächsten Morgen völlig überraschend wieder auftauchen, möglicherweise nach der ersten Verhörstunde. Womöglich plante er, heimlich wieder ins Haus zu kommen und in ein Zimmer zu schlüpfen, das du für ihn später am Donnerstagabend bereitstellen würdest; wobei er möglicherweise eine Skibrille tragen wollte, um dem Risiko vorzubeugen, erkannt zu werden, wenn ihn doch jemand sähe. Er konnte natürlich auch in einem Motel in New Paltz übernachten. Was dieses Detail angeht, bin ich mir nicht sicher. Aber sehr sicher bin ich mir, daß Rath – wie so viele der *Mystery*-Spieler dieses Wochenendes – davon überzeugt war, der ›gestellte Mord‹ sei ein Teil des ganzen *Mystery*-Falles. Verdammt noch mal, die Arnolds und die Logans haben mir dieses Faktum praktisch um die Ohren geschlagen . . . nämlich, daß die ›Vorstellung‹ einfach Teil des *Mystery Weekends* sein mußte. In welchem Falle es aber auch nur das Werk eines einzigen Mannes sein konnte – Curt Clarks!«

Curts Lächeln schien inzwischen doch etwas nervös geworden zu sein. Es war jetzt eine Spur grimassierend und gekünstelt. »Wie«, fragte er indessen unverändert gravitätisch weiter, »brachte all dies aber Kirk Rath hinauf zum *Sky Top* und zu seinem schlimmen Ende?«

»Du selbst hast ihn gebeten, sich dort mit dir zu treffen. Seine Lage war die gleiche wie unser aller Lage auch. Er hatte seine Instruktionen von dir nur per Post erhalten und benötigte noch zusätzliche Informationen direkt vor Ort, letzte Anweisungen eben. Du sagtest ihm also, er solle gleich nach dem ›Stunt‹ hinauf zum *Sky Top* fahren, weil ihr dort ungesehen und unbeobachtet miteinander sprechen könntet, und vor allem, ohne daß der Spaß, den du und er mit den Spielern getrieben hättet, zu früh offenbar würde. Und als Revanche für seine Kooperation hast du ihn dort oben dann umgebracht.«

Curt lächelte weiter, schüttelte weiter nur den Kopf.

»Er vertraute dir ja. Ihr wart jahrelang befreundet. Schöne Freundschaft. Du hast ihn niedergestochen und zersäbelt. Es war eine sehr brutale Angelegenheit. Du haßtest ihn. Und zwar ausreichend, um ihn auf diese abscheuliche Weise zu töten, ausreichend, diesen Mord wie einen deiner Kriminalromane zu planen – kompliziert und überaus raffiniert.«

Er ging darauf überhaupt nicht ein, sondern sagte: »Wie kommst du nur zu dieser ganzen Konstruktion? Du hast nicht die Spur eines wirklichen Beweises. Nichts als reine Spekulation, die auf fast Nichts aufgebaut ist.«

»Nicht so ganz. Eines dieser Paare hier – die Arnolds, die ich vorhin schon erwähnt habe – sagte mir, daß sie Kirk Rath im Schnee spazierengehen sahen, nachdem ich die besagte Szene vor meinem Fenster beobachtet hatte. Das brachte mich überhaupt erst auf die Idee, daß die sogenannte gestellte Szene eine sozusagen echt gestellte Szene sein mußte.«

Er lächelte jetzt nicht mehr. Sein Gesichtsausdruck war verschlossen, obwohl er den Kopf noch immer herausfordernd hoch hielt. Ziemlich herrisch noch, fand ich.

»Ferner«, sagte ich und deutete jetzt hinüber zu dem ausdruckslos dasitzenden Fahy, »war dieser *Gentleman* dort ein guter Freund von Rath. Sein Name ist Rick Fahy, wie einige von Ihnen vermutlich wissen. Er arbeitet für den *Mystery Chronicler*. Er befindet sich hier in Mohonk als Mitspieler, tatsächlich aber, weil er eine Reportage über das *Mystery Weekend* aus der Sicht eines Teilnehmers schreiben soll. Kirk Rath sagte Mr. Fahy hier, sie würden an diesem Wochenende viel Zeit miteinander verbringen. Für mich ist das ein Hinweis darauf, daß Rath durchaus die Absicht hatte, hierzubleiben.«

»Nun«, wandte Tim Culver an dieser Stelle ein, »das muß natürlich kein Beweis dafür sein, daß er nicht doch ganz impulsiv davonstürmte.« Er stand noch immer neben Cynthia drüben, forderte mich aber mit scharfem Blick heraus, der leicht auch über diese Entfernung hin wirkte. Immerhin klagte ich hier ja seinen Bruder an.

Ich sagte: »Mr. Fahy ist sehr sicher, daß ihn Rath in diesem Falle anschließend angerufen hätte. Was er nicht tat.«

Pete, rauchend wie immer, hin und her gehend wie immer, blieb stehen, um zu fragen: »Warum aber erzählte Rath seinem Freund Fahy nichts über die ›Vorstellung‹ draußen, wenn es so war? Daß er nämlich einen großen Eklat und seine anschließende Abreise nur spielen werde?«

»Rath und Mr. Fahy hatten in der Tat eine sehr enge Beziehung«, sagte ich. »So eng, daß ich davon überzeugt bin, Rath hätte seinem Freund tatsächlich alles erzählt, auch dies – mit einer Ausnahme. Er hatte Mr. Fahy beauftragt, eine Reportage für den *Chronicler* zu schreiben. Und als unbedingte Voraussetzung dafür war festgelegt worden, daß Mr. Fahy exakt unter den Bedingungen eines normalen Mitspielers arbeiten, recherchieren und später schreiben sollte. Rath hätte seine eigenen Regeln gebrochen und die Story kaputtgemacht, wenn er Einzelheiten seiner Rolle vorzeitig an Fahy verraten hätte.«

»Es war ja nicht einmal meine eigene Idee«, sagte Curt, jetzt bereits offen in der Defensive, »Kirk Rath einzuladen.«

»Das ist richtig«, gab ich zu. »Das war Mary Wrights Idee. Und sie sagte mir auch, daß sie sogar Mühe hatte, dich zur Organisation dieses jetzigen Mohonk-Wochenendes zu überreden. Jedenfalls so lange, bis sie ihre Idee erwähnte, auch Kirk Rath dazu einzuladen. Genau dann hast du Mary Wright dein

Einverständnis erklärt und ihr Angebot angenommen. Denn das war der Zeitpunkt, als dein Krimi-Autoren-Gehirn zu rotieren begann. Nur ein Krimi-Autor kann und wird sich einen Mord wie diesen ausdenken. Nur ein Curt Clark konnte einen Mord so verquer begehen, so bösartig, so . . . hübsch ausgedacht.«

»Ich nähme das als Kompliment«, sagte Curt, »wenn es wirklich so wäre.«

»Dann beweise mir doch das Gegenteil«, sagte ich und meinte das wirklich. »Ich bin wirklich nicht darauf aus, dich als Schuldigen zu entlarven. Du bist schließlich mein Freund! Dir habe ich meinen Start zu verdanken, meine Anfänge. Die Hälfte von dem, was ich über das Schreiben weiß, habe ich von dir gelernt. Ich habe immer zu dir aufgeschaut. Gottverdammt noch mal, Curt – so sag' mir doch, daß ich unrecht habe! Überzeuge mich davon, daß ich falsch liege!«

Curt musterte mich. In seinen Augen hinter den Brillengläsern leuchtete etwas durchaus Menschliches auf. Aber vielleicht war es auch nur der Widerschein der Kaminfeuerflammen.

Alles, was er zu sagen wußte, war jedoch: »Das ist doch deine Show hier. Dann versuch sie auch über die Bühne zu bringen. Sieh selbst zu, ob du das schaffst«.

»Der Teufel soll dich holen. Du kennst mich doch zu gut. Du wußtest doch genau, wie ich mich verhalten würde. Daß ich, was ich vor dem Fenster sah, für echt halten würde. Und dann warst du sofort da, nicht wahr, um mir einzureden, daß es doch eine gestellte Szene sei. Und du kanntest mich ebenfalls gut genug, um zu wissen, daß ich nun anfangen würde, herumzufragen. Daß ich mich einfach näher damit befassen mußte.«

»Warum denn sollte es irgendein Mörder wirklich darauf anlegen?«

»Es war zum Teil Arroganz. Aber zum größeren Teil war es einfach eine sehr clevere Art und Weise, die wirklichen Ereignisse zu vernebeln. Du hast mich doch damit zu deinem Alibi gemacht! Und was für einem Alibi! Durch mich hättest du der Polizei die Version verkauft, daß der Mord am Donnerstagabend vor meinem Fenster geschah. Aus meiner Beschreibung des Täters, und weil wir eben noch miteinander telefoniert hatten, wärst du aus dem Schneider gewesen. Niemand würde Fragen danach stellen, was du denn eine Stunde nach meiner Beobachtung des Mordes machtest – als du nämlich dann Rath wirklich umbrachtest, dort oben auf dem Berg, wo dann dein verdammtes Messer im Mondschein blitzte.«

»Wie lyrisch!« sagte Curt.

»Ach, halt den Mund!« fuhr ich ihm ins Wort. »Du hast es getan. Und du hast sogar noch deine Frau mit hineingezogen.«

Kim bedeckte sich jetzt das Gesicht mit einer Hand. Es sah aus, als weinte sie. Es war zu duster im Raum, genau konnte man es nicht sagen.

»Sie war bei mir im Zimmer«, sagte Curt. »Du hast doch gehört, wie ich mit ihr sprach, als du bei mir anklopftest, nur wenige Augenblicke, nachdem du gesehen hast –«

»Ich habe gehört, wie du gesprochen hast, ja«, sagte ich. »Aber ich habe keine Erwiderung von ihr gehört, sie war deine Komplizin – wenn auch nach meiner Meinung unwissentlich. Wie Rath glaubte auch sie, die ›Vorstellung‹ sei Teil des *Mystery Weekends*. Sie ist Schauspielerin, und eine gute dazu. Sie weiß also, wie das ist, sie weiß, wie man Maske macht und etwas in Szene setzt. Eingemummelt und mit einer Skibrille, gab sie einen überzeugenden Mörder ab. Aber sie wußte nicht, wozu das alles diente, sie hatte keine Ahnung von dem wirklichen Mordplan. Ich habe sie heute erlebt, wie gebrochen sie war, als sie erfahren hatte, daß Rath wirklich tot ist. Du hast es ihr gesagt, um auch ihr späteres Verhalten in der Öffentlichkeit manipulieren zu können. Du hast ihr vermutlich versichert, du seist es nicht gewesen. Aber ihr würdet beide verdächtigt, wenn herauskäme, daß ihr beide an dem ›gestellten Mord‹ an Rath beteiligt wart. Und das würde dann sicher niemand verstehen. Und man würde euch unschuldig da hineinziehen. Irgend etwas in dieser Art, vermute ich. Wie auch immer, Kim ist jedenfalls nicht der Mensch, diesen läppischen Plan von dir mitzumachen und durchzusetzen. Sie mag dir beistehen und an deiner Seite bleiben und dich decken. Das mag sein. Es gibt nicht viel, was sie nicht für dich tun würde – angefangen damit, daß sie sich kleidet, wie du sie dir wünschst, bis hin zur Aufgabe ihrer Karriere, damit sie versuchen konnte, dir eine neue Familie zu geben und dir eine Chance für einen neuen

Anfang zu verschaffen, die du doch besser hättest wahrnehmen sollen. Sie liebt dich. Liebe bringt die Menschen dazu, die abwegigsten Dinge zu tun. Wie dich.«

»Liebe?« fragte Curt.

»Ja. Die Liebe zu deinem Sohn, Curt. Er starb vor einem halben Jahr, gerade sechsundzwanzig Jahre alt. An Lungenentzündung. Das fand ich doch überaus seltsam, als Kim es erwähnte. Sie sagte auch noch etwas anderes, was mich stutzig machte, obwohl ich zu der Zeit gar nicht so viel darüber nachdachte. Nämlich, daß du Greenwich Village verlassen wolltest, weil es dir zu ›halbseiden‹ geworden war. Das fand ich doch ziemlich kurios. Denn schließlich ist Greenwich Village ja nun wirklich nicht über Nacht ganz plötzlich ›halbseiden‹ geworden. Selbst Provinzler aus Iowa wissen, daß die Schwulen schon immer und von jeher ein Teil der Szene des Village gewesen sind. Und ich kannte dich auch als einen, der über Schwule nicht gleich die Hände über dem Kopf zusammenschlägt. Dergleichen hatte ich von dir niemals erlebt, und tatsächlich bist du ja immer in jeder Hinsicht mehr liberal gewesen, ein klassisches Beispiel für einen weltoffenen New Yorker.«

Curt stand jetzt nur noch da und blickte unverwandt ins Kaminfeuer.

»Und dann erzählte mir Mary Wright, daß sie eine Weile mit Gary zu gehen versuchte, die Sache aber nicht recht vorankam. Weil es nämlich offenbar so war, daß Gary in seinem ersten Collegejahr eine Entdeckung machte. Nämlich, daß er schwul war.«

Nur weiteres Starren ins Kaminfeuer.

»Dein Sohn war dein ein und alles. Dein einziger Sohn. Der einzige Sohn aus deiner ersten Ehe. Du liebtest deine Frau, deine erste Frau, Joan, sehr. Und Gary war alles, was dir von ihr verblieben war. Du führst, wohin du auch gehst, ständig eines seiner Gemälde mit dir. Auch jetzt noch liebst du ihn bis zu einem Punkt, der bereits an Besessenheit grenzt. Aber er war schwul. Warum hast du plötzlich, als du erfuhrst, daß er es war, alle Homos zu hassen begonnen?«

Er wandte sich um und starrte mich scharf an, und fast antwortete er. Aber dann sah er doch wieder schweigend ins

Kaminfeuer, als hätten ihn dessen Flammen längst hypnotisiert.

»Warum«, fragte ich ihn, »sollte ein Sechsundzwanzigjähriger heutzutage an einer simplen Lungenentzündung sterben? Schwer zu sagen. Schwer, selbst eine Vermutung zu riskieren, warum dies heutzutage noch passieren sollte. Aber: füge zu dieser Beschreibung einfach nur noch etwas hinzu – zu der Beschreibung eines sechsundzwanzigjährigen homosexuellen Mannes. Und dann ergibt sich eine ganz andere Möglichkeit: Erworbene Immunschwäche. *Acquired Immune Deficiency System*. Bekannt unter der Abkürzung AIDS! AIDS, eine Krankheit, an der man nicht stirbt, genaugenommen. Sondern etwas, das die Abwehrsysteme des Körpers zerstört. Und damit wird es möglich, daß ein gesunder junger Mann tatsächlich vordergründig an Lungenentzündung stirbt!«

Cynthia Crystal war inzwischen zu Kim gegangen und hatte dieser, die nun offen in ein Taschentuch weinte, den Arm um die Schultern gelegt.

»Ich vermute es nur«, sagte ich, »aber ich glaube, Curt, daß du den homosexuellen Lebensstil deines Sohnes für seinen Tod verantwortlich machtest. Und das wäre dann natürlich auch deine eigene Übersimplizifizierung, nicht die meine. Denn AIDS ist sicherlich nicht Gottes Strafe für Homosexualität. Aber dir hat es erlaubt, irgendwen oder irgendwas dafür verantwortlich zu machen. und das war der Zeitpunkt, zu dem der urbane, liberale Curt Clark mit einemmal entdeckte, daß Greenwich Village ›viel zu halbseiden‹ sei. Aber die Homosexuellen generell für Garys Tod verantwortlich zu machen, war dir nicht genug. Es mußte etwas Konkreteres sein.«

Curt wandte sich erneut um und starrte mich an. Er lehnte an der Kaminummantelung. Er schwitzte; er stand so nahe an den Flammen. Sein Gesichtsausdruck war gequält. »Und wie«, sagte er, »tat ich das?«

»Indem du denjenigen für alles verantwortlich machtest, der deinen Sohn mit der Welt der Schwulen bekannt gemacht hatte. Seinen Zimmergenossen im College. Kirk Rath.«

Einige Überraschung machte sich in meinem kleinen Publikum bemerkbar. Rath' Homosexualität war in der Tat gut getarnt und verborgen gewesen.

Ich fuhr gnadenlos und unerbittlich fort. »Du hast dich selbst in die Überzeugung hineingeredet, daß Gary ein glückliches, gesundes Normal-Leben hätte führen können. Wären nicht diese unglücklichen Umstände eingetreten. Daß er nämlich an einen Zimmergenossen geraten mußte, der ihn, nach deiner Ansicht jedenfalls, in diese Welt hineinverführte. Und daß er dann heute noch am Leben wäre.«

Curt schluckte schwer. Dann sagte er nur: »Und, etwa nicht?« Die Bitterkeit seiner Worte war mit Händen zu greifen. Aber er hatte keine Feststellung getroffen, sondern eine Frage gestellt. Es war also einiger Zweifel dabei.

»Wer kann das sagen? Nur, du hattest keinerlei Recht, Rath zum großen Schuldigen zu machen. Woher willst du denn wissen, was im Kopf und im Herzen deines Sohnes genau vorging? Du weißt doch gar nicht einmal mit Sicherheit, ob Rath wirklich Garys erster Kontakt mit der Homosexualität war. Logik und Lebenserfahrung deuten doch eher auf das Gegenteil hin. Du machst es dir zweifellos zu leicht, einfach einem ›Verführer‹ wie Rath alle Schuld dafür in die Schuhe zu schieben, daß dein Sohn diesen ›Weg nach unten‹ ging. Rath war gewiß ein ziemlich verderbter Bursche, aber diese ›Bestrafung‹ von dir hat er auch nicht verdient. Vielleicht ist die Erklärung seiner bekannten intellektuellen Bösartigkeit eben diese Lebenslüge, unter deren Druck er stand, die glatte, polierte Fassade, hinter der sich ein unglücklicher Mann mit einem Geheimnis versteckte. Und wenn man seinen öffentlich demonstrierten politischen und moralischen Standards überhaupt glauben soll, dann war dies ja auch ein Geheimnis, dessen er sich schämte. War der Grund für alle seine guten Kritiken über dich vielleicht nur, daß er wußte, du kanntest seine Vergangenheit, die Wahrheit über ihn? Mag sein oder nicht. Natürlich entbehrt es nicht der Ironie, daß er dann ausgerechnet den Zorn eines Krimi-Autoren wie dich auf sich zog . . . oder wie ich . . . oder wie wir armen Schmocks alle in diesem Geschäft, die wir über eine Welt schreiben, in der jedes Verbrechen geklärt wird, und in der man für alles einen Schuldigen benennen, und immer das Gute über das Böse siegen lassen kann. Nur ist die wirkliche Welt eben nicht so. Und wenn du mit der wirklichen Welt so umgehst, als sei sie nur einer deiner Kriminalromane, Curt, dann richtest du auch ein Chaos an. Ein ziemliches, rettungsloses Chaos.«

Curt lächelte, wandte sich mir zu. Er stand noch immer am Kaminfeuer, lehnte sich aber nicht mehr an die Ummantelung. Er hatte seine Fassung voll wiedergewonnen. Hundertprozentig. Allein seine Augen hinter den Gläsern der dunklen Hornbrille sahen noch immer gequält aus.

Er sagte: »Falls du nun erwarten solltest, daß ich irgend etwas von dem, was du hier so brillant vorgetragen hast, entweder zugebe oder auch bestreite, muß ich dich leider enttäuschen. Ich spende dir Beifall dafür, wie gewagt und entschlossen – wenn auch arg zurechtgebogen – du deinen Handlungsknoten geschürzt hast. Aber ich habe noch immer kein Wort darüber gehört, daß ich nach wie vor in diesem Raum hier bestenfalls nur einer von vielen anderen Verdächtigen bin, die alle mindestens ebenso mehr oder minder zwingende Motive gehabt haben könnten wie ich. Und ich fürchte, es wird dir und auch der Polizei recht schwer fallen, ausgerechnet mich beweiskräftig aus ihnen, euch allen herauszusondern.«

Dann aber machte er plötzlich einen unwillkürlichen Schritt nach hinten, während er verblüfft an mir vorbeistarrte, und im nächsten Augenblick wurde ich zur Seite geschoben, von irgend etwas, irgendwem, das oder der wie ein Güterzug an mir vorbeidonnerte. Die Anwesenden sprangen auf und schrien und riefen, als sie zusammen mit mir mitansehen mußten, wie sich Rick Fahy den eisernen Schürhaken griff, ausholte und mit einem schnellen, fürchterlichen Schlag Curt Clark seitlich in den Schädel hieb.

Er holte noch zu einem zweiten Schlag aus, aber ich hinderte ihn daran, indem ich ihn an beiden Ellbogen nach hinten zog. Er leistete noch einen Augenblick Widerstand, ließ aber dann nach und warf den blutigen Schürhaken polternd zu Boden, während er . . . und ich . . . und wir alle auch Curt zu Boden sinken sahen. Sein Gehirn trat aus der Wunde im Kopf hervor, dieses clevere, einfallsreiche, kreative Gehirn. Offen sichtbar. Er fiel auf das Gesicht, und Kim begann zu schreien.

Jack Flint hielt Fahy fest, der die Kiefer zusammengepreßt hatte, bleich war, schmächtig, nur ein wenig Haut und

Knochen in Abendkleidung, und Cynthia und Culver kümmerten sich um Kim, deren Schreie allmählich in Schluchzen erstickten. Ich beugte mich zu Curt hinunter und berührte sein Gesicht. Die Brille war ihm heruntergefallen. Seine Augen standen weit offen. Aber jetzt sahen sie nicht mehr gequält aus. Zumindest dies also.

»Ach Scheiße, Curt, gottverdammt noch mal, Mann! Es tut mir leid. Es tut mir alles sehr leid . . .« Aber er konnte mich ja nicht hören, nehme ich an. Das hinderte nicht, daß ich dies einfach sagen mußte. Ich war für dies hier ebenso verantwortlich wie Fahy. In gewisser Weise jedenfalls. Wenn auch nicht so verantwortlich wie Curt Clark selbst.

Jill war neben mir. Sie zog mich hoch, half mir, stützte mich. »O Mal, es tut mir leid, es tut mir so leid . . . .«

»So war das alles nicht gedacht«, sagte ich.

»Nichts läuft so ab, wie man es sich gedacht hat«, sagte sie.

Und wir verspürten beide keine große Neigung mehr, Nick und Nora zu spielen.

Vierter Teil

Sonntag

19

Um zehn Uhr am nächsten Morgen – also zu der Stunde, die von Anfang an als Zeitpunkt für den Vortrag der Lösungen zu Curt Clarks *Fall des Seltsamen Kritikers* ausersehen gewesen war – trat eine verstörte Mary Wright in einem ganz uncharakteristisch zerknitterten blauen Mohonk-Blazer vor die versammelten etwa dreihundert *Mystery-Weekend*-Spieler in der großen Halle und erstattete einen kurzen, entschuldigenden Bericht darüber, warum entgegen aller Planungen die Festivitäten dieses Vormittags leider abgesagt werden mußten.

»Eine tragische Serie von Ereignissen hat unser Kriminalspiel überschattet«, sagte sie ins Mikrofon, und ihre über die Lautsprecher verstärkte Stimme klang hohl. »Unsere *Mystery*-Gemeinschaft hat zwei ihrer interessantesten und geachtetsten Mitglieder verloren. In getrennten, aber zusammenhängenden, höchst tragischen Verquickungen unglückseliger Umstände sind Kirk Rath und Curt Clark ums Leben gekommen. Zu ihrem Gedenken muß der Fall dieses *Weekends* ungelöst bleiben. Darf ich Sie alle um eine Minute des Schweigens bitten . . .«

Die alten Hustentropfen-Greise in ihren prunkvollen Rahmen an der Wand sahen auf ihre Quäkerart herunter zu uns armen Sündern, während wir, jeder auf seine eigene Art, schweigend Abschied von diesen beiden auf so tragische Weise verbundenen Männern nahmen.

Danach wagte Mary schon wieder ein kleines unerschrockenes Lächeln und verkündete: »Für diejenigen unter Ihnen, die es interessiert: wir werden für eines der *Mystery Weekends* im kommenden Jahr eine Art Ersatzveranstaltung für die jetzige vorbereiten – für alle, die daran teilnehmen möchten. Desgleichen wird Ihnen allen ausnahmslos ein Teil der Kosten erstattet werden, nachdem wir bedauerlicherweise nicht imstande waren, unser gesamtes versprochenes Angebot zu liefern.«

Geschäftsnotwendigkeiten. Der Tod war immer noch das Größte im Leben, das Geschäft ausgenommen. Nichts konnte es geben, das wichtiger und stärker war als Geschäftsnotwendigkeiten.

Trotzdem war ich im großen und ganzen der Ansicht, daß Mary Wright sich mit Takt aus der Affäre gezogen hatte. Tatsächlich schien sich auch niemand in der Menge der *Weekend*-Spieler beschweren zu wollen, obwohl es doch deutlich enttäuschte Gesichter gab. Marys vage Hinweise auf die beiden Morde reizten auch niemanden mehr zu besonderen Fragen. Die Polizei, die kurz nach ein Uhr letzte Nacht eingetroffen war, hatte schon eine Anzahl der Spieler befragt, unter ihnen etwa die Arnolds und die Logans. Und die wirklichen Ereignisse hatten sich im Laufe des Frühstücks mit Windeseile herumgesprochen. Zwar ein selbst für ein *Mystery Weekend* kaum sehr geschmackvolles Frühstücks-Gesprächsthema; aber was soll man schon dagegen machen?

Während sich dann die Menge allmählich zerstreute, blieb ich bei Mary stehen und sagte ihr, ich fände, sie habe eine ziemlich unmögliche Aufgabe doch sehr gut bewältigt.

»Vielen Dank, Mal. Ich fühle mich seit heute nacht noch immer wie gerädert.«

Damit meinte sie nicht nur das böse Ende in der Gesprächsrunde, die ich in der kleinen Lounge versammelt hatte, sondern auch die Verhöre der Polizei durch Chief Colby, die bis zum Morgengrauen gedauert hatten. Colby, ein stämmiger, humorlos-sachlicher Mann, hatte sich mit nüchterner Selbstverständlichkeit der Mordszene bemächtigt und sortierte gleichmütig und gelassen die wildesten Gerüchte und alle diversen Spekulationen – von mir und anderen – mit beneidenswerter Ruhe auseinander. Jill und ich kamen nicht vor halb sieben Uhr morgens dazu, zerschlagen und müde wenigstens noch ein Stündchen ins Bett zu kriechen. Jill war augenblicklich eingeschlafen, aber mir gelang es nicht einmal angesichts meiner extremen Erschöpfung, alle die schlimmen Ereignisse aus meinem Gehirn zu verbannen. Ich war wach geblieben, hatte mich bis zum Frühstück in Colbys Nähe herumgetrieben und konnte auch dann nicht mehr als ein Glas Orangensaft hinunterbringen. Jill schlief in unserem Zimmer wahrscheinlich auch jetzt noch.

»Ich bin selbst auch nicht mehr der Frischeste«, sagte ich zu Mary. »Wann fährt der Bus ab?«

»Nachmittags um drei«, sagte sie. »Es dürfte keine Verzögerungen mehr geben. Die Schneepflüge haben schwer gearbeitet. Die Wege sind frei.«

»Ich glaube, ich lasse das Mittagessen aus und schlafe dafür noch ein Stündchen. Inzwischen dürfte ich wohl müde genug sein, um dies alles wenigstens für eine Weile aus dem Kopf zu bekommen.«

Sie seufzte. »Da beneide ich Sie. Ich muß noch den ganzen Rest des ruinierten Wochenendes abwickeln. Finden Sie es sehr schlimm von mir, wenn ich mir bereits darüber Gedanken mache, was denn nun, nach einer Tragödie wie dieser, aus unseren berühmten *Mystery Weekends* hier werden soll und wird?«

»Ja«, sagte ich.

Sie lachte ein wenig, bedauernd und reuig. »Sie gehen niemals sehr zartfühlend mit mir um, wie, Mallory?«

»Ich versuche es«, sagte ich und hatte nun doch endlich ein Lächeln für sie. »Außerdem, das ist ja auch gar kein Rückschlag.«

»Meinen Sie?«

»Selbstverständlich nicht. Ich bitte Sie: ›Zwei Morde beim *Mystery Weekend* in Mohonk!‹ Können Sie sich eine bessere Schlagzeile vorstellen? Eine . . . werbewirksamere?«

Curt selbst hatte sie darauf hingewiesen.

»Sie glauben nicht, daß das die Leute abschrecken wird . . .?«

»Sie hier werden fortan in dem Ruf stehen, das einzige *Mystery Weekend* zu sein, bei dem sogar echte Morde geboten werden! Unterschätzen Sie die Morbidität des Publikums nicht!«

»Das klingt wie etwas, das direkt von Kirk Rath stammen könnte!«

»Nicht wahr? Aber jetzt brauche ich etwas Schlaf.«

»Sie haben Curt wirklich bewundert, nicht?«

»Ja. Ich habe sein schriftstellerisches Talent ganz sicher immer bewundert, und werde es immer bewundern. Und ich bewunderte ihn auch als Mensch. Bis eben dann die Ereignisse sich dazu verschworen, ihn völlig aus der Balance zu werfen.«

»Wollen Sie damit sagen, Sie meinen, er war . . . geistesgestört?« Wie sie das sagte, klang es wie ein unfreiwilliges Zitat dieses Billigen Jakobs Crazy Eddie im Fernsehen.

»Mörder sind immer geistesgestört«, sagte ich achselzukkend. »Ob Curt auch in einem Prozeß offiziell für geistesgestört erklärt worden wäre, ist eine ganz andere Frage. Die zu beantworten, fühle ich mich nicht kompetent. Strittig bleibt sie nun für alle Zeiten obendrein, dank Rick Fahy. Der könnte seinerseits leicht bei seinem Prozeß für unzurechnungsfähig erklärt werden.«

Fahy war natürlich festgenommen worden. Man hatte ihn vorläufig in die Ausnüchterungszelle in der Polizeistation von New Paltz gebracht, gleich, nachdem Colby in der vergangenen Nacht eingetroffen war. Seit seiner Tat hatte er nicht ein einziges Wort von sich gegeben. Er schwieg und war, auf seine Weise, tot wie Curt. Oder Rath.

Eine Hotelangestellte in tadellosem blauem Mohonk-Blazer kam zu Mary mit besorgtem Blick und fragte sie etwas. Ich überließ sie also ihrem Job und ging aufs Zimmer, wo ich Jill tatsächlich noch in tiefem Schlaf fand. Ich kroch zu ihr unter die Decke der noch immer aneinandergeschobenen Twin-Betten und versank ebenfalls in Schlaf.

Ich sank so tief in den »kleinen Tod«, daß mich selbst meine Träume nicht mehr erreichten. Als ich gegen zwei Uhr erwachte, fühlte ich mich zwar groggy, aber doch etwas ausgeruht. Einen Augenblick lang zwischen Schlaf und Erwachen kam mir auch der unvermeidliche Gedanke, ob sich dies alles denn nun wirklich zugetragen habe oder nur Traum gewesen sei. Aber es bedurfte nur der endgültigen Wachheit, bis die Realität sich wieder festgesetzt hatte. Denn da war auch mein Hemd, das ich heute nacht getragen hatte. Und es war mit Curts Blut bespritzt. Es hing über dem Stuhl, unübersehbar.

Ich weckte Jill sanft auf und sie ging ein letztes Mal unter die

Dusche, anschließend ich ebenfalls, und dann packten wir eiligst und waren binnen kurzem auf dem Weg durch den langen Korridor mit unserem Gepäck in der Hand, weil kaum mehr Zeit war, einen Träger zu bestellen und auf ihn zu warten.

Dann standen wir draußen in der Kälte. Der Nachmittag war klar und unser Atem dampfte. Wir bestiegen unseren Bus. Tom Sardini und Pete Christian waren die einzigen anderen aus unserer Verdächtigen-Gilde der Profis, die mitfuhren. Die Flints wollten den nächsten, späteren Bus nehmen. (Es war nicht einmal mehr Zeit geblieben, uns von Tim Culver und Cynthia Crystal zu verabschieden; sie waren bei Kim geblieben, um sich um sie zu kümmern; man hatte sie in ihr Zimmer gebracht und ihr ein Beruhigungsmittel gegeben.) Tom und Pete saßen in der gleichen Sitzreihe wie wir auf der anderen Seite des Mittelgangs, und als – als letzte Passagiere – die Arnolds einstiegen, blieben sie stehen und deuteten auf Pete.

»Sie waren es«, sagte Millie.

Pete antwortete: »Falls Sie damit den *Fall des Seltsamen Kritikers* meinen, muß ich mein Recht zur Aussageverweigerung in Anspruch nehmen.«

»Ach, nun helfen Sie uns doch ein wenig«, sagte Millie bittend und emphatisch, und ihr rotes Haar wogte. »Sie wissen es doch schließlich, ob Sie der Mörder sind oder nicht.«

»Curts letztes Geheimnis starb mit ihm«, war jedoch alles, was Pete sagte.

Millie wandte sich an mich und lächelte verlegen. »Halten Sie mich für eine sehr schreckliche Person, weil ich trotz allem einfach wissen möchte, wie das Spiel ausgegangen wäre?«

Der Bus fuhr eben an. Die viktorianischen Klippen Mohonks blieben hinter uns zurück.

»Nein«, sagte ich. »Sie und alle die anderen Teams haben schließlich das ganze Wochenende an der Lösung gebosselt. Sie haben eine Menge kreativer Energie darin investiert. Ich verstehe ganz gut, daß Sie etwas enttäuscht sind.«

Es schien, daß Curt die Lösung seines Falles nirgends schriftlich niedergelegt hatte. Er hatte wohl vorgehabt, sie in freier Rede auf seine übliche, in keiner Weise festgelegte Art vorzutragen.

»Ich fürchtete doch, daß Sie uns sehr schrecklich fänden«, sagte Millie wie ein Kind, das so tut, als tue ihm etwas leid.

»Ach nein«, sagte ich aufmunternd. »Ich finde lediglich, daß Sie alle verrückt sind, und das ist ganz etwas anderes.«

Sie nahm das nicht übel und sagte: »Die meisten Teams waren übereinstimmend der Meinung, daß Pete den Täter spielte. Wenn man alles, was nicht paßte, eliminiert, blieb automatisch übrig, daß er der einzige war, dessen Alibi unbewiesen blieb. Und außerdem haben wir ihn bei einer ganz offensichtlichen Lüge ertappt. Und bekanntlich durfte nur der Mörder lügen. Er behauptete, von den Tonbändern überhaupt nichts gewußt zu haben, während es zwei andere Zeugen gab, die ihn dabei beobachtet hatten, wie er sie draußen in einer Mülltonne verbrannte. Obendrein ist sein Familienname in der Rolle Butler. Und bekanntlich ist der Mörder immer der Butler. Schon, weil das in der ganzen Art der originellen Konstruktion so sehr Curt Clarks Stil und Art entsprach.«

»Das ganz sicher«, sagte ich. »Nun, vielleicht klappt es nächstes Jahr.«

»Nächstes Jahr«, sagte sie und ging weiter nach hinten. Leichenbitter Carl bildete die Nachhut, achselzuckend und etwas entschuldigend lächelnd. Buster Keaton mit Chaplin-Bärtchen.

»Wie können diese Leute jetzt noch an ihr blödes Mörderspiel denken?« fragte Jill mit einem bitteren Klang in ihrer Stimme.

»Ach, schau, Liebling, sie haben das ganze Wochenende verbissen daran gearbeitet. Ich kann es ihnen nicht einmal verdenken. Es ist doch klar, daß die Ungewißheit an ihnen nagt, daß sie die Lösung erfahren möchten, nachdem ungeklärt geblieben ist, wer es war. Das macht einen kribbelig wie ein fehlender Schlußakkord.«

Dann beugte ich mich hinüber zu Pete und sagte: »Nebenbei gesagt, auch ich weiß, daß du es warst.«

»Tatsächlich?«

»Ganz klar. Rick Butler brachte Roark Sloth um.«

»Angenommen, das stimmt«, sagte Pete und lächelte kühl, »wie willst du es beweisen?«

»Paß auf«, sagte ich und flüsterte ihm die Lösung ins Ohr.

»Echt? sagte er. »Darauf hätte ich wirklich selbst kommen müssen!«

Und Jill sagte: »Du weißt wirklich die Lösung von Curts *Mystery*?«

»Klar.«

»Nun?«

Und also flüsterte ich es auch ihr ins Ohr: Die Antwort war der unverständliche Text, der sich in der Schreibmaschine des Kritikers fand: TOVL JSZD HRZSM. Der Sterbende hatte mit letzter Kraft seine Hand auf die Tastatur gelegt und etwas getippt. Aber er war irrtümlich um einen Tastenplatz nach rechts gerutscht. Jeweils eine Taste nach links, und die Botschaft lautete: RICK HATS GETAN.

»Das darf ja nicht wahr sein«, sagte Jill. Sie hatte sofort die sarkastische Duplizität erkannt: Schließlich hieß auch der Mann, der Curt getötet hatte, mit Vornamen Rick.

»Ja«, sagte ich. »Alles so hübsch und originell wie alle Krimis von Curt.«

»Aber du sagst es den Arnolds oder den anderen Spielern doch nicht?«

»Was?« sagte ich. »Das *Mystery* kaputtmachen?«

ENDE

Sixties revisited: Mallory und der Sommer der Liebe

Er ist beileibe kein strahlender Sieger, dieser Mallory. Eher ein kleiner Mann, der genug Zähigkeit und Mut besitzt, um sich durchzuschlagen und den Kopf über Wasser zu halten. Zwar ein Kriminalschriftsteller, aber keiner von der Sorte, die ebenso tough wie ihre Helden sein wollen und jeden Abend im Trainingsraum am Sandsack stehen, um ihre Muskeln zu stählen, wie sein realer Kollege Robert B. Parker. Keiner von denen, die bis zum Umfallen mit harten Sachen gurgeln, als wären sie selbst hardboiled dicks, wie sein fiktionales Vorbild Roscoe Kane – Mallory trinkt lieber heiße Schokolade. Und schon gar keiner von denen, die sich bedingungslos dem Machismo verschrieben haben, wie Mickey Spillane, der designierte bad guy des Genres.

Mallory ist ein bescheidener, noch lange nicht arrivierter Autor, ein Ironiker umd Romantiker, der nur selten zynische Töne anschlägt, ein spitzzüngiger Beobachter der Verhältnisse, die ihn umgeben. Mallory wäre der Prototyp des Durchschnittsmenschen, hätte er nicht neben seiner für einen Ex-Cop und ehemaligen Reporter natürlichen Neugier noch den sich zeitweilig als fatal erweisenden Drang, seine Nase in Dinge zu stecken, die ihn nichts angehen. Mallory ist ein Mann der Tat, der rein zufällig immer wieder zwischen die Fronten gerät; sein Mut ist nie Heroismus, sondern kurz und bündig Zivilcourage, wenn er sich wie beispielsweise in der Eröffnungssequenz von »Der Einäugige« keineswegs scheut, einem zyklopenhaften Monstrum von Mensch nachhaltig Paroli zu bieten, indem er ihm eine Bierflasche über den kahlen Schädel zieht, um eine hübsche Blondine vor drohender Unbill zu schützen. Man muß nicht in den hexenkesselgleichen Verbrechensmetropolen leben, um in gefährliche und manchmal gar lebensbedrohliche Abenteuer verwickelt zu werden; auch in einer scheinbar so idyllischen Kleinstadt wie Port City (dem literarischen Spiegelbild von Max Allan Collins' Heimatstadt Muscatine, Iowa) geschehen Dinge, die einem die Haare zu Berge stehen lassen können. Für den Amateurschnüffler Mallory heißt es tief durchzuatmen, wenn ihm der eifersüchtige Ehemann einer ehemaligen Highschoolliebe mit gezücktem Messer an den Kragen will oder ein eiskalter Syndikatskiller mit entsichertem Revolver durch die neue Wohnung schleicht – des öfteren kommt er nur mit knapper Not davon. Zu den körperlichen Attacken addieren sich die privaten Enttäuschungen, die ungleich länger schmerzen als die Prügel, die Mallory wiederholt einstecken muß, und die einem eingefleischten Idealisten tiefe Wunden in die Psyche reißen. Das Leben erweist sich als knallharter Sparringspartner, und Mallory wird ein ums andere Mal brutal auf die Bretter geschickt.

So wie Max Allan Collins' hardboiler um den Chicagoer Privatdetektiv Nate Heller Aspekte der amerikanischen Geschichte von der Depressionszeit der dreißiger Jahre über die Gangsterkriege bis zur Schlacht um Guadalcanal gegen die japanischen Invasoren Mitte des Zweiten Weltkriegs beleuchten, handeln die Mallory-Romane primär von den sechziger Jahren, die im Rückblick einer scharfen und oft mitleidlosen Analyse unterzogen werden. Wie sein Schöpfer Max Allan Collins, der unumwunden zugibt, daß er seinen softboiled hero nach eigenem Bild entworfen hat, ist Mallory ein typisches Kind der in unserem rasanten Zeitalter schon weit in die Ferne gerückten Sixties, die in der Erinnerung zunehmend zum Klischee erstarrt sind: Landkommunen und langes Haar, verrückte Busfahrten mit Ken Kesey und den Merry Pranksters, Free Speech Movement und freie Liebe, Flower Power und Free Concerts, Haight Ashbury und Acid Tests, militanter politischer Radikalismus und bewußtseinserweiternde Drogenkultur.

Der Ex-Hippie Mallory wirft einen vielleicht unterschwellig sehnsuchtsvollen, trotzdem aber nüchternen und abgeklärteinsichtigen Blick auf die Luftschlösser der Sechziger und erzählt die Geschichte eines unausweichlichen Scheiterns: Woodstock endete im Regen, und wer »Eight Miles High« flog, wie die Byrds sangen, mußte um so tiefer fallen. Bei seiner Abrechnung mit den Sixties-Mythen ergeht sich Mallory immer wieder in kritischen, zuweilen auch melancholischen oder gar sentimentalen Betrachtungen seiner High-School-Zeit und seiner nicht immer angenehmen Erfahrungen Ende der LSD-

Ära, um über die Schattenseite von Love & Peace zu berichten: die Träume zersplitterten letztlich im Vietnamkrieg und dem Massaker von My Lai.

Inzwischen sind die einstigen Anhänger der Subkultur selbst Teil des einst verhaßten Systems geworden: der Yippie hat die Metamorphose zum Yuppie durchgemacht. Mallory klagt nicht an, sondern realisiert, daß die Ideale seiner Generation Seifenblasen waren, deren Lebensdauer nur beschränkt war. Wie die ehemaligen Köpfe der Jugendrevolte (Timothy Leary, Jerry Rubin) ist Mallory zum Stützpfeiler des früher so radikal zurückgewiesenen Establishments geworden: »Mein Haar war jetzt kürzer, und ich war ein ehrbarer Bürger. Ich schrieb Bücher. Ich verdiente kein Vermögen damit, aber ich war auch kein zerlumpter Kerl mehr, der in East Hill in einem Wohnwagen lebte und erzählte, daß er schreiben wollte. Ich war ein glattrasierter Autor . . Ja, ich hatte es zu etwas gebracht. Ich war wieder ein ordentlicher Bürger, nahm keine Drogen mehr und hatte mich in die Gesellschaft eingegliedert, tat alle Spießerdinge, über die Ginnie sich in unserem letzten Jahr an der High-School, als wir uns langsam aus den Augen verloren, lustig gemacht hatte.« In dem Sinne, daß Mallory sich seiner Verantwortung und seiner Rolle in der veränderten Welt der siebziger Jahre stellt, handeln Collins' Romane von der manchmal schmerzlichen Erkenntnis des Erwachsen-Geworden-Seins, auch von der sozialen Assimilation eines ehemaligen Dropouts und sind in letzter Instanz ein ebenso ironischer wie trauervoller Schwanengesang auf das im Musical »Hair« so euphorisch besungene Zeitalter des Wassermanns, dessen mächtiges Echo so schnell verklang. Der Erzählton ist bei aller augenzwinkernden Distanz von leichter Wehmut geprägt, in Gedanken an im Vietnamkrieg gefallene Freunde und eine unwiederbringlich verlorengegangene Zeit, ohne nostalgisch-verklärende Bilder zu evozieren. Mit seiner literarischen Aufarbeitung der Sixties schließt sich Max Allan Collins einer Tradition an, die Roger L. Simon 1973 mit seinem Roman »Das Geschäft mit der Macht« begründet hat: sein haschrauchender Privatdetektiv Moses Wine war der erste Schnüffler, dessen Biographie klar in den Tagen von Pot und Protest wurzelte. Mit seinen über die Sechziger reflektierenden Mallory-Romanen gehört Max Allan Collins zur Speerspitze einer Autorengruppe, die in Alan Furst und Stephen Greenleaf weitere talentierte Mitglieder hat. Hinsichtlich seiner illusionslosen Perspektive auf die Sechziger gilt, was die südkalifornische Neo-Psychedelia-Band Hidden Peace quasi als Fazit auf Vinyl pressen ließ: »This ain't no Garden of Eden, this ain't the Summer of Love.«

Collins' Stil ist locker, umgangssprachlich und unangestrengt, im besten Sinne laid-back, meist latent und teils bitterböse ironisch. Seine fast durchweg originellen Vergleiche und Metaphern zeugen davon, daß er den Abschluß auf der Raymond Chandler-Schule mit Auszeichnung bestanden hat: »Er musterte mit seinem verbliebenen, blutunterlaufenem Auge den Raum, und ich bemühte mich, möglichst unauffällig zu wirken, obwohl ich mich fühlte, als steckte ich in einem Wandschrank und wollte meinen Mörder davon überzeugen, daß ich ein Kleiderbügel wäre.« Die Erzählstruktur der Romane ist mehrdimensional: immer wieder wird Mallory von der Vergangenheit eingeholt und erzählt in der Retrospektive von seiner Kindheit, seiner Schulzeit oder seiner ersten Liebe, um die Entwicklung der in der Gegenwart auftretenden Personen nachzuzeichnen, sie sozusagen im historischen Kontext zu illustrieren und zu definieren. Daß dabei Dramatik und Tempo nicht zu kurz kommen, ist nur ein weiterer Pluspunkt für diesen Autor. Bereits der 1983 erschienene erste Teil der Serie, »Ein Veteran kehrt heim«, bestach durch die gekonnte Vermischung von Kriminalroman und Satire, um den Leser mit einem verstörend brutalen Finale zu schockieren. In diesem Roman wird Mallory, der wie weiland Jim Rockford in einem ausrangierten Wohnwagen auf einer Giftmülldeponie haust und sich beim Verteilen von Essen auf Rädern um den älteren Teil der Bevölkerung von Port City bemüht, in eine Einbruchs- und Plünderungsserie verwickelt, bei deren Aufklärung er nicht nur Schwierigkeiten mit den Dieben und dem Sheriff bekommt, sondern schließlich auch noch von seiner Jugendliebe Debbie nach Strich und Faden ausgenutzt und hereingelegt wird. Bereits hier zeigte sich, daß die Mallory-Romane nicht nur sorgfältig und solide konstruierte Kriminalstories sind, sondern immer auch anrührende, moderne Liebesgeschichten, die für Collins' softboiled hero meist recht unglücklich ausgehen. Der unheilbare Romantiker und Single wider Willen wird ein ums andere Mal abrupt aus seinen verliebten Höhenflügen gerissen und auf den Boden der Realität zurückgeholt. Seine Beziehung zu der attraktiven Managerin Jill, die er in »Auch Blumenkinder sterben« kennenlernt, scheint indes die Abkehr von schnellebigen Bekanntschaften und Affären zu bedeuten – hier zeichnet sich der Beginn einer erwachsenen und zärtlichen Nick-&-Nora-Beziehung ab. Daß Max Allan Collins, der alle Hände voll zu tun hat, inzwischen gleich drei Serien nebeneinander schreibt (neben der Mallory-Reihe die historische Saga um Nate Heller und seit neuestem einen Zyklus um den Prohibitionspolizisten Eliot Ness), mehrere Comicreihen textet und zu guter Letzt an einer historischen suspense novel über Jimmy Hoffa und Bobby Kennedy arbeitet, weit davon entfernt ist, es sich zu einfach zu machen, nach Schablonen zu schreiben, Klischees zu produzieren und ins Bittersüße abzudriften, ist ein weiteres Indiz für die konstante Qualität dieses immens fruchtbaren Autors, der sich wie nur wenige andere um die Ausformung des Genres in den achtziger Jahren verdient gemacht hat.

Nach seinem vielversprechenden Mallory-Erstling konnte sich Collins mit dem Folgeroman »Der Einäugige« (1983), der die Vorgeschichte von »Ein Veteran kehrt heim« erzählt und damit der eigentliche Beginn der Serie ist, weiter profilieren. Der komplizierte plot erinnert an Ross Macdonald und besitzt darüber hinaus in Mallorys Erkenntnis der Grenzen der Wahrheitssuche auch eine philosophische Dimension: »Es gab andere Arten von Wahrheit, die mir nicht zugänglich waren, weil sie nur über Erinnerungen aus vergangenen Menschenleben erreichbar waren. Es war eine Wahrheit, die in Köpfen verschlossen blieb, in den Gesichtern toter Menschen. Die Puzzleteile hatten schließlich zusammengepaßt, doch was darunter lag, würde weder ich noch sonst jemand erfahren.«

Das schwächste Glied in der Kette bildet der in seiner Machart nicht von ungefähr an Edward D. Hochs »Schuß aus dem Mikrofon« erinnernde »Mordkongreß« (1984): auf dem Bouchercon, einer jährlichen Versammlung von Kriminalautoren und Genrefans, klärte Mallory den Mord an seinem Idol, dem vielumstrittenen Roscoe Kane, der in vielen Zügen Max

Allan Collins' Vorbild Mickey Spillane nachempfunden ist, auch wenn der Autor in einer kurzen Vorbemerkung ausdrücklich darauf hinwies, daß »Mordkongreß« keineswegs als Schlüsselroman zu verstehen sei. Mallory, inzwischen ein aufstrebender Schriftsteller, dessen Ambitionen nicht nur mehr brotlose Kunst sind, tendiert in »Mordkongreß« schon fast in Richtung Woody Allen. Das Verhältnis von Satire und Kriminalroman ist hier ungleich weniger ausgeglichen als in den beiden vorhergegangenen Romanen: der dritte Teil der Serie krankt deutlich an Passagen, in denen Collins die Eloquenz und die Sottisen seines Helden nachteilig überspitzt und übertreibt. Trotzdem enthält »Mordkongreß« eine Fülle von Hintergrundwissen, Insiderinformationen und Anspielungen, die dem Krimikenner jede Menge Spaß garantieren. Ein Roman für Fans, nicht mehr und nicht weniger.

Collins erkannte indes schnell genug, daß der mit »Mordkongreß« eingeschlagene Weg früher oder später in eine Sackgasse gemündet hätte. Sein bislang letzter Malloryroman »Auch Blumenkinder sterben« (1984) zeigt ihn nicht nur wieder in alter Form, sondern markiert zweifellos einen weiteren Höhepunkt seines Schaffens. Der plot ist thrilling, die Atmosphäre durchgängig stimmig, die Charaktere sind glaubwürdig und präzise gezeichnet; Collins zeigt sich als reifer Schriftsteller, der die verschiedenen Handlungsebenen geschickt und organisch miteinander verwebt. Collins konfrontiert das überschwengliche Lebensgefühl der in den Sechzigern großgewordenen Generation auf eindringliche Weise mit den veränderten Lebensbedingungen in den späten siebziger Jahren: als Mallorys Exfreundin Ginnie scheinbar Selbstmord begeht, löst der Vietnam-Veteran nicht nur den Fall, sondern erfährt auch die bittere Wahrheit über die rapide verrinnenden Träume und den steilen Sturz der Blumenkinder in die Resignation.

Der arbeitswütige Schreibmaschinen-Maniac Max Allan Collins, der schlau genug war, nicht seinem Big Brother Mickey Spillane nachzueifern, sondern einen eigenen, charakteristischen Stil zu entwickeln, hat sich nach weit mehr als einem dutzend Romanen endgültig freigeschwommen und darf heute getrost Anspruch darauf erheben, zu den Besten der hartgesottenen New Wave gezählt zu werden – Qualität setzt sich letztlich eben immer durch. Für den ehemaligen Rockmusiker und Songwriter, der die Dynamik zu seinem Prinzip erkoren und mystery & amusement auf so ansprechende Art verknüpft hat, gilt sicher das gleiche Motto, das er seinem spöttischen alter ego in »Auch Blumenkinder sterben« in den Mund legt: »Ich halte durch, bis ich mit hundertfünf beim Orgasmus einen Herzinfarkt bekomme.«

Move on, Max!

– SKY NONHOFF –

Schwarze SERIE

In dieser Reihe erscheinen die Klassiker und besten jungen Autoren des modernen harten Kriminalromans. Die Reihe bietet einen Querschnitt durch die Spitzenleistungen des Krimis.

Band 19 115

Max Allan Collins

Auch Blumenkinder sterben

Deutsche Erstveröffentlichung

In den High Schools in Iowa kamen Drogen auf, etwa zwei Jahre, nachdem sie an den Küsten aufgetaucht waren. Ginnie stürzte sich geradezu darauf. Gras war nur der Anfang. Sie rauchte Shit, warf LSD ein, nahm alles, was Halluzinationen erzeugte. Sie und eine Gruppe von Mädchen waren mit ihren Ketten und Batikkleidern die Schulhippies, und sie waren zugleich Ausgestoßene und Heldinnen.
Im letzten Schuljahr verloren Ginnie und ich uns aus den Augen. Nachdem ich aus Vietnam zurück war, sah ich sie wieder. Trotz der langen Unterbrechung, entwickelte sich wieder eine Freundschaft zwischen uns. Und dann war alles zuende. Ich kann Ihnen eins sagen: Bis mich die Senilität oder ein plötzlicher Tod erwischt, werde ich mich an den Moment erinnern, an dem ich hörte, daß Ginnie erschossen worden war.

BASTEI LÜBBE

Sie erhalten diesen Band im Buchhandel, bei Ihrem Zeitschriftenhändler sowie im Bahnhofsbuchhandel.